O Herói dentro de Ti

Volume Um

Despertar

Yeral E. Ogando

Despertar: © 2016 por Yeral E. Ogando
O Herói dentro de Ti -Volume Um
Editora: Christian Translation LLC
Impresso nos EUA
Capa por SAL media

Esta é uma obra de ficção. Nomes, personagens, diálogos, lugares e incidentes são um produto da imaginação do autor e são usados de forma fictícia. As opiniões do personagem não são necessariamente as mesmas que as dos autores. Qualquer semelhança com pessoas vivas ou mortas é pura coincidência; eles não devem ser interpretados como pessoas ou eventos reais.
As citações das Escrituras são tiradas da versão King James.

ISBN 13: 978-1-946249-10-4
ISBN 10: 1-946249-10-6:

Dados de catalogação em publicação da Biblioteca do Congresso
Ogando, Yeral E.
Título. /Despertar
ISBN 0-9966873-1-9 (livro de bolso)
1. Ficção série 2. Guerra espiritual 3. Cristão. 4. Inspiracional

I. Título. Número de controle da Biblioteca do Congresso: 2016904387

DEDICAÇÃO:

Este livro é dedicado à única e eterna pessoa que sempre esteve lá comigo, não importando o quão teimoso eu sou:

DEUS

Eu também quero dedicar este trabalho a VOCÊ (leitor), porque você tirou um tempo para ler essa história incrível e sem você eu não estaria aqui.

Todos vocês têm um lugar especial no meu coração.

Sempre.

AGRADECIMENTOS:

Obrigado Deus por permitir que meu sonho se torne realidade, e por me dar forças quando eu pensei em desistir.

Não tivesse sido pelo apoio que eu recebi ao longo do caminho dessas pessoas incríveis e maravilhosas, eu não estaria onde estou hoje.

Obrigado à minha editora, Sharon A. Lavy e SAL media "capa" por ter feito um grande trabalho ajudando-me a clarear este livro.

Barry Napier por seu excelente trabalho: escrevendo, dando ideias, encorajando e mantendo-me nos trilhos durante a criação deste primeiro livro da série.

Obrigado à Marilyn K. Smith por sua maravilhosa imaginação e contínua ajuda enquanto nós completávamos as visões de Despertar.

E não posso esquecer de mencionar Matthew & Traci Elliott por seus apoios contínuos da série O Herói dentro de Ti.

Esta foi uma longa jornada para minha família, mas a recompensa vale a pena. Obrigado ao meu pai, Hector e minhas filhas, Yeiris & Tiffany por ficar ao meu lado durante esta jornada. Vocês sabem que os amo.

CAPÍTULO 1

Anthony Markson sentou-se na borda do balcão saboreando sua quinta cerveja, quando soou o alerta de seu iPhone. *Vamos à Igreja comigo pela manhã?* Shish. Sem chance. Ele guardou o celular dentro do bolso dianteiro direito da calça. Os cheiros fedidos e doces começaram a chegar até ele, e ele achou que deveria parar depois dessa dose. De qualquer forma, ele tinha certeza de que o barman estava adulterando sua bebida. Além disso, Becky ficaria preocupada com ele se não chegasse logo em casa. O sol havia se posto há 20 minutos atrás, e não demorou até a escuridão cair.

O Bar *Ninho de Rato* era o lugar favorito para Anthony se esconder. A toca era um lugar na qual ele poderia ser incógnito, e onde as pessoas só o conheciam como Tony.

Como este era o único relaxamento real na semana, era demais pedir algumas horas na noite de sábado? O barman hispânico observou o copo quase vazio de Anthony. "Outra?" Perguntou ele.

Anthony estava tentado, mas sacudiu a

cabeça. "Melhor não. A madame vai criar confusão se eu não sair logo." Simplesmente não valia a pena suportar a culpa e o ridículo que ele encontraria em casa.

O atendente acenou com a cabeça. "Eu compreendo. É melhor não contrariá-la."

Anthony olhou para o homem. Ele conhecia Becky? "Você poderia trazer minha conta?"

"Com certeza." O homem caminhou até a caixa registradora, deixando Anthony para olhar para a soma de sua cerveja. Becky sempre se arrependeu de se casar com um Angelo?

Ele ergueu o copo em seus lábios e terminou, lutando desesperadamente contra o desejo de ter um sexto, um sétimo e um oitavo.

Talvez se ele mudasse para uma cerveja leve? Não.

Anthony chegou ao caixa e pagou sua conta antes que os desejos pudessem vencer a luta. Ele não estava disposto a discutir com sua esposa ou ver o brilho desapontado nos olhos castanhos de seu filho. Ele sabia o quanto Ben queria ir ao jogo de beisebol amanhã.

Ele se afastou do bar e entrou no estacionamento para encontrar seu carro.

Mal deslizou as chaves na ignição, seu telefone tocou de novo. Anthony revirou os olhos, claro que era sua irmã, Janet. Ela simplesmente não desistiria tentando incomodá-lo a ir à igreja com ela. Não apenas ele, mas também Becky e Ben.

Ela realmente deveria ter uma vida. Mas como professora não casada, ela assumiu sua família como seu projeto de estimação.

Ele quase não se incomodou em verificar a mensagem. Mas quando o fez, seu estômago revirou. Cresceu-lhe uma culpa ao ver a mensagem simples de Becky: *quando você estará em casa?*

Por um momento, os botões do telefone nadaram no ar. E quando Anthony digitou uma mensagem de volta para sua esposa, ele percebeu que ele estava um pouco mais embriagado do que ele tinha percebido.

Ele teve que corrigir o texto duas vezes, mas ele finalmente conseguiu digitá-lo. *No carro agora. A caminho de casa.*

Com um sentimento de realização, ele pressionou enviar.

Quase imediatamente ela respondeu: Tenha cuidado.

Anthony não sabia se era possível, mas podia jurar que havia alguma condescendência em sua mensagem.

Tenha cuidado, neste caso, significava que ela sabia que ele tinha bebido muito e não tinha controle por trás do volante.

Ele sorriu. Mal sabia ela que ele tinha

conduzido a casa muitas vezes em situações muito piores antes.

Ainda assim, uma vez que Anthony saiu do estacionamento do bar pelas ruas familiares que o levariam para casa, ele se asseguraria de dirigir no limite da velocidade. Ele não queria que nada acontecesse com o trabalho de pintura em seu Porsche.

Dez quarteirões depois, ele chegou em casa sem nenhum incidente ou acidente. Agora era hora de encarar a realidade.

Ele colocou o carro na garagem de duas vagas e verificou o relógio. A viagem desde o bar *O Ninho do Rato* para sua casa demorou vinte minutos, e agora não havia passado muito das 9:00h da noite.

De repente esvaziou, Anthony sentiu que estava desperdiçando uma boa noite de sábado. Na verdade, ele sentiu uma irritação.

Treze anos atrás, apenas havia saído da escola de Direito, antes de seu casamento com Becky, eles estariam fora até tarde, divertindo-se com amigos, nem se preocupariam em acordar a tempo de chegar a um jogo de beisebol que nenhum deles queria participar. Por que tudo isso teve que mudar?

Mas, novamente, ele pensou consigo mesmo, Becky não tinha estado com ele esta noite. Ele não estava em uma festa com ela. Ela merecia um tempo de qualidade com ele, e ele odiava o modo como seus relacionamentos se tornavam monótonos.

E Ben, claro, era a razão de não terminar com tudo, pois o amava. O garoto estava esperando pelo jogo. Ele era apaixonado pelo beisebol.

Mas, houve momentos em que ele olhava para aquela criança de seis anos e se perguntava se havia perdido seus melhores anos de vida. Não havia mais festas, não mais bebedeiras sem limites. Não. Agora era a esposa, um garoto, e uma bela casa no subúrbio. Que chatice.

Janet não ficaria impressionada com sua monotonia. Ela o disse várias vezes que ele era um abençoado — que ele tinha uma vida abençoada. Ele não conseguia entender como uma pessoa tão desinformada como sua irmã podia ver a situação desse jeito.

Porque Janet vivia sua vida de acordo com ensinamentos antigos baseado em um livro que pode ser chamado de fantasia.

Talvez isto seja apena a crise da meia idade chegando antecipadamente.

Fim da monotonia, Anthony entrou na casa escura. Ele ouviu sons vindo da sala de estar na parte de baixo. Becky estava assistindo um capítulo gravado de Grey's Anatomy ou outro programa.

A única iluminação vinha da luz da noite passando pela escada em direção ao quarto do Ben no segundo andar.

Olhando em volta na escuridão, Anthony pensou que estaria perfeitamente feliz ficando no bar Ninho do Rato.

Ele era um garoto crescido.

Ele podia encarar a reclamação e o tratamento frio de Becky.

Anthony respirou fundo. A quem ele estava enganando?

Ele se dirigiu como de costume ao quarto aquecido e familiar.

Abençoado, Anthony pensou com amargura. Sim, certo.

CAPÍTULO 2

Na manhã seguinte Anthony acordou com os sons dos passos de Ben pisando nele. O menino era como um relógio. Sem escola na manhã de sábado ou domingo, ele nunca descia as escadas até que o relógio de Homem de Ferro em sua mesa de cabeceira marcasse 8:00 da manhã.

Crash!

Pelo som, seu filho estava brincando com seus Legos e os deixara cair por todo o piso de madeira.

A cama vibrava enquanto Anthony começava a rir. Ele rolou e tocou o antebraço de Becky. "Parece que nosso rapazinho acordou." Sussurrou ele.

Becky deslizou-se da cama gigante, correndo a mão carinhosamente sobre o peito de Anthony como de costume.

Ele sorriu, curtindo a trégua que sempre vinha pela manhã. Ele agarrou divertidamente suas mãos tentando puxá-la para abraça-la um pouco mais. Por que não curtir aqueles vinte minutos que ainda tinham antes do café da manhã.

A ideia de alguns momentos felizes parecia

ser perfeita, mas o pensamento não durou. O braço voltou para a cama. Anthony estava muito cansado. Ou talvez fosse a depressão e ele não soubesse como reagir.

Pelo menos, ele se poupou o suficiente ontem à noite para evitar uma ressaca, mas o sabor ainda estava na boca. Becky provavelmente não ficaria impressionada com seu hálito de cerveja.

E de qualquer maneira, ela estaria fora do quarto antes mesmo que ele conseguisse se sentar e tirar os cabelos caídos sobre seus olhos.

O ruído da preparação do café da manhã era música para seus ouvidos enquanto Anthony se caminhava para o banheiro para escovar seus dentes.

Ele vestiu-se para o dia, puxou os lençóis e a colcha de coral antes de se dirigir à cozinha para fazer sua parte da refeição.

Você está bem? Becky perguntou enquanto ele colocava o filtro na cafeteira. Ela deixou seus longos cabelos pretos do jeito que ele gostava.

"Sim." Ele não era um bom cozinheiro e apreciou o fato de que Becky havia gostado. Ele ajudou a preparar a mesa e a preparar o café pela manhã. "Apenas um pouco grogue."

"Você deve considerar —" Os olhos deles se abriram e o tom de sua voz indicava que ele não iria gostar do que estava prestes a sair de sua boca. "Ficar em casa nas noites de sábado de vez em quando. Eu gostaria de sua companhia, e isso talvez o ajudasse a não ficar tão cansado e arrasado nos domingos de manhã."

"Talvez." Anthony resmungou. "Mas você conhece o tipo de trabalho semanal que tenho. Eu preciso do tempo para desestressar e relaxar. E antes de perguntar, sim, sei o quanto isso parece tão egoísta."

"Me dê dois sábados seguidos," ela sorriu. "Isso é tudo o que eu estou pedindo. Gostaria de realmente ver meu marido de vez em quando."

"E o que faríamos, Becky?" Ele perguntou gentilmente." Alugar um filme que ambos queremos ver. Lembre-se de como costumávamos nos aconchegar no sofá e assistir TV?"

Ele se lembrou? Anthony sorriu e se acercou a ela.

"E quanto tempo faz desde que tivemos uma conversa realmente boa e gratificante?" Becky continuou. "Nós costumávamos discutir coisas por horas quando namorávamos. Ou, Deus permita, poderíamos realmente ser íntimos como um marido e esposa devem ser."

Anthony estremeceu. As palavras picaram, e ele sabia que era porque eram verdadeiras. Ele terminou de colocar a mesa e saiu da cozinha deixando o café fervendo atrás dele.

Ela suspirou frustrada quando ele passou por ela, mas ele não se importou. Afinal, ele deu a Becky e Ben o dia inteiro no domingo.

Ele entrou no quarto, sentou-se na cama bonita na sala decorada com bom gosto e verificou seu telefone para e-mails de trabalho. Como parceiro sênior da Dickerson, Markson, & Clark, um dos escritórios de advocacia que mais cresce na cidade, ele teve que acompanhar o trabalho.

Esta manhã haviam seis mensagens esperando por ele. E-mails que não estavam lá até as seis horas da noite de sábado. Ele passou um olho rapidamente e decidiu que eles poderiam esperar até amanhã de manhã. Becky deve ter ficado feliz com isto.

Assim que fechou o celular, ele ouviu o som familiar de mensagem chegando. Ele checou e era de Janet.

"Talvez semana que vem."

Ela nunca desistia. "Não conte com isso." Anthony disse em alto e bom som.

As pegadas firmes de Ben anunciava que ele estava descendo para o café da manhã. Como podia um garoto tão pequeno causar tanto barulho?

Anthony se encaminhou para a cozinha. Não

importa o quão depressivo, confuso e entediado ele estivesse, ele não tinha escolha senão sorrir ao lembrar da excitação de Ben para o jogo de hoje. Embora Anthony não tivesse vontade de ir, ele estava fazendo pelo filho que muito queria. Claro, havia várias coisas sobre sua vida atual que ele gostaria de mudar, mas ser um pai era algo do qual ele se orgulhava. Além disso, eles tiveram que esperar seis anos até que Becky engravidasse do Ben.

Assim que Anthony juntou-se à família na cozinha, seu filho já estava à mesa.

O Boné de beisebol dos Yankees do Ben afrouxou em sua cabeça e cobriu a maior parte de seus cabelos castanhos. Ben comeu um bocado de ovos mexidos. Anthony aproximou-se e puxou a ponta do boné de seu filho para baixo em sua testa. "Empolgado sobre o jogo, rapaz?"

"Sim." Um pedaço de ovo voou da boca do garoto quando ele falou.

"Eu, também." Anthony sorriu. "Termine seu café da manhã e talvez possamos ir um pouco mais cedo e assistir a apresentação das equipes."

"Demais."

Ao ver o olhar surpreso que Becky lhe deu, Anthony encolheu os ombros. Sentindo uma pontada de culpa, ele foi até ela e a abraçou por trás. Ela pousou a cabeça contra seu peito, e ele descansou o queixo no topo da cabeça por um momento.

Sobre o que ele estava preocupado? Certamente não era culpa dela. Anthony sabia que tinha uma boa vida, com uma esposa que o amava, um filho que o adorava e uma bela casa.

Por que ele se sentia como se faltasse algo? Por que ele tentava se entorpecer com noites foras em lugares como o bar *Ninho de Rato*?

Ele não sabia. E enquanto ele estava na cozinha com sua família, o dia seguia lá fora, ensolarado e cheio de promessas.

Então era difícil ter uma resposta.

Com a extensão do campo aberto em verde prístino e o arremesso de uma bola rápida atingindo em um bastão, Anthony achou difícil acreditar que ele poderia ser feliz em qualquer outro lugar - nem no trabalho, nem em um bar, e certamente não em uma igreja, como Janet teria dito.

Ao lembrar que ele estava no estádio numa tarde do sol ajudou a lavar toda a depressão e a confusão que Anthony sentia anteriormente.

No final do terceiro, Ben estava em êxtase. Anthony e Becky tiveram que continuar lembrando que havia outras pessoas atrás dele, tentando ver o jogo.

"Sente-se rapaz," Anthony o alertava.

Becky agarrou a camisa de Ben. "Fique no seu assento e pare de pular para cima e para baixo."

Ainda assim, o clima era maravilhoso, seu filho estava tendo o momento de sua vida, e Anthony e Becky estavam curtindo o tempo juntos. Pelo menos ele estava.

Ele olhou para Becky. Ela parecia muito satisfeita. Algo que ele não tinha visto nela há algum tempo. E ela nem gostava da maioria dos esportes.

Ele se perguntava novamente se ele estava gastando muitas noites trabalhando até tarde. Mais do que isso, talvez ele devesse ficar em casa nas noites de sábado.

Ele amava Becky. Ele sabia disso sem dúvida. Mas ele não tinha ideia de por que era tão difícil *agir* assim. Era tão difícil assim sentar com ela e ouvir sobre seu dia?

Sério, ficar em casa em uma noite de sábado e ver um filme com ela o mataria? Talvez um abraço no sofá seja melhor do que entorpecer seu cérebro com álcool.

Quando o jogo terminou, Anthony e Becky estavam de mãos dadas. A pequena família subiu as escadas e atravessou os corredores.

Anthony também pegou na mão de Ben e

saíram do Estádio em direção ao estacionamento lotado. Ele não se lembrava da última vez que ele verdadeiramente sentiu que eram uma família – três pessoas vivendo juntas, se amando e confiando umas nas outras.

E de quem era a culpa? Ele se sentiu um tolo por perder tanto tempo no Bar *Ninho de Rato*. Que tipo de marido ele era? Que tipo de pai?

Ele cuidadosamente conduziu seu Porsche pelo estacionamento tentando encontrar uma maneira de sair do tráfego pesado da saída do jogo.

"Tudo bem?" Becky perguntou-lhe assim que tomou a via que os levaria para a estrada.

"Sim, Por que?"

Ela moveu os ombros e deu-lhe um sorriso. "Você parece estar mergulhado em pensamentos sobre algo."

"Sim, Por que?"

Ela encolheu os ombros e deu-lhe um sorriso. "Você parece mergulhado em pensamentos sobre algo."

"Nada não." Ele estendeu a mão e apertou a mão dela. "Eu só quero me desculpar por não estar em casa na noite passada. Eu tenho sido um egoísta, e sinto muito. "O comentário parecia pegar Becky de surpresa. Mas depois de um momento, ela voltou o gesto amoroso segurando sua mão. "Obrigada."

Ainda assim, parte de Anthony se perguntava se essa sensação de alegria poderia ser apagada amanhã, quando ele retornasse ao trabalho.

Após dois ou três dias de trabalho de alto estresse, ele provavelmente sentiria a necessidade de beber novamente e começar a ansiar uma viagem ao Bar *Ninho de Rato*. Era sempre assim. É exatamente como seu cérebro parecia trabalhar. Mas e se eu me certificar de que não aconteça? E se eu colocar as necessidades da minha família primeiro ao invés de ser egoísta?

"Oi, Papai?"

"Sim, amigão?" Anthony olhou para seu filho pelo retrovisor. O garoto estava claramente cansado, seu boné Yankees abaixado cobrindo seus olhos cansados.

"Podemos parar em uma sorveteria no caminho de casa?"

Anthony olhou para Becky para ver se discernia seus pensamentos. Ainda leve pelo dia, ela deu um lindo encolher de ombros e brincou com os cabelos. "Tudo bem," disse Anthony. "Desde que a mamãe aprove, não vejo por que não."

Ben animou-se, entusiasmado de novo.

Uma coisa era certa: o garoto ia dormir bem esta noite.

Becky passou os dedos pela coxa. "Isso foi bom. Devemos fazer isso novamente. "

"Nós devemos." Anthony sorriu. Becky sempre odiou beisebol.

Ele dirigiu pela via expressa rumo a casa.

A cidade foi ficando para trás, e Anthony cortou para dentro do subúrbio onde eles viviam. Ele era realmente sortudo por ter a vida que tinha. Ele estava certo que Janet não chamaria de *sorte*. Não, ela o chamaria de *abençoado*.

E talvez fosse assim que devia ser chamado. Mas, se ele tinha sido abençoado com uma família boa, ele não tinha ideia o que ele já havia feito para merecer. Se houvesse um Deus, como Janet acreditava, e se Ele estava no controle do tudo, então, aparentemente, ele acabou de entregar grandes vidas a pessoas indignas.

Anthony não compreendia. Ele aceitava, mas não compreendia.

Ele cometeu erros no passado, e qualquer Deus suficiente não o teria recompensado com uma família incrível e uma vida tão maravilhosa.

Então, mesmo que houvesse um Deus, ele parecia ser um pouco indulgente.

Então Anthony sorriu. Agora, esse é um deus que eu poderia aceitá-lo.

CAPÍTULO 3

Exatamente às 6:30 na manhã de Segunda, Anthony e Becky trocaram seus costumeiros beijos rápidos e precipitados de despedida. Ele correu pela porta da frente - e logo estava atrás do volante de seu Porsche - rumo ao trabalho.

Era estranho, mas o carro parecia ser diferente daquele que tinha no caminho de volta para casa do jogo de beisebol ontem. Já não se encheu da alegria e da promessa de dias felizes para ele e sua família, agora o veículo não era nada mais do que o conjunto de rodas projetado para transportá-lo para seu escritório.

Anthony sempre chegava cedo para responder aos e-mails de fim de semana para que ele pudesse tirá-los do caminho e cavar seu verdadeiro trabalho matinal.

A segunda-feira após levar Ben para o jogo de bola não foi diferente.

Ele gostava de seu trabalho e tem obtido grande êxito nele. O escritório de luxo, as vantagens e o prestígio de se tornar um parceiro sênior tornaram-se gratificantes. Mas ele sabia sem dúvida que suas tendências de viciado em trabalho o transformavam em um miserável ser humano.

Anthony ajudava as pessoas com problemas de perdas pessoais. E ele tinha pelo menos um cliente que estava simplesmente tentando atrair pessoas com reivindicações indevidas ou injustas.

Pela própria natureza do trabalho, as horas eram longas e o trabalho em si era estressante. Na verdade, a maioria dos colegas de trabalho eram pessoas infelizes e negativas.

Isso nunca foi mais evidente do que nas manhãs de segunda-feira.

Anthony estava ocupado retornando mensagens de clientes e de seus colegas parceiros na empresa, quando funcionários de outro escritório começaram a entrar.

Em poucos minutos, ele ouviu vozes cheias de raiva, frustração e desprezo geral.

Ele sabia que trabalhar como advogado seria estressante e, às vezes, emocional. Mas era o trabalho de Anthony representar a essas pessoas.

O dinheiro era muito bom, ele admitia. Ainda assim, via o lado inferior da raça humana várias vezes por semana. A parte mais patética de tudo era que, para fazer seu trabalho adequadamente, ele às vezes precisava se rebaixar ao nível deles.

Despertar

Não é de admirar que o intestino doeu. Essa poderia ser a principal fonte de sua depressão?

Não restando mais tempo para pensar em si mesmo, Anthony estava no telefone a maior parte do dia, falando com clientes e resolvendo problemas. Ele ainda teve que cancelar o almoço com um cliente importante devido a uma emergência com outro casal e suas contas médicas acumuladas.

Quando deu 2:00h da tarde, Anthony estava exausto. Ele não tinha ideia de como ele conseguiria ir até o resto da semana. O fato era que ele estava com fome, cansado, entediado e desconectado de tudo.

Ele lembrou-se do extenso campo verde brilhante que ele havia visto ontem e lembrou-se do brilho nos olhos de Ben. As coisas simplesmente pareciam bem a caminho de casa. Talvez fosse hora de comprar bilhetes para todos os jogos da temporada.

Mas, mais do que tudo, Anthony ainda podia ver o olhar de choque no rosto de Becky quando ele se desculpou por ser egoísta.

Por que ela ficou tão surpresa? Ela realmente recebia tão poucas palavras gentis dele que, quando as ouvia, era como uma ocorrência milagrosa?

Antes que o relógio registrasse 2:30h, Anthony já teve o suficiente. Embora ele tivesse mais duas ligações e uma reunião cara a cara no final do dia, sua secretária do escritório poderia reagendar tudo isso.

Ele se levantou da mesa e foi até a área de recepção na frente.

Miranda olhou-o através de seus óculos de aro com o mesmo tipo de sorriso cansado que todos os outros da empresa parecia vestir. O brilho tinha deixado seus olhos há muito tempo.

"Estou encerrando por hoje," disse ele à recepcionista.

"Você se sente bem?"

Anthony fez uma pausa para pensar sobre isso. Ele se sentia bem, mas algo parecia não muito correto. E talvez fosse por isso que ele estava saindo cedo.

Ele forçou um sorriso. "Sim. Há apenas alguns assuntos familiares que eu preciso cuidar. Você poderia entrar em contato com o resto dos meus clientes para esta tarde e reagendá-los?"

Miranda ajeitou os óculos sobre o nariz. "Com certeza."

Anthony virou-se e saiu pela porta da frente. Quando ele adentrou no sol da tarde, ele sentiu um vislumbre da mesma esperança e promessa que ele sentiu depois do jogo de beisebol ontem à tarde. Talvez ele pudesse segurar esse sentimento para o resto do dia.

Seus passos eram mais leves enquanto caminhava para o Porsche, e ele não tinha ideia do porquê. Mas ele tomou várias decisões enquanto entrava no carro.

Primeiro, ele ia cozinhar a janta para que Becky não tivesse que se preocupar quando saísse do trabalho. Na verdade, ele a impressionaria com cardápio latino completo. Só porque ele era loiro não significava que ele não apreciasse a linhagem dela.

E depois do jantar, ele jogaria beisebol com Ben no quintal.

Mas antes de tudo, ele pegaria um pequeno presente para Becky.

Já era hora de ele colocar sua família em primeiro lugar e suas próprias necessidades - especialmente sua carreira — em segundo.

E estranhamente, ele não podia esperar para começar.

Becky tinha poucos prazeres culposos, mas uma delas era os picolés de baunilha com molho de morango que ela só conseguia encontrar em uma pequena loja de convenções, a doze quarteirões de sua casa.

Ela tinha comido toneladas deles na faculdade e durante o namoro e o noivado. Os dias, que ela mencionava, quando passavam horas conversando sobre assuntos de interesse mútuo.

Mesmo durante os primeiros anos de matrimônio, eles costumavam ir à loja de conveniência *Sam e Ethel* e terminavam a noite com um picolé de morango.

Ele não podia se lembrar da última vez que eles provaram um picolé desses juntos, mas ele estava certo de que tinha passado pelo menos seis anos. Desde que eles tiveram Ben.

Naqueles dias, ele estava tão encantado com seu filho desejado que ele se inclinou e se concentrou em sua carreira para que ele sustentasse sua família. Ele olhava para a foto de Becky segurando seu pequeno rapaz no colo. Sua rainha mexicana e seu garoto maravilhosamente misturado. Isso lhe deu energia para lidar com o lado mais sombrio do negócio. Quando isso mudou?

Ele precisava retornar a alguns prazeres simples em que Becky e ele costumavam gozar. Ele queria vê-la sorrir quando ele lhe presenteasse com o deleite congelado do passado.

Memórias vieram de volta enquanto colocava o carro no estacionamento da loja. O prédio em si parecia exatamente o mesmo e, embora ele soubesse que não havia garantia de que eles ainda tivessem o picolé favorito de

Becky, ele sentiu uma boa sensação quando ele atravessou as portas de correr apressado.

O lugar estava situado ao longo da fronteira da parte da cidade, que alguns poderiam chamar *o lado errado da cidade.* Outro bar de subúrbio. Mas ele tinha que admitir que a atmosfera era melhor do que o bar *Ninho de Rato.*

Sendo 3:30 da tarde, encontrou o lugar praticamente morto. Um cliente solitário limpava o refrigerador de cerveja enquanto o caixa ficava atrás do balcão, observando um show na TV.

Anthony viu a caixa de picolé, ainda localizada no mesmo lugar de há tantos anos atrás, e sorriu enquanto se aproximava.

Quando olhou para dentro e viu o envoltório familiar branco e rosa, ele soltou uma risada.

Ele abriu a porta e foi até os potes. Ele pegou dois, depois três, antes de colocá-los de volta e pegar uma caixa inteira. Sentiu-se um pouco bobo, Anthony dirigiu-se ao balcão e pagou pela caixa. Ele nunca foi capaz de comprar uma caixa inteira quando a conheceu. Na verdade, algumas semanas atrás ele e Becky tiveram que compartilhar um picolé.

Uma pequena prateleira junto ao balcão, por acaso, estava cheia de flores embrulhadas na forma desordenadas. Não eram as flores mais bonitas, mas pareciam trazer mais lembranças. Se ele as cortasse um pouco e colocasse-as em um dos vasos de Becky, elas poderiam ficar bonitas.

Num impulso, ele pegou o mais lindo buquê que ele pode encontrar e colocou junto com a caixa de sorvete.

"Sorvetes e flores? O que você fez de tão errado? O caixa lhe perguntou com um sorriso enquanto contava o número de picolés.

"Nada de errado." Anthony estufou os peitos. "Apenas tentando finalmente fazer a coisa certa."

O homem concordou com a cabeça enquanto terminava de contar. São onze picolés?

Anthony acenou que sim.

"São vinte e quatro dólares e dezoito centavos."

Enquanto Anthony entregava o cartão ao caixa, um movimento brusco indicava que outro cliente adentrava ao recinto. O caixa passou o cartão de Anthony na máquina, parou atônito, e então levou o cartão em direção a Anthony.

Antes que Anthony pudesse pegá-lo, o caixa deixou cair o cartão no balcão, seus olhos de repente arregalaram-se de medo.

Foi puro instinto que fez com que Anthony

virasse para trás.

O cano de uma arma parou a poucos centímetros de sua cabeça.

Fora do foco da visão de Anthony que se prendeu ao cano da arma, estava a silhueta de um homem com uma máscara de ski.

"No chão."

Congelado de medo, Anthony não conseguia responder, seu cérebro ainda estava processando tudo aquilo à vista daquela arma.

"Eu disse, para o chão."

Finalmente, o corpo de Anthony atendeu sua mente em pânico. Ele levantou os braços ao mesmo tempo que se abaixava sobre os joelhos. Ele então, com dificuldade, deitou-se sobre seu estômago.

"Não olhe." O homem mascarado passou por Anthony e se aproximou da caixa registradora.

"E você, ele disse. Passa o dinheiro que está no caixa e no cofre."

"Sim," disse o funcionário. "Apenas fique calmo, ok? Fique calmo e—"

Foi quando o homem que estava procurando o corredor da cerveja veio caminhando até o caixa. Ele estava tão preocupado com sua procura que não viu o homem armado.

O homem da máscara virou-se em sua direção e gritou. *"No chão, agora."*

O cliente deixou cair a embalagem no chão. O barulho de garrafas quebrando foi seguido pelo som efervescente saindo das cervejas.

Quando Anthony ergueu a cabeça, o homem mascarado voltou-se para o caixa, seus olhos se arregalaram do mesmo modo que o caixa havia feito anteriormente. Obviamente, algo não estava indo de acordo com o plano.

Mas antes que Anthony pudesse raciocinar, um tiro foi disparado.

CAPÍTULO 4

Tudo parecia estar acontecendo em câmera lenta - como se o mundo tivesse pulado uma batida, e agora estava se recuperando. Do chão onde se encontrava, Anthony observou os pés do assaltante que estavam presos tropeçando para trás.

Anthony estava certo de que o tiro tinha sido efetuado pelo caixa. Provavelmente ele tinha uma arma escondida atrás do balcão, e o cliente com a cerveja foi a distração da qual deu ao caixa a capacidade de tirar vantagem.

Um buraco apareceu na camisa branca do atirador, Anthony elevou um pouco mais sua cabeça. O buraco foi coberto por um vermelho escuro.

A cor do sangue que se vê na TV nem sempre retrata a sua verdadeira tonalidade.

A arma balançou na mão do ferido, mas ele conseguiu levantá-la novamente. No entanto, antes que ele pudesse puxar o gatilho, o caixa disparou outro tiro.

Um segundo buraco apareceu diretamente no centro do peito do ladrão, e ele tropeçou até um joelho. Os olhos atrás da máscara de esqui apareceram brancos e derrotados, mas ainda o homem conseguiu disparar.

Anthony realmente pôde sentir e ouvir o som. Ele tinha ouvido falar dessas lutas de armas, mas nunca tinha testemunhado uma. Será que a experiência o tornaria um advogado melhor?

O primeiro tiro atingiu na placa do balcão, jogando fragmentos de madeira em seu cabelo.

Ele se sacudiu quando o segundo tiro atingiu um pouco mais baixo e mais farpas se dirigiram a ele. Anthony ouviu outro disparo da arma, mas nenhum som do golpe.

Outro tiro, e depois outro, explodiu o ar nas proximidades. Mas não houve outro barulho. Nenhum pedaço de madeira se estilhaçando com o impacto.

Somente uma forte sensação de beliscar logo abaixo do ombro esquerdo. A confusão e, em seguida, uma dor crescente entre o ombro e o esterno invadiu seu cérebro.

A agonia insuportável surgiu através de seu corpo. Ele baixou a cabeça ao chão mais uma vez e abriu a boca para gritar, mas nenhum som saiu.

O piso vibrou, e ele estava vagamente consciente de que o ladrão tinha caído por perto. Anthony soltou um suspiro. A dor parecia escapar pela boca, mas o ruído quase não parecia humano.

Isto não é bom. Oh meu Deus, fui atingido.
Ele gemeu e tentou ficar de joelhos. A dor bateu no peito. Ele respirou fundo enquanto ele se abaixava de novo. O sabor do sangue encheu sua boca.

Uma onda de movimento veio do seu lado direito, mas ele teve medo de se mexer para verificá-lo — com medo de que a dor aumentasse, com medo de não ser homem o suficiente para lidar com isso.

Estava o atirador de pé vindo em sua direção para terminar o serviço? Talvez desta vez ele colocaria a arma diretamente na cabeça de Anthony. Talvez aquilo seria um alívio.

"Aguente firme, Senhor."

Anthony piscou e relaxou como se reconhecesse o caixa debruçando sobre ele, de olhos abertos e pálidos.

"Fui atingido." Anthony sussurrou.

"Sim, ele lhe acertou em cheio. Aguente aí, ok? Estou chamando 1-9-0.

Anthony não conseguia dizer mais uma palavra, então ele piscou os olhos. Ele ainda sentia o gosto de sangue em sua boca, e agora ele podia sentir uma cascata de líquido grosso saindo de seu peito.

Antes que ele se sufocasse em seu próprio sangue, ele balbuciou somente palavras que vinham em sua mente dolorida. "O picolé. Não o deixe derreter."

"Sim, sim." O caixa digitava distraído números em seu telefone.

Anthony olhou para o atirador, a arma ainda presa à sua mão imóvel. Aproximadamente, um metro os separavam, e Anthony não pôde ajudar, mas se questionava se o homem estava morto.

E se o assaltante estava morto, quanto tempo mais seria antes que Anthony o seguisse? A dor continuava a irradiar intensa enquanto ouvia o caixa falar ao telefone.

Anthony sentiu-se terrível, e um entorpecimento peculiar começou a crescer ao longo do lado esquerdo. Ele tentou mover o braço e a mão esquerda. Moveram-se um pouco. Mas ele não podia senti-los. Era como se estivesse observando o membro de outra pessoa.

De repente, o caixa estava ao seu lado novamente. "Espere aí. Uma ambulância está a caminho. Aguente firme, cara.

Anthony não teve forças para reconhecê-lo, nem fazer nada para se ajudar.

Evidentemente, ele rolou de costas para trás em sua angústia, e ele olhou para o teto. Sua mente evocou uma foto de Ben e Becky no jogo de beisebol no qual ele viu novamente, o verde perfeito do campo. *Coloque o picolé de volta na caixa. Não deixe-o derreter. Becky pode usá-lo como lembrança minha.* Ele olhou para o balcão enquanto um pensamento quase histérico veio novamente.

Então seu corpo começou a se afastar — a desistir dele. Ele sentiu um movimento sensato. Isso foi estranho. Ele estava certo de que ainda estava deitado no chão da loja de conveniência de Sam e Ethel. Deitado na piscina de seu próprio sangue. Mas ele sentiu uma sensação de movimento, como se fosse uma folha pegada em uma brisa de outono.

Ele teve a impressão distinta de que, se ele simplesmente seguisse a brisa e se aconchegasse mais fundo na escuridão, a dor do tiro desapareceria, assim como o chão debaixo dele e o comerciante em pânico que ainda estava caído sobre ele, falando palavras que Anthony não podia entender.

Mas então a escuridão sombria se transformou em uma extensão de verde tão brilhante que seus olhos doíam.

Ele estava no estádio Yankee, sentado nas arquibancadas. O estádio estava deserto, e ele estava sozinho.

Um silêncio absoluto encheu o mundo.

E então, a suave *bofetada* de um baseball

que encontrou uma luva quebrou a calma.

Anthony olhou para o campo, esperando ver Ele e Ben jogando beisebol. Ao invés disso, ele viu uma versão muito jovem de si mesmo jogando beisebol com seu pai.

"Pai." A voz do jovem Anthony era como uma brisa na floresta.

Seu pai voltou a aparecer em sua vida quando ele tinha se graduado na Faculdade, mas ele morreu oito anos atrás de câncer do pâncreas. No entanto, quando Anthony falou seu nome, a versão mais jovem de seu pai olhou para as arquibancadas e sorriu. A versão infantil de Anthony tornou-se inconsciente e olhou para o enorme mundo esverdeado.

"Não há nada para você daqui em diante," disse seu pai. "Você deve voltar agora, Anthony. Sua família precisa de você. "Anthony queria dizer algo — algo que ele desejava ter feito antes que seu pai falecesse — mas a escuridão sumiu, e Anthony percebeu vários pares de mãos tocando-o.

Quando ele abriu os olhos, três rostos olhavam para ele. O teto da loja de conveniência estava nebuloso além de suas cabeças.

Com as mãos enganchadas debaixo dele, os homens começaram a levantar Anthony. A dor era grande que ele gritaria se pudesse abrir sua boca. Mas agora, mesmo isto seria muito esforço.

Os homens colocaram-no em algo - uma maca, ele presumiu — e ele teve a sensação de movimento novamente. Ele fechou os olhos contra a tontura.

Ele podia sentir quando eles chegaram ao lado de fora, e Anthony abriu os olhos e viu as luzes vermelhas de uma ambulância.

Com um elevador e um empurrão, a maca estava na parte de trás, e a porta da ambulância bateu. Dois médicos na parte de trás do veículo começaram a falar.

O soar das sirenes se distanciava. Depois de um tempo, tornou-se tão fraco quanto o canto de um pássaro, e Anthony revisitou a escuridão.

Mais uma vez, ele sentiu a extensão do verde esperando por ele, mas achou que seria melhor atender aos conselhos de seu pai e ficar longe.

Ele queria se concentrar e permanecer ancorado no mundo real. *Se eu voltar para isso novamente, não vou acordar. Não vou abrir meus olhos novamente. É a morte. Esse campo é a morte.*

Embora em uma espécie de crepúsculo, Anthony pegou as palavras soltas dos homens na ambulância. *Perda de sangue, crítica, sangrenta e outros ainda mais aterrorizantes.*

A ambulância parou, e as portas abriram

enchendo o interior da ambulância com ar fresco.

A maca foi movida novamente, e quando os médicos o colocaram para fora, as rodas brotaram debaixo dele.

Com uma espécie de suavidade, a maca deslizou ao longo do caminho, e Anthony mais uma vez sentiu como uma folha ao vento. Ele manteve os olhos fechados, enquanto o constante movimento o enjoava.

Ele sentiu que um novo tipo de escuridão chegava, mas esta parecia segura. Nada mais do que a escuridão do repouso, e ele se deixou entrar nela.

"Sua carteira de motorista diz que você é Anthony Markson. Você pode me ouvir, Anthony? "Ele despertou o suficiente para murmurar, sim, mas ele manteve os olhos fechados. *Como Becky e Ben receberiam a notícia de seus ferimentos?*

Então ele relaxou e abraçou a escuridão pacífica.

CAPÍTULO 5

"Anthony? Anthony, querido, você pode me ouvir? "O rosto moreno de Becky pairava a centímetros do seu próprio. O alívio que o invadia era imenso, mas ainda não era suficientemente forte para afugentar a dor esmagadora que o atravessava.

Uma bigorna estava pousada em cima de seu peito, e cada músculo de seu corpo pulsava como se ele tivesse acabado de correr uma maratona. O torno preso à sua cabeça continuava apertando.

"Becky." Ele murmurou."

Graças a Deus, você está bem." Ela se inclinou para frente e beijou-o suavemente, como se tivesse medo de que ele pudesse se quebrar.

"Por quanto tempo eu estive aqui?" A dor intensa o aterrou — ajudou-o a esquecer a folha que ele vira se deslocando na brisa.

"Quinze horas. Eles o levaram direto para a cirurgia quando você chegou. Felizmente, foi bem. "

"Fui baleado," ele sussurrou. Saber que uma bala havia penetrado em seu corpo o consternou. Ele não tinha nem forças para chorar.

"Eu sei."

Ele olhou ao redor daquele quarto de hospital com medo e segurança puxando suas emoções. "Ben?" Ele perguntou.

Becky agarrou sua mão "Ele está na casa do vizinho. Vou chamá-los quando tiver mais informações assim que o médico entrar.

Enquanto seus dedos caucasianos se entrelaçavam com os hispânicos de sua esposa, Anthony engasgou. Ele desejou que Becky pudesse ter visto o campo verde quando ele escorregou. Ele encontrou-se querendo pedir desculpas por tantas coisas diferentes."

Eu sabia que você gostaria que Janet soubesse que você estava aqui," Becky disse quando apertou sua mão. "Liguei para ela imediatamente."

"Obrigado."

Eu a manterei informada. Quando você saiu da cirurgia duas horas atrás, ela disse que estaria aqui em algum momento à noite.

Anthony agonizou pelos muitos textos que ele havia recebido da Janet e como ele ignorou a maioria deles. Se ele tivesse morrido após o tiro, esses textos não respondidos seriam sua última impressão em sua irmã.

Comovente quando você considera como ela

se recuperou depois que sua mãe morreu enquanto ele ainda estava na faculdade. Não é de admirar que Janet continuasse a ser mãe dele.

Ele olhou para Becky. Ela estava chorando e parecia muito cansada. *Ela estava acordada a noite toda?*

"Sabe," disse ele, na esperança de levantar seus ânimos. "Eu fui à loja de *Sam e Ethel* para comprar alguns picolés. Aqueles de morango que tanto gostava." "Eu pensei tanto. Por mais que eu goste, eles não valem a pena pelo que aconteceu."

"Eu não sabia disto." O riso que surgiu de sua garganta doeu seu peito. Ele engoliu em seco. "Você vale a pena — "

Com uma batida gentil na porta, eles se viraram para ver um médico de aparência alegre entrar na sala carregando uma prancheta e uma pasta.

"É bom ver você acordado. Como você está se sentindo?" "Dolorido," disse Anthony. "Cansado."

"Você pode adicionar sorte na lista." O médico moveu-se para a borda da cama e ficou ao lado de Becky. "Conseguimos remover a bala e reparar o dano. Mas se essa bala tivesse sido uma meia polegada mais baixa, as suas chances de sobrevivência seriam escassas.

Anthony apertou a mão de Becky enquanto ele procurava o rosto do médico. "Mas eu vou ficar bem?"

"Você ficará dolorido por alguns dias, e a ferida irá coçar com frequência enquanto cura. Mas sim, terei de mantê-lo aqui por mais tempo para a observação, parece que você está longe da foice."

O médico verificou os monitores. Então ele executou uma série de testes cognitivos, verificou a visão de Anthony e os reflexos.

"Olhando bem." O médico deu um sorriso de aprovação. "Uma enfermeira o examinará novamente em uma hora ou mais. Eu sugiro que você descanse um pouco. Agora, é a melhor coisa para o seu corpo. "

"Eu tentarei," disse Anthony. "Obrigado."

Becky deu um sorriso de alívio ao doutor. "Sim, doutor. *Muitíssima, obrigada.*"

Mais uma coisa. Não fique surpreso se se pegar chorando mais do que o normal. Qualquer cirurgia perto do coração parece afetar as emoções do paciente. O doutor se virou e saiu do quarto.

O rosto de Becky se transformou. Ela se debruçou profundamente e chorou ao lado da cama de hospital de Anthony. "Eu pensei que tinha perdido você."

Ele estendeu a mão e acariciou seus cabelos

negros. "Bem, você não perdeu. "Eu ainda estou aqui, e não estou planejando ir a lugar algum."

Novamente a imagem dele jogando com seu velho no campo veio-lhe a mente. O que isso significava? Ele sentiu que havia algum grande poder esperando por ele do outro lado da grama.

Então, isto era realmente algo para se evitar, ou não?

~*~

Levar o conselho do médico e descansar foi fácil porque Anthony adormeceu com Becky ainda apegada ao lado da cama, suas mãos interligadas.

Uma hora e meia mais tarde, quando uma enfermeira entrou na sala para verificá-lo, ele despertou. A enfermeira afirmou que seus sinais vitais eram bons e ele estava indo na direção certa.

Ele recostou a cabeça para trás no travesseiro, mas agora ele estava bem acordado e ansioso demais para voltar a dormir.

Becky puxou uma cadeira perto da cama e sentou-se ao lado dele discretamente.

Ele a observou e imaginou como teria sido receber uma ligação dizendo que seu marido, de doze anos de convivência, havia sido baleado.

Quanto ela viu? Será que ela o vislumbrou

antes da cirurgia, mergulhado em sangue enquanto era empurrado para uma maca? Ele continuou a olhar sua esposa. Ela era tão autêntica como os cabelos longos moldavam seu rosto, e. Ele estava impressionado com o quanto ele a amava. Com vergonha de quão mal ele a tratara durante a maior parte do casamento, ele soltou algumas lágrimas. As coisas iriam mudar.

Uma batida soou na porta, e Anthony esperava que fosse o médico ou uma enfermeira que voltasse a vê-lo novamente. Em vez disso, Janet passou a cabeça pela porta. Aos cinquenta e dois, juntamente com os seus pequenos cabelos cor de sal e pimenta, o estresse e a preocupação em seu rosto a deixavam parecer estranha como a mãe deles.

"Entre." Sua voz estava demasiadamente fraca.

Sua entrou devarinho no quarto olhando para ele como se ele não acreditasse no que seus olhos viam.

Becky levantou-se da cadeira com um sorriso, e as duas mulheres se abraçaram no final da cama de hospital.

Janet olhou de volta para seu irmão por sobre a cabeça de Becky e franziu a testa. "Oh, Anthony você está mesmo bem?

"De acordo com o doutor, sim."

Estou atrapalhando? Janet perguntou, olhando para Becky.

"Claro que não." Becky deu um tapa na costa da cadeira onde ela está assentada. "Na verdade, por que não fica com ela um pouco? Eu preciso buscar um pouco de café.

"Café parece bom. Poderia me trazer uma xícara também?"

Com um aceno de cabeça, Becky confirmou.

Janet ocupou o posto que Becky ocupava anteriormente na cadeira. "Eu nem mesmo sei o que dizer. Você é tudo que me resta como familiar. Fiquei aterrorizada."

Fiquei um pouco assustado, também," Anthony admitiu com uma risada tímida.

"Eu orei por você durante todo o percurso até aqui. Eu sei que você não liga para isso, mas eu o fiz assim mesmo."

Anthony pensou no campo verde e como o pai deles lhe havia falado. "De verdade, eu fiquei contente."

Talvez, o poder que eu senti do outro lado da grama fosse Deus.

Foi um pensamento perturbador. Anthony sempre acreditou em algum tipo de deus, mas ele basicamente descartou o Deus ao qual Janet tem devotada sua vida. Agora, o que ou quem o trouxe de volta ao mundo dos vivos, usando a visão de seu pai falecido?

Anthony havia sido grosseiro com Janet toda vez que mencionava sua fé. Agora, enquanto ela estava sentada à sua cabeceira e uma atadura cobria sua ferida cirúrgica, ele se perguntava como ela havia adquirido tal fé. Mais do que isso, ele se perguntava como poderia conseguir isso. Mas ele imediatamente colocou o pensamento no fundo de sua mente.

"Se foi a oração ou não quem fez isto," Anthony disse bruscamente, "o médico afirmou que eu tive sorte. Meia polegada de sorte, para ser exato."

"Sim, eu sei." Becky me disse. Você se importaria se eu orasse por você agora?

Anthony ficou um pouco atrás. Mas, que mal poderia haver? "Acho que tudo bem."

Com um sorriso no rosto, Janet pegou as suas duas mãos. Ela as apertou firmemente e curvou sua cabeça.

"Senhor, obrigado por salvar Anthony. Obrigado por sua graça e sua misericórdia e obrigado por —"

Anthony não escutou o resto da oração. Do nada, uma tremenda inundação de sofrimento o rasgou, e ele chorou.

Ele viu o campo verde novamente, mas desta vez, seu pai e seu eu mais novo não foram vistos em nenhum lado. Em vez disso, era apenas ele no seu atual corpo de trinta e sete anos.

Anthony. Uma voz suave penetrou sua mente. *Eu escolhi você. Tenho trabalho para você fazer. Mas você precisa me aceitar e me conhecer primeiro.*

Então rapidamente tudo se foi. A voz e o campo. Tudo foi em um piscar de olhos.

Quando a visão se desfez, ele percebeu que estava ainda chorando, e Janet estava bem pertinho dele.

"Anthony, o que houve? Você está bem?"

"Sinto muito."

"Pelo que?" Perguntou Janet

"Eu não sei." E não sabia mesmo.

Ele não estava seguro se a desculpa era diretamente para Janet, Becky ou Deus. Talvez fosse para todos os três.

"Mas, Eu acho que preciso falar com você."

"Sobre o quê?"

Ele olhou timidamente para ela, "Deus."

CAPÍTULO 6

Anthony olhou com expectativa para a irmã. "Então, o que você pode me dizer?"

Janet sorriu através de olhos cheios de lágrimas. Ela se inclinou para frente, pegando sua mão. "Eu tenho orado para que você visse um dia. Para que você perceba que há um Deus e sinta uma necessidade genuína por Ele."

"Ainda não sei sobre nada disso," protestou Anthony. "Mas aconteceu algo entre o tempo em que fui baleado e meu despertar aqui. Algo bonito e estranho ao mesmo tempo. Algo profundo e íntimo. Algo na escuridão entre o aqui e a morte estava falando diretamente comigo."

Janet inclinou a cabeça. "E você não acha que era Deus?"

"Eu não sei." Anthony encolheu os ombros "Mas, fosse o que fosse, era algo que eu nunca percebi que poderia existir. Tenho que pensar que era sobrenatural. Chame isso de Deus ou o que quiser.

Janet assentiu lentamente, as lágrimas ainda enchiam os olhos. "Eu chamaria isso de Deus."

Uma enfermeira entrou na sala e pareceu

notar as lágrimas de Janet. "Eu preciso pegar os sinais vitais do Sr. Markson. Posso te pegar alguma coisa? "

"Não, está tudo bem," disse Janet. "Por favor, entre."

A enfermeira se aproximou da cama de Anthony. "Eles vão trazer a sua refeição em breve. Claro, existem várias coisas que você não pode comer logo depois da cirurgia. Então, eu vou avisá-lo, a refeição será bem magra." "Tudo bem. Na verdade, gostaria apenas de beber algo.

A enfermeira tomou sua pressão sanguínea. "Vou anotar isso. Acho que você está em uma dieta líquida de qualquer maneira."

Anthony sentiu a braçadeira apertar em torno do antebraço e, em seguida, afrouxar.

Janet limpou os olhos com um lenço que tirara da bolsa.

A enfermeira terminou de listar os sinais vitais de Anthony e se dirigiu para fora.

No momento em que ela se foi, Anthony voltou-se para sua irmã. "Como você pode ter uma fé tão forte? O que faz você ter certeza de Deus? "

"Eu apenas creio." Eu sei que uma resposta insatisfatória, mas é assim mesmo."

"Deve haver mais que isto."

"Eu dei minha vida à Cristo há 12 anos atrás,

logo quando você e Becky se casaram."

"Mas, por quê?

Porque eu senti um chamado. Eu o senti puxando-me. E quando entreguei minha vida a Ele, tudo o mais se encaixou no lugar. Depois de aceitá-Lo, a questão da fé vem como complemento."

"Então você está me dizendo que se eu morresse por causa desse tiro, sua fé não teria sido abalada?"

Janet inclinou a cabeça e deu um sorriso torto, como se estivesse divertido com a pergunta. "Enquanto eu me perguntava por que Ele decidiu levá-lo, deixando para trás uma esposa e um filho jovem," ela comentou, "e é perfeitamente certo perguntar *por que* as coisas acontecem, mas não, eu não acho que eu teria questionado a decisão de Deus. Eu aprendi que Ele faz todas as coisas para o bem."

"Mesmo na morte?"

"Sim." Ela o olhou nos olhos. "Mas, ele não o levou. De fato, se o que você está dizendo é verdade, então eu acho que Ele deve ter usado esta situação para abrir seus olhos para Ele. Ele está lhe chamando."

"Eu não vi Deus quando eu estava desacordado." Sua voz debochada dela.

"Tem certeza" Quer me dizer o que você viu?

Ele foi provado. Ele realmente foi. Mas ele

decidiu mantê-lo para si mesmo. Portanto.

Ele balançou sua cabeça. "Talvez em outro momento." Era muito próximo dele e íntima demais para compartilhar ainda." Justo. Qualquer que seja o raciocínio de Deus, fico feliz por ter conseguido. Eu amo você, Anthony. ""Obrigado. Eu também te amo, mana. De acordo com o doutor, *estava muito perto.*"

"Eu sei. Ele achou que teve sorte, mas, eu acho que foi outra coisa."

Ele sorriu. Sabendo plenamente onde ela chegaria com essa chuva de ideias. "E o que seria essa outra coisa?

Não importa. Não é nada importante.

"Então o que é?

Janet sorriu e apertou sua mão. "O que importa é que Deus escolheu você para algo especial. Contudo você viu ou sentiu, você tem que compreender por si mesmo."

"Eu não estou certo se sei como."

"Você precisa deixa-lo entrar, aceita-Lo e deixa-Lo mostrar a você tudo a respeito disso."

~*~

Pelos próximos três dias Anthony ponderou sobre a conversa que ele e Janet tiveram. Cada vez que ele refletia sobre isto, uma paz incrível se apoderava dele.

Não foi só o fato de ter sobrevivido à um tiro

– Ele começava realmente a pensar que haveria, de fato, uma proposta para sua vida.

Quantas pessoas escaparam de tiros próximos da fatalidade e viveram para contar a história?

~*~

Quando Anthony foi finalmente teve alta do Hospital Becky o levou para casa.

Ben sentou-se no banco de trás maravilhado com seu pai como se fosse um tipo de super-herói.

Anthony ainda estava com dores. Quando ele viu a enfermeira trocando os curativos, foi difícil discernir onde as feridas da bala começavam e as feridas da cirurgia terminavam.

"Você está bem? Becky estendeu sua mão e tocou as dele.

"Sim, eu acho. Estou contente por estar voltando para casa. Hospital não é um lugar para descansar."

"Becky gargalhou." Eu tenho ordens restritas do médico e vou avisá-lo agora. Você estará descansando sob minha guarda."

A vizinhança passava quando eles voltaram para casa. A pitada suave de pingos de chuva na janela acalmava as emoções de Anthony, cercando-o com uma sonolência pacífica.

Quando entraram na garagem, Ben estava

ansioso para ajudar seu pai a sair do carro e entrar na casa. Anthony não achou que ele precisava da assistente, mas queria que seu filho sentisse que estava contribuindo. O que ele mal podia aceitar era o olhar de reverência e admiração nos olhos de seu filho.

Anthony havia negligenciado as coisas importantes e tinha muito a compensar.

"Ok, ordens do médico." Becky bateu brincando nas partes traseira de Anthony. "Gruda sua bunda na cama e durma."

"Se você insiste." Anthony deu um protesto viril. Na realidade, ele estava agradecido com suas ordens. Ele estava muito cansado.

Becky assentiu. "Enquanto isso, vou fazer algo saudável para o jantar para garantir que você se recupere rapidamente."

Entrando no quarto com uma cabeça tonta e um corpo dolorido, Anthony agradecido puxou os lençóis de corais e deitou-se. Ele não pôde deixar de pensar em sua relação instável com Deus enquanto ele refletia sobre a conversa que compartilhara com Janet no hospital. Ele não queria, não acreditava em Deus, mas ele também nunca foi um beato, como sua irmã.

Ele realmente não sabia o porquê, mas as pessoas a quem ela adorava sempre o enfurecia. Como o repeliam, não queria nada com a igreja ou interagir com Deus.

Anthony sempre assumiu sua crença em Deus - como vaga e indefinida — seria suficiente para sua salvação.

Ele tinha seu bilhete para o Céu, e isso era suficiente. Não era?

Mas depois de sobreviver ao tiroteio, ele não pôde deixar de pensar se havia algo mais para ele. E se isso fosse verdade, talvez houvesse mais para Deus do que pensava.

Anthony refletiu sobre sua vida passada, tentando analisar onde ele sempre esteve com o Senhor.

Ele lembrou vagamente a escola dominical quando criança.

Então, ele e Becky foram para a igreja algumas vezes depois de se casar, simplesmente porque sentia que era o que deveria fazer.

Então ele sempre soube que existia Deus. Mas ele realmente se importava?

Anthony levantou a camisa para examinar suas feridas. Claro, elas ainda estavam enfaixadas, mas quando ele passou as mãos sobre elas, ele considerou a fragilidade de sua vida.

Eu deveria estar morto. Mesmo os médicos ficaram impressionados com a forma como eu consegui fazer isso.

Silencioso e cuidadosamente, Anthony saiu da cama e foi até uma prateleira no outro lado da cama. Ele teve que escanear os títulos antes de localizar a Bíblia. Ele não conseguia se lembrar a última vez que ele a tirou da estante. Ele levou a Bíblia para cama com ele. Após algum tempo para ajeitar confortavelmente o travesseiro em suas costas de forma que não agravasse suas feridas, ele abriu o livro ao acaso e sorriu. *Se Janet pudesse me ver agora.*

Ele escaneou algumas linhas e chegou na seção de Salmos que pareceu-lhe um tapa na cara. "A minha carne e o meu coração desfalecem; mas Deus é a fortaleza do meu coração, e a minha porção para sempre."

Meu coração desfalece

Lágrimas caíram, e ele não tinha ideia de onde elas vinham.

Ele leu o Salmo 73:26 novamente, e desta vez ele sentiu um calor em seu ouvido que parecia irradia por todo seu corpo.

Meu coração desfalece

Ele riu um pouco. Ele precisava rir, para manter as lágrimas afastadas.

"Tudo bem, Deus." Ele olhou para o céu com propósito. Algo que ele não fazia há muito tempo. "Você tem minha atenção. E agora?"

CAPÍTULO 7

Anthony passou duas semanas descansando na cama e lendo mais e mais a Escritura.

Ele manteve a Bíblia no criado mudo, e a maioria do que ele lia eram ecos familiares das coisas que ele havia aprendido quando ia na escola dominical, ou durante as poucas vezes que ele se assentou na Igreja quando adulto.

Mas, quanto mais lia, os capítulos começavam a brilhar. As palavras se tornavam vivas e ativas, e as passagens pareciam falar como se fossem escritas para ele.

Ele nunca considerou que um contato com Deus e isso só podia por meio de uma imaginação fanática. Ou com aquelas pessoas loucas que pensam que tem contato com algum ser divino.

Não, mesmo como um crente instável, ele sabia que ter uma conversa com Deus era mais como um movimento em seu coração do que de fato uma audível conversa. E agora ele sentia Deus cutucando-o de modos sutis e não tão sutis desde que ele chegou em casa.

Em primeiro lugar, Anthony tentou dizer a si mesmo que não era nada mais do que esquivar da morte e ter uma apreciação inteiramente nova para a vida. Mas havia muitas coisas a considerar. E elas não poderiam ser todas coincidências. Porque cada pedaço de escritura que ele lia desde que voltou para casa tinha sido falada diretamente a ele de alguma forma.

Além disso, ele estava aprendendo uma lição muito importante. Em toda a Bíblia, Deus escolheu trabalhar por meio de pessoas que não o conheciam no início.

Era estranho, mas Deus não costumava escolher pessoas que haviam sido seguidores dedicados há muito tempo. Em vez disso, o oposto era verdadeiro. Deus parecia chamar aqueles que estavam longe dele, aqueles que viviam no pecado com vidas tumultuadas e muitas vezes deploráveis.

Isto fez Anthony lembrar-se do velho dizendo: "Não me chame, Eu chamarei você."

Enquanto Anthony não achava que ele estava a par com alguns dos casos difíceis com os quais Deus havia trabalhado na Bíblia, ele também sabia que ele era o mais distante de um santo.

Alguma coisa sobre ver a natureza e os objetivos de Deus de tal maneira parecia inescapável. Ele não tinha ideia de onde a ideia vinha, mas toda vez que ele abriu a Bíblia,

Anthony sentiu como se estivesse sendo preparado para algo.

E aquele *algo* era mais do que apenas uma provocação da escritura a nível pessoal. Ele não tinha ideia o que poderia ser, e isto pesava fortemente sobre ele.

Ele não conseguia encontrar coragem de dizer isto a Becky. Ainda, ele sabia que como sua esposa, ela descobriria de qualquer maneira.

Em muitas diferentes ocasiões, ele quase chamou Janet. Ele queria perguntá-la como era realmente sentir a presença de Deus. Como é ouvir Deus falando com você?

Mas, ela disse-lhe que ele teria que descobrir por si mesmo. Além disso, tudo era muito novo e precioso.

Então, a respeito disso, décimo quarto dia desde que teve alta do hospital, Becky estava sempre ocupada preparando frango grelhado com salada.

Como ela prometeu, eles fizeram um esforço para comer saudavelmente enquanto Anthony recuperava suas forças.

Você tem lido bastante a Bíblia ultimamente. Você está redescobrindo o propósito de sua vida depois de quase perdê-la? O tom da voz de Becky indicava uma intenção de piada, mas havia também uma ponta de esperança por trás delas.

"Algo assim." Eu acho. Eu estou certo que deve haver algum motivo de eu ter sobrevivido."

Ela se inclinou sobre ele com um sorriso. "Claro que houve." Ben e eu precisamos de você.

"Sim, mas também acho que Deus tem algum tipo de plano para mim."

O quarto ficou em silêncio depois desse comentário, e Anthony viu um leve sorriso no rosto de Becky. Ben, contudo, franziu a testa enquanto puxava um frango para seu garfo.

"Quer dizer que vamos começar a frequentar igreja? Ben, perguntou em um lamento desapontado.

Anthony sorriu. "É provável."

Eles terminaram o jantar sem muita conversa. Ben pareceu estar chateado sobre o teste que teria no dia seguinte. Pelo menos ele estava horrivelmente calado.

Anthony imaginou, pensou, se o mau humor do Ben devia vir do fato de ele quase ter perdido o pai algum tempo atrás.

Ainda faltava quase duas horas antes do horário que Anthony normalmente ia para cama, mas nesta noite ele se retirou para cama às 8:30 da noite.

Quando Becky veio ao quarto uma hora

depois ele acordou por uns momentos, e imagens de um homem armado e os sons dos tiros na loja de conveniência encheu sua mente. Quando ele voltou a dormir novamente, a arma permaneceu firme em sua consciência. E foi aí que o sonho começou.

Sabendo que era um sonho, a experiência era ainda mais surreal, mas Anthony permitiu que ele o levasse adiante. De qualquer maneira ele não podia fazer nada a respeito.

Mais uma vez, ele se encontrou em um grande campo verde, o mesmo que ele e sua família estavam sentados atrás durante o jogo de beisebol um pouco mais de três semanas atrás. Desta vez, ele estava sozinho, embora houvesse um cruzamento no campo, diretamente onde deveria ser a segunda base.

Anthony foi mancando até o cruz, como se ele não acreditasse muito.

Ele olhou para os estandes vazios. Na verdade, não havia uma única alma no estádio. Só ele.

Nuvens pesadas e cinzentas surgiram, encobrindo o céu azul. Anthony voltou a olhar para a cruz e percebeu que viajara mais longe do que esperava e agora estava de pé diante dela.

Ele tinha se movido com em um sonho, como se o tivesse puxado para ela como uma força magnética. E ele sentiu que havia algo sagrado sobre a cruz. Ela teria certamente uns três metros e meio de altura, seus braços horizontais alcançavam uns bons dois metros e meio de ponta a ponta.

Pensando em referências na escritura, onde as pessoas reagiram ao terreno sagrado, Anthony tirou os sapatos e inclinou os joelhos lentamente até tocarem a relva. Ele então se abaixou ainda mais, colocando sua testa no chão e apertando as mãos em oração.

"Senhor, Sinto muito. Eu sei que tenho lhe esquecido. Tenho pecado contra você.

E ainda assim, você poupou minha vida. Diga-me o que deseja de mim, e você terá isso."

"Não é o que Eu quero." Uma voz por trás dele assustou Anthony. "Mas o que você está disposto a oferecer."

Com o coração batendo, Anthony levantou-se de sua posição de prostrado e se aproximou, esperando ver o rosto celestial do Todo-Poderoso.

Em vez disso, ele viu o rosto mascarado do homem na loja de *Sam e Ethel*. Ele não segurava nenhuma arma desta vez, mas uma bola de beisebol, que ele jogava brincando de uma mão para a outra.

A confusão encheu a mente de Anthony. Esse homem que estava aqui não fazia sentido.

A imagem do homem que quase o matou há três semanas sorriu. "Nenhum homem deve ver o verdadeiro rosto de Deus e viver."

Uma paz inegável e uma calma irradiou através de Anthony assim que o homem falava. *Bem, não é uma sarça ardente. Mas, certamente chamou minha atenção.*

"Há outros como você," continuou o homem. "Vocês são todos meus filhos, mas caíram. Todos vocês viveram traumas porque eu o poupei da morte. E a razão pela qual eu o poupei da morte é para que você pode sair e fazer a minha obra."

"Que obra" Anthony resmungou.

"Preste atenção." O homem deu um passo à frente. "Preste atenção e se tornará claro para você."

Anthony tentou focar no homem, mas o sol brilhou diretamente em seu rosto, não permitindo que ele tivesse uma clara visão.

"Haverá sinais e milagres que o acompanharão," o homem continuou. "Eu quero que você viaje a outros lugares e os ajude." Vocês são meu povo escolhido, e há uma grande necessidade de dons que eu os concederei a cada um de vocês."

Anthony absorveu a mensagem, mas não conseguiu achar palavras para responder.

"Você irá?

"Eu irei," Anthony disse.

"Agora olhe para mi, meu filho."

Anthony olhou para cima, ciente que havia lágrimas em seus olhos. O que ele viu não foi a face de Deus absolutamente, mas parecia mais com o sol. E de dentro do sol, uma mão o alcançou.

Foi neste momento que Anthony acordou. Ele sentou-se na beira da cama, coração batendo, encharcado de suor e ofegante.

Ele não conseguia discernir porque o homem armado representava Deus neste sonho. Mas, uma vez que o significado do sonho penetrou nele, o medo transformou-se em algo que beirava a alegria. Ele sorriu e chorou levemente.

Becky vagarosamente, sentou-se ao seu lado. "Você está bem?

"Sim, ele disse de dentro do quarto escuro.

"Você teve um pesadelo ou algo assim?

"Não exatamente." Não, pesadelo de jeito nenhum. E então e não pôde ajudar a si mesmo. Ele começou a gargalhar alegremente.

Deus falou com Anthony. Ele tinha sido *escolhido* por um Deus que ele quase não acreditava semanas atrás.

A experiência merecia louvor, mas o melhor que ele podia fazer naquele momento era sorrir.

CAPÍTULO 8

Era apenas um pouco mais de 6:00 da manhã, e Ben estava na parte de cima da casa se preparando para a escolar quando Anthony ligou para sua irmã. Ele sabia que ela madrugava como um passarinho, e ele estava ciente dos olhos negros de Becky olhando para ele.

Anthony desconfiava que sua esposa sabia que havia algo diferente nele. Ela era assim. Mas, eles não tiveram tempo suficiente para discutir sobre isto. Não antes de ele ligar para sua irmã Janet.

Suas mãos tremiam enquanto ele segurava o telefone esperando sua irmã atender. Sem dúvida ela estava se preparando para trabalhar, caso contrário já teria pegado o telefone no primeiro toque. Como previu, o telefone soou duas vezes antes que ele ouvisse sua voz.

"Alô?"

"Oi Janet. É o seu irmão mais velho." Ele odiava incomodá-la, mas ele realmente precisava falar com ela.

Ela ficou em silêncio por um momento, provavelmente estranhando sua ligação, tão cedo, e presumindo que algo estava errado. "Quer dizer, meu irmãozinho de um metro e oitenta. Está tudo bem?"

"Com certeza. Mas, é um metro e noventa, eu lhe mostro."

"De qualquer maneira. Você está melhorando? Sua voz foi de preocupação.

"Sim, Janet. Estou bem. Mas estava imaginando se eu poderia falar com você hoje. Talvez eu pudesse almoçar com você."

Novamente, um breve silêncio. Parece ótimo. Você está? Hum.

"O quê?"

"Ok." Ela continuou. "Eu ia dizer isto."

"Dizer, o quê?"

Ela suspirou. "Se você desligar, eu entenderei. Mas, Anthony, eu tenho orado por você desde que você me perguntou sobre Deus no hospital. Bem, eu sempre orei. Mas desta vez eu tenho orado incessantemente. E uma das minhas orações ontem à noite foi que Deus falasse com você. Que Ele fosse firme e claro, porque você é muito teimoso. Você sabe disso. Mas de qualquer forma eu recebi essa sensação de paz. É como se ele me dissesse que tudo ficaria bem."

Lágrimas escorreram de seus olhos enquanto ele a escutava ao telefone. "Eu acho que você está certa."

Ele estendeu a mão em direção a Becky, e ela a pegou com um sorriso amarelo e olhos arregalados. *Poderia ela dizer que algo espetacular estava ocorrendo?*

"Janet, é demais pedir para vê-la em breve? Que tal nos encontrarmos para o café da manhã?"

"Aconteceu, não foi? Anthony, diga-me o que aconteceu.

Eu tive um sonho noite passada. Uma visão talvez. Sem sarças ardentes ou algo assim, mas Ele foi, como você disse, firme e claro."

Anthony ouviu um engasgar na outra extremidade. Ele podia reconhecer o choro de Janet em qualquer lugar porque ela costumava chorar muito - feliz, triste, seja o que for.

"Sim," ela murmurou. "Café da manhã. Vou ligar para o trabalho e mandar um substituto para dar minha aula. Eu vou dizer-lhes que eu tenho uma situação familiar ou algo assim."

"Onde nos encontraremos?" Ele perguntou.

Então eles fizeram planos para se encontrar na cafeteria favorita da Janet. Quando terminaram a chamada, Janet parecia que poderia explodir da felicidade a qualquer momento.

Quando Anthony colocou seu celular no bolso, Becky o abraçou forte. "Eu odeio parecer cínica, mas uma visão?"

"Eu sei. Parece louco e pensar em como costumava me divertir com pessoas como a Janet. Mas é o que é. Não sei como explicar isso."

"Você quer falar a respeito?

Anthony concordou;

Ele sentou-se à mesa com Becky e contou-lhe tudo que ele podia lembrar da visão. Estava tão vivo, que ele ainda podia ouvir a voz como um eco de trovão em sua mente.

Ele contou-lhe sobre a instrução de encontrar outros como ele e os sinais que supostamente seria revelados a ele.

Becky recostou-se e esfregou o nariz. "Você tem certeza de tudo isso? Tem certeza de que você não está estressado por causa do tiro?

"Ele sorriu, imaginando se seria senso de humor de Deus despertá-lo desse jeito, e depois fazê-lo instantaneamente lutar contra o mesmo tipo de ceticismo, do qual ele sempre foi tão rápido em criticar.

"Tenho certeza. Não havia dúvida. Eu sei que era um tipo de sonho, mas havia uma realidade nele. Por mais louco que seja, Deus falou comigo. Eu entendo como deve parecer. Mas você pode simplesmente segurar essa barra comigo? Deixe-me explorá-la. Nunca fui abalado assim."

"Eu sei." Ela riu. "Eu posso ver que você está

meio perdido."

"Mas de um modo bom? Ele estendeu e segurou a mãos dela.

"Sim. De um modo muito bom."

Ben desceu as escadas vestido para o dia, mas ainda estava cansado.

"Bom dia, rapaz." Anthony se lançou para abraçar seu filho. "Seja bom para sua mãe nesta manhã, está bem?"

"Onde você vai?" Perguntou Ben.

"Vou tomar café da manhã com tia Janet."

Os olhos de Ben se cruzaram. "Eu pensei que você não gostava de ficar sozinho com a tia Janet."

Becky riu e deu um olhar para Anthony como quem diz *"eu te disse."*

"De onde tirou essa ideia?" Perguntou Anthony.

"Bem, você está sempre esquivando de suas chamadas e evitando ela."

"Crianças são imprevisíveis. Escutar tal argumento de seu filho não era engraçado, e isto fez Anthony refletir. Sim. É verdade. Mas, tudo isto mudou agora.

"Oh." Ben franziu a testa.

"Na verdade, Anthony disse, enquanto pegava a Bíblia na cozinha e caminhava para a porta. "Muitas coisas vão começar a mudar."

~*~

Despertar

An-hony encontrou-se com Janet na cafeteria e Padaria Paducah.

Embora ele geralmente beba um pouco de café, os nervos de Anthony estavam muito alterados para desfrutar de um copo naquela manhã. Então, ele optou por um copo calmante de London Fog, um chá que o barista recomendou. Ele tocou ansiosamente com o sachê de chá.

"Meu Deus." Janet soprou em seu café, dando-lhe um sorriso nervoso sobre o vapor. "Apenas despeje o que tem para falar. Parece que você está prestes a saltar da sua pele.

"Ele hesitou. "Você vai achar que eu sou louco.":

"Talvez. Provavelmente. "Ela sorriu. "É o que parece O que está acontecendo?

"Ele respirou profundamente e se abriu, tentando o seu melhor para retransmitir os acontecimentos dos últimos dias, começando com a forma como ele se sentiu atraído por começar a ler a Bíblia quando ele chegou do hospital.

Naquele momento, Janet irradiava bastante, fazendo com que Anthony se perguntasse como seria quando ele chegasse à parte do sonho.

Ele continuou, dizendo-lhe como as escrituras pareciam ganhar vida pela primeira vez em sua vida. Como ele sentiu que o próprio Deus estava realmente falando com ele através de Sua palavra.

E então ele chegou à visão. Ele sentiu seus olhos rasgarem durante vários momentos, particularmente a parte em que ele caminhou ativamente para a cruz em frente da segunda base.

Ele manteve olhares furtivos para Janet enquanto contava o sonho e ficou surpreso ao ver que não estava olhando para ele como se tivesse perdido a cabeça. Na verdade, ela chorou silenciosamente por tudo isso.

Quando ele terminou de falar, Anthony voltou a pegar no sachê de sua bolsa de chá. Quando ele não aguentou mais o silêncio, ele perguntou: "Bem?"

"O que Becky pensa?" Janet falou finalmente.

"Ela me apoia. Eu acho. Eu não revelei todo o sonho com ela ainda. Ela acredita em mim, eu acho. Mas então, novamente acabo de dar-lhe a visão geral. Fiz com que pareça mais um sonho vívido do que"

"Do que uma visão?"

"Eu acho."

Você acha que foi isto mesmo que aconteceu então?" Janet perguntou. Uma visão?

"Foi tão real. E as pessoas as quais o homem mencionou no primeiro sonho. Eu estou prestes a encontrá-los."

"E depois de encontrá-los? Como será?

"Aí que está. Deus não me cumulou de informações sobre como tudo que irá acontecer.

Janet sentou-se silenciosamente. O que ela estaria pensando?

Ela estendeu as mãos e tocou às dele. Eu acredito em cada palavra. Em toda a Bíblia, Deus usou sonhos para falar ao povo."

Ela fechou seus olhos e então abriu-os novamente e fitou em seu rosto. "Não estou certo se você sabe ou não, mas Deus raramente usa pessoas que tem suas vidas perfeitamente ajustadas. Em toda a Escritura há evidências que Deus usou pessoas normais, homens e mulheres."

"Como você?

"Para falar a verdade, ele frequentemente usou pessoas desajustadas. E alguns deles simplesmente não gostavam muito Dele."

"Por quê?" Anthony estremeceu. "Isto não faz sentido."

"Depende sobre a quem você pergunta. Mas, eu pessoalmente acho que isto é para mostrar a Sua glória. Ele quer que sejamos capazes de ver Seu poder transformador. E se eu posso ser atrevida em dizer, eu creio que estou vendo isso diretamente em você."

Anthony se sentiu um calafrio nas costa. "Eu não sei o que fazer com isto. E se eu não for bom suficiente? E apenas queria falar com você para ter certeza o que era este tipo de coisa. Se podia ser *real.*"

"Eu acho que sim."

"Obrigado."

"Uma das grandes queixas que muitos dos que desejam ser crentes é por que a Bíblia está cheia de milagres para mostrar o poder de Deus, enquanto o mundo que nos rodeia parece não ter nenhum. Mas há milagres todos os dias. Eu acho que você está vivendo um agora. "

"Está começando a sentir vontade," ele concordou.

Janet pegou sua bolsa, tirou o celular e passou pelos contatos. "Vou enviar-lhe o número de Novos iniciantes, a igreja da qual participo."

Ele estava pronto para isso?

"Se você realmente se sente impulsionado a agir sobre essa visão e precisa de algum discernimento ou direção espiritual, tenho certeza de que o Pastor Good adoraria ajudá-lo."

"Isso parece muito pessoal. Eu me sento bastante estranho chamando você quanto mais um pastor que eu não conheço."

"Deus colocará pessoas ao longo de sua caminhada para ajuda-lo," ela disse. "Eu tenho visto isto muitas vezes, mas a média nunca cobre realmente este tipo de demanda, você entende. Ninguém caminha sozinho quando caminha com Deus."

"Isto soa como clichê."

"Ela riu." "Mas não o torna menos verdadeiro."

Ele sorriu." "Obrigado por encontrar-se comigo. E obrigado pelo apoio."

"Com certeza." Estou emocionada por você e feliz por me envolver. Alguma ideia do próximo passo?

Ele sacudiu a cabeça. "Nenhuma dica."

"Tudo bem." Deus lhe mostrará."

"Sim." Anthony respondeu com uma risada nervosa. "É exatamente disto que tenho medo."

CAPÍTULO 9

Anthony achou estranho estar sozinho em casa.

Os médicos não o liberaram para voltar ao trabalho pelo menos por quatro semanas após a cirurgia, e algo sobre isso parecia estranho a um viciado em trabalho como ele.

Com Becky em seu trabalho no ofício do dermatologista, e Ben na escola, Anthony tinha a casa só para ele. Então ele se sentou na mesa da cozinha e, puxou o celular, digitou o número que Janet lhe enviara para falar na Igreja Novos Iniciantes e Pastor Good.

Ele pensou em chamar logo de imediato. Mas a ideia de contar a alguém sobre o sonho e o que ele estava passando pareceu-lhe que não só seria apenas cansativo, mas também um pouco embaraçoso. Especialmente para um estranho.

Na verdade, ele se sentia um pouco confuso com todas as possibilidades que circundavam sua cabeça. Então, Anthony fez o que os doutores recomendaram. Ele entrou na sala de estar, esticou-se no sofá e descansou.

Fazia tempo que não assistia televisão pela

manhã e quase tinha se esquecido das banalidades apresentadas. Programas de entrevistas, notícias deprimentes, repetições de séries humorísticas terríveis. Não é de admirar que muitos americanos estivessem se tornando viciados em trabalho como ele. Mas se fosse essa a alternativa, ele não queria nada com isso.

Anthony selecionou um programa de notícias que parecia estar no meio termo e sem uma agenda política flagrante. Ele manteve a tv ligada até ficar branca e com barulho e depois entrou no quarto e recuperou sua Bíblia.

Ele achou que deveria fazer uma pesquisa no Google ou outro site para descobrir quais setores da Bíblia mencionavam Deus falando diretamente às pessoas, ou até mesmo sobre o dom da revelação.

Quanto mais ele refletia sobre isso, mais ele sabia que era tudo que ele estava sentindo. Ele tinha recebido instruções para fazer algo particular, e ele presumiu que havia uma razão para isso.

No entanto, ainda havia uma pequena parte dele que questionava, se ele estaria ficando louco. Coisas como essa simplesmente não acontecia com pessoas como ele. Acontecia?

Enquanto ele caminhava de volta para a sala de estar, algo no noticiário chamou sua atenção.

Era uma notícia corriqueira - uma história sensacional exibida no topo da hora para segurar a simpatia dos espectadores. Anthony ouvi o apresentador enquanto ele tomou seu lugar de volta ao sofá com sua Bíblia.

"... em Clanston, Ohio, onde um motorista bêbado foi o único sobrevivente de um trágico acidente envolvendo três carros que levou a vida de um adolescente e um casal idoso.

"A polícia diz que o motorista embriagado, um tal de Michael Reeves, foi jogado de seu carro *depois* que capotou."

"Reeves foi jogado diretamente em uma árvore, e seu ombro esquerdo foi quebrado. Ele não teve outros ferimentos, com poucas arranhões e cortes, e ele espera o que é que supostamente será, um julgamento brutal quando ele for dispensado do hospital. Em outros noticiários.

"Sem ter certeza por que a história conseguiu ganhar sua atenção, Anthony pegou sua bíblia e foleou as páginas para onde ele havia parado no livro de Marcos. Na verdade, ele acabara de ler sobre os homens que planejavam abaixar alguém através de um teto.

Anthony sentiu uma brisa e um som como trovão em sua cabeça. "VÁ ATÉ ELE."

Anthony olhou para a televisão,

perguntando se a voz tinha vindo dali. Mas não, era apenas um repórter sobre os destaques dos jogos de basquete da noite passada.

"Vá até ele."

Ele sabia, sem dúvida alguma que "ele" se referia a Michael Reeves. O nome reverberou em sua mente, sem deixar dúvidas.

Antes que Anthony soubesse o que o havia atingido, ele estava de pé e caminhando em direção ao laptop sentando-se na pequena mesa no outro lado da sala de estar.

Ele precisava descobrir onde estava ficando Michael Reeves e

E o que? Bem, era assustador, mas ele pensou que soubesse.

Ele esperava encontrar outras pessoas. Pessoas que tinham passado pela experiência de quase-morto, como ele passou.

Michael Reeves certamente passou por essa situação. E quantos mais?

Mas Ohio está a várias horas de distância. Eu tenho que ligar para Becky e descobrir quem pegará Ben na escola e –

"Vá até ele." Esse ordem veio uma terceira vez.

"Sim, Senhor."

Com isso ele se comprometeu. O peso da resistência sobre seus ombros, Anthony correu para seu quarto para fazer a mala.

No caminho para o carro, ele pegou o celular e discou o número de Becky. *Como ele explicaria essa situação?*

Ela respondeu, e sem perder tempo ele apenas despejou o que estava em seu coração.

"Becky, Eu sei que parece loucura, mas eu estou compelido a fazer isto."

"O que?

"Veja, Deus me instruiu para que eu encontre este rapaz chamado Reeves. Ele é um motorista embriagado de Ohio, que se envolveu neste terrível acidente e matou três pessoas neste desastre."

"Onde você disse?" A voz de Becky cresceu para um tom maior.

"Está no noticiário de hoje. Aconteceu em Clanston, Ohio."

"E Deus lhe disse, através do canal de notícias, para você ver alguém em Ohio?"

"Sim, Michael Reeves."

"Anthony, querido, você nem mesmo conhece esse rapaz, e neste caso, você nunca esteve em Clanston, Ohio. A cada frase o tom de Becky foi mudando de curioso até chegar agora a totalmente incrédula.

"Eu não creio que seus médicos aprovariam uma viagem tão longa." Eles nem te liberaram para voltar ao trabalho, ainda. Tem certeza que quer fazer essa viagem?"

"Mas, eles também disseram para deixar meu corpo dizer o quanto eu suportaria." Anthony realmente não tinha escolha porque ele fez um compromisso com Deus.

"Eu sei que tudo isto é repentino e parece loucura mas, por favor Becky, confie em mim." Eu escutei algo ou alguém falando comigo.

Se você for, quando estará em casa? Sua voz parece derrotada.

Por favor Senhor, faça-a compreender. "Eu realmente não sei, querida."

Silêncio.

"Eu ligarei quando chegar e deixarei você informada sobre o que eu encontrar."

Ela suspirou. "Bem, tudo bem então. Parece que continuarei sem marido tal qual quando você ia ao bar todo final de semana."

Uma pequena sombra de dúvida surgiu. Peito dolorido pela conversa deprimente Anthony desligou o telefone.

Parece loucura. Se eu fosse ela, eu também não acreditaria em mim.

~*~

Um amargor cresceu dentro de Anthony enquanto dirigia pela Interestadual I-78.

"Qual o problema deste rapaz? Bebendo e dirigindo? Ele pensou que estava em um passeio turístico?"

Reeves matou um casal de idoso e um

adolescente. E, claro, também está bem machucado. Deviam prendê-lo e jogar a chave fora. Ele é o pior dos piores. Uma masmorra seria muito boa para pessoas como ele. Anthony ligou o rádio do seu carro. Ele sintonizou em uma estação cristã da atualidade.

"Estamos falando de uma parábola de Jesus em Mateus 18: versículos 23 a 35."

Anthony aumentou o volume para ouvir melhor o pastor.

"Aqui estava um Rei que perdoou um de seus servos. Este Rei perdoou um homem que lhe devia uma fortuna e nunca teria como pagá-lo. No entanto em vez de jogá-lo na cadeia, este Rei *perdoou a dívida.* Então, mais tarde este mesmo servo mandou jogar na prisão, sem misericórdia alguma, outro homem que lhe devia uma pequena quantia."

As palavras do Pastor atingiram Anthony como um soco no estômago.

"Quando o Rei soube do ocorrido, ele chamou o servo a quem tinha perdoado a dívida que ele não podia pagar e mandou jogá-lo na prisão para ser atormentado **porque ele não perdoou assim como foi perdoado.**"

Com um coração contrito, Anthony lembrou-se de seus próprios episódios de bebedeiras e direção.

Uma vida antes de Jesus.

Despertar

Agora que Anthony tinha sido perdoado tão graciosamente por Deus, como podia ele condenar Reeves, um homem que ele nem mesmo conhecia?

A lição penetrou na mente e no coração de Anthony. Acionando a seta ele saiu da rodovia. Baixando sua cabeça ele permitiu que lágrimas de arrependimento escorressem pela face. "Oh Deus, eu podia ser este homem. Como eu posso julgá-lo uma vez que me mostraste sua misericórdia me perdoando?" Eu me arrependo deste pecado de autojulgamento. Por favor, perdoe-me.

Paz e alívio lavaram sua alma. "Obrigado Deus."

Ele nunca foi um chorão. Não é coisa de homem mostrar esse tipo de emoção. Mas, ultimamente, ele parece chorado um rio de lágrimas.

Anthony limpou seus olhos então checou o GPS. De acordo com a rota, ele ainda tinha nove horas e meia de viagem. Não é de se admirar que Becky ficou chocada por ter considerado essa viagem. Ele sabia que ela simplesmente não entendia.

Era quase meio dia, então é melhor pegar algo para comer e encher o tanque também. Ele só precisaria fazer outra parada antes de chegar a Clanston.

~*~

Com ambos, seu tanque e o estômago, cheios, Anthony retornou sua jornada.

Uma luz brilhante apareceu em frente do seu Porsche e o assustou. "O que é isto?

"Eu, o Senhor, te chamei. Eu te mostrarei onde ir e o que fazer," Deus falou ao seu coração.

Anthony recuperou sua respiração. "Sim, Deus."

A nuvem flutuou em frente ao seu carro, mostrando-lhe onde virar, qual pista pegar para seguir para a próxima saída, e quando seguir o fluxo.

Quando Anthony parou para mais combustível e comida às 6 horas, a nuvem pairava sobre o carro até ele seguir viagem.

E quando o anoitecer caiu, a nuvem tornou-se mais delgada e reta e pegou um brilho rosado. Uma nuvem de um dia e um pilar ardente de noite? Anthony sorriu com esta última exibição do senso de humor de Deus. Às 10:00 da noite, Anthony passou o sinal Bem-vindo ao Clanston. Claro, até então era muito tarde para chamar Becky.

CAPÍTULO 10

Na manhã seguinte Anthony chegou ao hospital às 10:30 imaginando o que Deus havia planejado para ele.

Ele entrou no estacionamento elevado, buscando um espaço próximo aos elevadores. Várias placas até que ele encontrou o que estava procurando no nível Marrom. A hora de visita começa às 11:00 da manhã, e pelo hora encontrou a recepcionista na mesa do visitante, Anthony estava no horário. Ela disse que o número do quarto de Reeves era 212.

Chegando no segundo andar, Anthony seguiu as setas para o quarto que ele precisava.

Mas a porta do quarto de Reeves não estava nem fechada para indicar que o paciente não devia ser perturbado, nem estava aberta para receber os visitantes diretamente. Ao invés, a porta estava ligeiramente entreaberta, e Anthony hesitou.

"Ajude-me, Deus." Ele sussurrou. Então bateu na porta.

Não houve resposta de dentro do quarto.

Anthony engoliu o nó em sua garganta e bateu mais forte.

"Sim." Uma voz grave soou pela porta.

"E agora? Você trouxe outra pílula para enfiar em minha garganta?"

"Existem demônios no quarto, mas não tema, Eu estou com você," Deus falou ao coração de Anthony. A transpiração explodiu em seu rosto. Ele recuou contra a parede da porta. "O que está acontecendo?" Ele sussurrou. "Um demônio?"

"Eu disse que não temesse. Estou com você, e lhe dei o dom do discernimento dos espíritos."

Anthony engoliu o nó na garganta e se aproximou do quarto novamente. Desta vez ele colocou a cabeça dentro.

Um homem de meia idade com uma barba castanha desalinhada, apoiado em um braço, meio sentado na cama e olhando para ele.

Então uma escuridão muito notável começou a preencher a sala e pairava sobre a cama de Reeves.

Uau.

Uma criatura grotesca emergiu da escuridão. Deformado e torcido em seu centro, o demônio tinha duas cabeças. Na testa de uma estava a palavra "IRA," e na outra a palavra "ÓDIO." Ambos os rostos do demônio franziram as testas contra Anthony.

Sem saber por que, Anthony estendeu a mão. Ele ouviu a raspagem de metal, e uma espada tocou sua mão. Ele envolveu seus dedos em torno da bainha.

A espada tinha uma espessa lâmina de prata gravada com a *Palavra de Deus*.

Anthony foi coberto com armadura de proteção lindamente trabalhada que lhe cabiam perfeitamente. Ele moveu seus braços. Surpreendentemente, sentiu-se completamente à vontade.

Reeves continuou a olhar para Anthony, mas não indicou que havia visto nada fora do comum. "Sim? Você tem alguma coisa para me dizer? "Ele voltou para a cama, segurando seu ombro, seus olhos fixos no rosto de Anthony.

Um arrepio veio sobre o corpo de Anthony. O demônio acima da cama do paciente, lembrou a Anthony que não poderia fazer isso sozinho.

O bom metal prateado da espada em sua mão, lembrou-lhe que não era uma luta comum. E então a paz o cobriu com um calor como ele nunca sentiu antes.

"Você é Michael Reeves?"

"Isso depende de quem está perguntando"

Uma das caras do demônio franziu a testa freneticamente para Anthony e o outro usava um sorriso horripilante.

Anthony ouviu mais sons metálicos, e o canto de seus olhos pegou brilhos de luz na sala.

"Eu sou Anthony Markson."

"E daí? O que você quer comigo? E por que você entrou aqui? "Reeves grunhiu.

Agora, as duas cabeças do demônio sorriram maliciosamente.

Anthony segurou a bainha da espada mais firmemente. "Eu só queria conversar com você sobre seu acidente."

Ei, você é detetive ou algo assim? Eu já contei à polícia tudo que podia me lembrar e não foi muita coisa. Reeves sorriu desmaiando e deixou seus olhos fecharem. E eu estava muito embriagado. Então, outra cara feia surgiu no rosto de Reeves: "Do que se trata afinal?

"O demônio torceu uma das suas cabeças de um lado para o outro como se imitasse o aborrecimento de Reeves.

"Trata-se de Deus," respondeu Anthony sem hesitação.

Ao som do nome do Senhor, o demônio encolheu, gritou e escondeu os dois lados.

O coração de Anthony bateu como se quisesse sair do peito. Ele apertou a espada brilhante e ficou firme.

O franzido na testa de Michael Reeves se aprofundou. "Deus? O que ele tem a ver com isso?

O demônio sacudiu à segunda menção deste *nome* e cobriu a cabeça.

"Talvez nada, talvez tudo." Anthony respondeu.

"Os olhos de Reeves se arregalaram. "Você é um pregador?"

"De jeito nenhum. Longe disto." Anthony riu.

"Bem, então?" Reeves fez outra intenção de sentar-se. Ele fez uma careta e agarrou seu ombro. "Continue. Diga-me o que deseja ou chamarei a enfermeira.

Ele alcançou o botão de chamada, pegou lençol da cama em um punho e tentou puxar a si mesmo para cima.

A criatura desenrolou-se e avançou para a frente da sala, colocando-se entre Reeves e Anthony. Os olhos do demônio brilhavam com fogo. Todos os quatro olhos.

"Eu quero apenas falar. Diga-me por que bebe e deixa o álcool controlar você?

"Controlar a mim? Controlar a mim? Nada me controla, senhor."

Com a colocação de Reeves, o demônio deu um passo atrás e o som grosso e estranho do riso encheu o quarto.

Anthony pensou que Reeves iria para o botão de chamada novamente e então percebeu que ele havia solto o lençol.

Reeves deitou-se de costas em seu travesseiro exausto. "Eu bebo para esquecer."

Uma vez mais o demônio gargalhou. Ele se torceu, torceu, subindo e descendo em uma forma de dança.

"Esquecer o que? Anthony pressionou. "O que você precise esquecer?"

Reeves estreitou seus olhos. "Senhor, por que você se importa? Quem é você afinal?

O demônio parou de girar, e ambas as cabeças sorriram com a pergunta.

"Sou apenas um amigo."

"Eu não tenho amigos." As pálpebras de Reeves caíram.

O sorriso do demônio tornou-se cadavérico, fazendo um buraco escuro em ambos os rostos.

"Você tem um agora," disse Anthony, enquanto Reeves vagava para dormir. "Eu sei de fato que Jesus te ama."

A criatura se fechou às palavras de Anthony e recuaram. A escuridão no quarto diminuiu um pouco.

"Que amigo nós temos em Jesus." Anthony cantou palavras de um velho hino que ele lembrava de quando era criança.

Quando ele terminou, Anthony olhou ao redor do quarto. Reeves ainda dormia em paz, o demônio tinha desaparecido, e o quarta estava novamente banhado pela luz natural do dia.

Despertar

Anthony saiu no corredor e fechou a porta. A espada que havia na mão de Anthony tinha se ido, mas ele ainda sentia a essência do metal frio contra sua pele.

Ele recostou-se contra o muro. "Uau. Aquela criatura era uma coisa horrível. Obrigado por sua proteção, Deus. A proteção. Sim, isto foi lindo."

"Parabéns," Deus sussurrou ao seu coração, você expulsou *Mastema* o demônio da hostilidade."

Anthony maravilhou-se com o que tinha acontecido. Ele pegou seu celular e ligou para Becky, esperando encontra-la em seu horário de almoço.

"Bem, você encontrou seu Sr Reeves?

Ele sorriu enquanto sua voz cansada entrava em seu ouvido.

"Você parece cansada. Dia difícil de trabalho?

"Apenas algumas políticas de escritório que eu acho que finalmente ajustamos. Esperando por uma tarde mais tranquila. Mas, e você? Missão cumprida?

"Sim, mas eu também descobri algo mais. Algo realmente feio neste processo.

"O que quer dizer? Ela disse. E então ela bocejou.

"Quer dizer que não estarei em casa hoje à

noite. Parece que fui recrutado para o exército. Ok, querido. Até amanhã." Becky parecia distraída. Talvez não estivesse tão confiante sobre sua tarde.

Assim que desligou ele ouviu a voz de Becky elevar-se. "O que?" Mas ele tinha já encerrado a ligação. Talvez ele pudesse descobrir o que ela perguntaria amanhã.

Com uma pontada de culpa, Anthony percebeu que não estava tão certo de que ele estaria em casa, amanhã, também. Embora o demônio tivesse recuado por enquanto, Anthony sabia que ele voltaria outro dia.

Mais tarde, naquela noite, enquanto ele se acomodava na cama do hotel, ele esperava dormir, mas duvidava da experiência que ele tinha se permitido.

"Eu segurei uma espada em minha mão, vi um demônio, e eu reconheci a realidade do que realmente vai por trás dos eventos. Minha vida nunca mais será a mesma, novamente.

CAPÍTULO 11

Anthony sabia que a espada que o protegera era A palavra de Deus. Todas as respostas para este novo desafio em sua vida seria encontrado nela.

Ele gastou a maior parte da noite buscando em sua Bíblia por escrituras que indicasse o que Deus faria agora em sua vida. De algum modo levado ao livro de Efésios, Anthony escavou os capítulos até encontrar o que estava procurando tão desesperadamente.

Efésios 6:10 continha a chave para tudo, inclusive para a fonte de todo poder que ele precisava para a batalha.

Ele precisava muito mais do que apenas a espada, e este verso ensinou a verdade sobre colocar a armadura de Deus. Anthony agradeceu a Deus por revelar o segredo.

Finalmente, Anthony caiu no sono mas, foi acordado pelo som de ranger de metais.

Ele já tinha ouvido este som antes, e ele viu-se segurando uma espada. Mas, desta vez não era a ressonância de apenas uma espada contra outra, mas muitas.

Quando Anthony abriu seus olhos, o quarto

estava cheio de soldados. Eles estavam em alerta, todos vestidos com um jogo de armadura.

Anthony não conseguiu pronunciar uma palavra ao observar os guerreiros caírem de joelhos, curvando em fidelidade perante alguém acima deles.

Uma grande luz, que quase o cegou, apareceu entre Anthony e os soldados de tal forma que, por um momento ele não conseguia vê-los.

"Levantem-se, homens, vão até onde este for, pois eu tenho dado a ele os dons da inspiração. Siga-o conforme ele liderar. Faça conforme eu ordenei." Era a voz do Senhor dos Exércitos, forte, porém estranhamente gentil. Os soldados estavam de pé como um corpo, com espadas desembainhadas, como se estivessem prontos para a batalha.

Assim que poderoso exército desapareceu, o quarto tornou-se pequeno como era antes, novamente em um simples quarto de hotel.

Anthony reclinou-se de volta ao travesseiro. "Uau." Uma força interior encheu seu ser. Uma excitação tomou conta de todo seu corpo.

Eu estou vendo uma realidade? Deus está me revelando o que está acontecendo?

Olhando para o relógio, ele percebeu que já era quase manhã. Ele não tinha dormido muito, mas ele não podia perder mais tempo.

Ele levantou-se e carregou sua Bíblia com ele para a área do café da manhã oferecido pelo hotel. Após uma rápida refeição ele prontamente se dirigiu ao hospital. Sem demora ele estava atravessando o corredor em direção ao quarto 212.

A porta estava entreaberta desta vez também, então ele ouviu alguém se mexendo. Não ouviu nada e espionou a sala.

"Quem é você?" Uma voz atrás dele, perguntou.

Sem se encolher, ele se virou e viu uma mulher curta e matrona com os cabelos castanhos dourados e enrolados.

"Oh, desculpe. Eu sou Anthony Markson."

"Por que você está aqui espiando o quarto do meu marido? Você conhece ele?" Perguntou em um tom acusador.

A escuridão pairava atrás dela. Ela também tinha um demônio assustador?

Anthony claramente ouviu o som de um riso distante. Uma risada malévola.

"*É hora da batalha,*" Deus falou a ele em um sussurro.

"Eu realmente não o conheço. Desculpe-me. Eu esperava que ele acordasse para que eu pudesse falar com ele por alguns minutos.

"Bem, por que você não bateu à porta?" Ela

olhou ele de cima a baixo.

Quando ele não respondeu, ela aproximou-se dele e empurrou a porta. A porta se abriu para um quarto vazio.

Naquele momento, uma enfermeira caminhava por perto usando uma placa gravada com a palavra Justiça, sobre o uniforme. Ela era pelo menos alguns centímetros mais alta do que sua irmã Janet, seus olhos verdes estavam cheios de compaixão, e seu sorriso estava radiante. "Oh, Sra. Reeves, você está procurando por seu marido? Ele está no raio-x."

A enfermeira olhou para Anthony. "Olá, meu nome é Abby Power. Como posso ajudá-lo? E então ele ouviu sua doce voz chamá-lo, "Irmão."

Anthony sorriu. "Eu sou um amigo do Sr Reeves. Eu apenas passei para falar com ele."

"Ele estará de volta em poucos minutos. Vocês dois podem esperar nesta sala se desejarem."

Anthony tinha certeza de que ele vislumbrou a bainha de uma espada no final da manga de uniforme, quando Abby se virou e se afastou.

"Obrigado." A Sra. Reeves entrou no quarto. A escuridão a seguiu.

Talvez a Sra. Reeves pudesse dar uma visão a

Anthony sobre a situação do marido, mas ela definitivamente tinha necessidade de libertar-se. E, afinal, ele veio aqui porque Deus o chamou para essa tarefa.

"Eu lhe dei um novo nome, *Guerreiro*," o *Senhor dos Exércitos* sussurrou. "Prepare-se para a batalha."

Então Anthony sabia que ele tinha que estar preparado para lutar em breve. Ele já podia sentir a essência do metal liso contra sua pele.

"Entre." Sra. Reeves quebrou o silêncio. "Eu gostaria de saber como pode ser amigo de Michael e ainda assim não conhecer meu marido."

Ele juntou-se a ela dentro do quarto de Michael, no Hospital e assentou-se em uma cadeira próximo à porta.

Com um sorriso estranho em seu rosto, ela se ajeitou numa poltrona reclinável próximo à janela.

Enquanto ela se inclinava na poltrona, Anthony percebeu ao redor dela. O lugar tornou-se cada vez mais escuro até que noticiou o chão se abrindo.

Saindo do buraco, subiu uma enorme corrente pesada. A ponta da corrente se anexou em torno da perna esquerda da Sra. Reeves.

Grandes gotas de líquido espirraram no poço. Anthony levantou os olhos. O líquido estava vindo dos olhos castanhos claros da Sra. Reeves. A poça de suas lágrimas continuava se alargando até quase chegar aos pés de Anthony.

Tristeza. Uma profunda tristeza a encadeava.

"Como você conheceu meu marido?" Perguntou ela.

"Na realidade. Acabei de encontrá-lo aqui na noite passada.

"Aqui? Mas como? Você não o conhecia antes disso?

"Anthony balançou a cabeça. "Não. Apenas ouvi falar sobre ele na TV."

Seus olhos se arregalaram. "Na TV. Então você está dizendo que não o conhecia antes de ele aparecer no noticiário?"

"Isso mesmo. Eu não o conhecia."

Vendo sua expressão de incredulidade, ele completou, "Mas, eu encontrei-o ontem, e ele parece ser um homem *interessante*, certo."

Ela franziu a testa. "Oh, pode-se dizer que ele é *interessante*, tudo bem.

De repente, a água ao redor de seus pés jorrou, girou e subiu para cima, até que encharcou suas pernas.

O estranho era que ela não parecia notar. Anthony olhou para a esta visão com espanto.

"Meu marido não é um homem legal. Ele nunca foi legal comigo ou com ninguém. Ele está bravo e deprimido. "Ela estremeceu e olhou para Anthony com os olhos feridos. "Faço tudo que posso para ficar casado com ele. Eu o odeio."

Com essas palavras, ela colocou a mão sobre a boca. "Não posso acreditar que eu disse isso."

Um demônio saltou do poço, as mãos nos quadris e levantou a cabeça para trás soltando gargalhadas.

Os cabelos do pescoço de Anthony se arrepiaram.

O elfo, como criatura empoleirada na borda do poço, cruzou as pernas e inclinou-se para a frente. "Pobre alma miserável," ele falou com cinismo. "Quão maravilhosa é a sua dor e tristeza."

Mais uma vez, a brilhante espada de prata estava apertada em sua mão direita, real e fria ao toque.

Um cinto largo e macio laminado com a palavra, VERDADE deslizou em torno de sua cintura.

Então um capacete acomodou-se em sua cabeça, e um escudo apareceu em sua outra mão.

A couraça cobrindo seu coração e pulmões era parecido com aquele que Abby estava usando. Seus pés calçados com botas brilhantes de guerreiro.

Anthony estava preparado, mas ele não sabia o que deveria fazer a seguir. No entanto, ele estava vestido com a armadura completa de Deus, e esperou.

"Eu realmente não odeio Michael. Eu sei que é errado odiar alguém. Mas estou tão cansada de lidar com a seus maus tratos em relação a mim tanto fisicamente como emocionalmente." Então ela acrescentou: "Desculpe. Não queria me desabafar com você. Eu simplesmente não consegui falar com ninguém desde que toda essa bagunça aconteceu. Com o acidente e a morte dessas pobres pessoas.

"Desta vez, suas lágrimas eram reais.

Enquanto ela continuava a chorar, a poça de água subiu para seus ombros.

"Eu tenho sofrido anos de abuso em suas mãos. Anos de abuso físico, mental e emocional. Eu sou tão miserável. Eu estou desesperada. "Sua voz lacrimejada tremia enquanto a água girava em torno de seu rosto.

Perdix, o demônio do desespero e a tristeza nadaram para cima com uma expressão de vexação extrema.

A Sra. Reeves começou a tossir e obviamente ficou sem fôlego.

Anthony sentiu uma onda de compaixão protetora. "Você tem uma tristeza profunda, e você tem lidado com isso por um longo tempo."

Despertar

Seu coração bateu mais rápido. De onde vieram essas palavras?"

Eu lhe dei o dom da sabedoria," Deus falou ao seu coração. "Use-o com prudência."

A Sra. Reeves pôs-se de pé. "Como você sabia disso?' Seus olhos se reviraram. "Quem é você?

"Perdix franziu a testa e prendeu a corrente que segurava sua perna.

Ela tropeçou. Anthony a pegou e firmou. "Jesus irá ajudá-la."

Quando Anthony agarrou a corrente dos pés, ela se partiu como se fosse feito de papel.

O demônio grunhindo cresceu de tamanho e tentou agarrá-la com seus longos dedos curvos.

Anthony levantou seu escudo entre ele e Perdix. Ele balançou a espada e cortou a mão do demônio.

As águas recuaram.

O demônio correu freneticamente de volta ao seu poço maldito.

As correntes que anteriormente prendiam a Sra. Reeves desapareceram e ela voltou para a cadeira.

Ela olhou para Anthony com esperança em seu rosto. "É assim que você sabia sobre mim? Jesus falou com você? "

Aqui está alguém que O conhece. Anthony acenou com a cabeça e sorriu. "E é assim também que eu sei sobre seu marido. Deus tem visto suas tristezas por um longo tempo. Ele tem apenas esperado que clamasse por Ele."

"Por favor, me chame de Deborah. Eu aceitei Jesus em minha vida quando era criança. Mas, desde então eu tenho tropeçado em caminhos escuros. Caminhos muito escuro. Você pode fazer algo para ajudar-me?"

"Certamente. Deixe-me orar por você." Anthony esperou pelo seu consentimento.

"É como se algo sinistro terminasse, e Eu pudesse respirar com dificuldade. Às vezes eu realmente tenho medo de que possa morrer."

Ele curvou sua cabeça "Jesus, Rei dos Céus, eu clamo, na autoridade que me deste, restaure sua filha Deborah. Dê forças para que ela possa resistir ao diabo. E ordeno Perdix, o demônio da tristeza que saia dela e não volte mais. Pelo seu sangue e por sua justiça. Amém."

Anthony olhou para cima quando terminou sua oração.

Deborah tinha um cinto da Verdade como a dele. E rodeada por um largo grupo de soldados ajoelhados.

O momento em que Deborah sussurrou, "Amém," a enfermeira, Abby, ainda usando a couraça da justiça, adentrou-se no quarto com Michael na cadeira de roda.

Michael apertou os braços de sua cadeira de

rodas e vestiu seu olhar aparentemente perpétuo. "Ei, o que está acontecendo aqui?

"Deborah, Anthony, e a enfermeira simplesmente sorriam quando Michael olhou de um para o outro.

"Muito bem, meus bons e fiéis servos. Mas não desfaçam de armadura ainda. "O vento apressado da voz sussurrada de Deus soprou nos ouvidos de Anthony.

Mastema, na forma do demônio gêmeo Siamês de Raiva e Ódio, materializou-se a partir de uma nuvem escura que cercava Michael.

Inclinando-se, o demônio colocou cada cabeça ao lado dos ouvidos de Michael e sussurrando com as duas bocas, o demônio atiçou a raiva de Michael. "Eles estão zombando de você."

"Você não vai deixar que eles façam isso, você vai?"

"É melhor mostrar-lhes quem está no comando aqui."

Michael manobrou a cadeira para a bolsa de lona na beira da cama. Ele fez um rápido movimento com o bom braço. "Eu já tive o suficiente dessa bobagem."

E mais uma vez, Anthony tinha uma arma apontada para ele.

CAPÍTULO 12

Abby estendeu sua mão para Michael. "Dê-me isto."

O rosto de Michael ficou pálido.

O quarto ficou em silêncio até que a enfermeira, calmamente falou, Michael, em Nome de Jesus, dê essa arma para mim."

Anthony observou o demônio Mastema desaparecer no chão, com gritos e xingamentos.

Então, com um movimento gentil, Michael, abaixou o revólver e colocou nas mãos da enfermeira.

Nisto, Anthony e Deborah, ambos respiraram aliviados.

Michael abaixou sua cabeça envergonhado. "Por favor, não chame a polícia." Sua voz tremia como se fosse chorar. "Eu estava com tanta raiva e assustado. Não queria causar-lhe nenhum mal. A nenhum de vocês." Ele olhou para sua esposa e então para Anthony. Eu não sei o que me fez puxar a arma."

"Irmão Anthony, porque não tem uma conversa com esses dois enquanto eu procuro ao Tenente Collins?" Abby disse antes de encarar Michael novamente.

"Não se preocupe. Você terá o suficiente para lidar quando sair daqui sem que eu adicione isto à sua lista. O que eu quero dizer é, eu *terei* que devolver essa arma, mas *não preciso* dizer que apontou para alguém."

O dom da fé brilhou no sorriso de Abby. Era óbvio que ela estava totalmente confiante em um poder superior do que em sua habilidade humana.

Ele podia usar alguém como ela ao seu lado nestas batalhas.

Assim que a enfermeira deixou o quarto, Anthony virou-se para Michael. "Suponho que você me conte sobre sua raiva e o que você acha que a provoca."

Anthony passou o resto da manhã conversando com Michael e Deborah.

Deus revelou muito sobre o que estava acontecendo com eles ao coração de Anthony, dando-lhe o dom de Palavra de ciência.

Assim que outra enfermeira entrou para dar o medicamento a Michael, Anthony sabia muito mais sobre o casal de meia idade. Como outros antes dele, Michael havia deixado o álcool assumir o controle de sua vida.

O demônio de raiva e ódio foi a causa de seu consumo de álcool, bem como tudo o que aconteceu. Então, era um ciclo vicioso.

O álcool alimentou o que já estava

trabalhando na vida de Michael para derrubá-lo ainda mais.

E o que o arruinava era que Michael tentava superar tudo com seu próprio poder humano. Ele admitiu ser abusivo com Deborah e com lágrimas, ele pegou sua mão e pediu desculpas a ela. Naquele momento, Deborah também estava chorando. Mas, pareciam ser boas lágrimas desta vez.

Anthony olhou para eles. "Ainda não entendi tudo, mas pelo que experimentei nas últimas semanas, ninguém pode lutar e vencer esse tipo de batalha sozinho, com suas próprias forças."

"Talvez." Michael balançou a cabeça. "Mas parece como se eu fosse um tipo de homem que poderia."

"Lá vem você, e auto flagelando. Você precisa parar isso meu amigo. Deus quer uma relação pessoal com cada um de nós. Eu sei disso, porque Ele falou comigo de forma audível e sussurrou em meu coração."

"Isto é pesado." Michael balançou sua cabeça maravilhado. "Parece irreal dizer que conhece a Deus pessoalmente."

"Eu sei que o nome de Jesus nos livra dos demônios que nos fazem ser pessoas que realmente não queremos ser. Eu sei que a armadura está disponível e um poderoso poder de proteção, que nos cobre quando estamos dispostos a deixar Deus lutar nossas batalhas por nós."

"Foi isso que aconteceu? Deus usou você e Abby para lutar contra minha batalha?"

"Bem, com certeza não era minha própria força. Deus me dá visões mostrando o que vai acontecer e qual é a realidade da situação."

"Pesado."

"Eu vou estudar muito mais sobre isso quando chegar em casa." Anthony segurou sua Bíblia. "E eu sei onde encontrar as respostas."

Michael pegou a mão de Deborah. "Minha esposa vai me ajudar a estudar." Ele olhou para ela, "Não vai?"

Deborah assentiu.

"Agora sei que eu preciso de Jesus e o único modo de tê-Lo, é chamar por Ele. Realidade que não pode ser vista com nossos olhos," Anthony disse.

"Eu sou grato pelo que Jesus fez por mim hoje." Deborah olhou para seu marido. "Por Michael e por mim também."

"Depois que eu cavar fundo na verdade escrita aqui na Bíblia, eu voltarei para mostrar-lhes o que eu aprendi, se vocês quiserem ouvir."

"Ambos concordaram."

"Eu sinto que você salvou nosso casamento, e possivelmente nossas vidas." Deborah derramou uma lágrima em seu rosto.

Anthony sacudiu a cabeça. "Não, somente o nome de Jesus pode fazer isto. Na verdade devemos todos ser parte de um exército que Deus está levantando."

No caminho de volta para o Hotel Anthony não conseguia tirar da cabeça a fé de Abby. Como poderia alguém saber que Michael não atiraria? Então Anthony lembrou o vislumbre da armadura. Ela era uma guerreira, ou ela certamente estava a caminho de se tornar uma.

Anthony aproveitou o conhecimento de que Deus falou com ele nos últimos dois dias.

Ele foi enviado aqui para conhecer Michael. Certamente Deus teve um trabalho para ele fazer também. E quanto a Deborah? Ela também teve um dom especial? Ela deveria ser parte do exército de Deus?

Anthony tinha visto o cinto de Verdade dela. Ele sorriu. Pelo menos, ela seria um grande apoio para Michael, assim como Becky o apoiaria, uma vez que ouvisse as poderosas manifestações de Deus.

Agora que a crise atual parecia ser passado, era hora de ligar para casa. Anthony apertou o número de Becky em seu celular. Ela respondeu quase que imediatamente.

"Oi querida. Eu estava ligando para informá-la que já estarei a caminho de casa em breve."

"Bem, é bom saber," ela respondeu ofegante. "Melhor você se apressar."

"Becky, o que há de errado."

"Estou a caminho do hospital com Ben. É a asma dele.

"Ei, eu apenas cheguei no Hotel. Eu darei a saída e estou a caminho," Anthony disse. "Levei dez horas para chegar aqui, mas vou tentar acelerar um pouco mais quando estiver no meu caminho para casa. Ore para que eu não entre em um tráfego pesado ou seja parado por fiscalização. Diga a Ben que eu o amo, e que ele ficará bem."

"Não, Anthony, não vou dizer a ele isso, porque ele não está bem." Becky tinha aço em sua voz. "Estou olhando no espelho retrovisor agora. Ben está batendo de um lado para o outro porque ele não consegue respirar. Você deveria estar aqui que é seu lugar."

Anthony ouviu o click dela desligando a ligação. Ele perderia sua família por causa desta missão? "Deus, não permita que nada aconteça ao Ben. Ajude-me chegar em casa rápido e em segurança."

Suor desceu em sua testa. Onde estava Deus agora? Por ele e sua família? Por Ben?

"Jesus, ajude-me."

Levou dois terços do tempo para Anthony chegar ao hospital em sua cidade natal, como havia levado para chegar onde Michael havia estado. Anthony não podia acreditar que um patrulheiro não o tivesse parado. Eram apenas 7:00 da noite quando ele pulou para fora do carro. Deus havia estado com ele depois de tudo.

Ele abriu as portas duplas do hospital e correu para o Departamento de Emergência.

Uma enfermeira olhou para cima com uma expressão de alarme enquanto ele explodia.

"Acabei de chegar de Ohio. Meu filho de seis anos está neste hospital em algum lugar. Você pode me ajudar a encontrá-lo? "

"Farei o que puder. Qual o nome do seu garoto?

"É Ben Markson."

"Eles estão preparando um quarto para ele no andar de cima, mas, enquanto isso, sua família ainda está em sala de observação." Ela levantou-se. "Deixe-me mostrar-lhe onde eles estão."

Ele encontrou a sala lotado enquanto Ben estava passando por um tratamento respiratório. Janet saiu para dar espaço a Anthony.

Ben estava pálido e ofegante pelo ar.

"Há quanto tempo ele está assim? Vocês estão aqui há sete horas, certo?

"Becky olhou para ele. "Que bom que você

está aqui. Eu estava tentando mantê-lo calmo.

"O coração de Anthony acelerou assim que ficou de pé ao lado de seu filho. Este foi terrível. O pior estado em que ele já viu Ben. "Oh, Deus," ele orou. "Não deixe que nada aconteça ao nosso filho."

Anthony sentiu a mão de alguém em seu ombro. "Ben ficará bem," uma voz penetrou sua mente.

"Obrigado, Deus," ele sussurrou.

"Ele não está fora de risco ainda, Anthony." A voz de sua esposa soou estridente.

"Ele estará."

Becky olhou cética, mas só agora ele começou a respirar melhor.

Ele abriu os olhos. "Papai, você está em casa."

"Sim. Agora apenas deite quietinho e respire o medicamento. Você ficará bem rapidinho, e veremos e conseguimos um sorvete para você."

Oba. Ben disse com um pouco de dificuldade.

"Não tente falar ainda, Ben." Becky tocou o ombro de seu filho. "Papai e eu vamos ali no corredor e conversar um pouco. Tia Janet voltará para você. Apenas continue respirando profundamente, ok?

Becky apontou com a cabeça para um lugar fora da sala de observação.

"Quando tudo isto começou? Anthony

perguntou antes que ela começasse com suas perguntas.

"Eu ouvi Ben tremendo quando eu acordei esta manhã, e eu corri escada acima para vê-lo. Ele me assustou muito." Ela sacudiu a cabeça. "Você deve pensar que como eu já passei várias vezes por isso com ele, eu estaria acostumado a isso."

"Você quer dizer que isso já foi tão ruim antes?"

"Nunca durou tanto tempo," admitiu Becky. Ben melhorou rapidamente com o último tratamento respiratório, e não demorou muito para que ele estivesse acabado e implorasse pelo sorvete."

Uma atendente chegou à sala de recuperação. "Estamos prontos para transferi-lo para ala pediátrica, rapazinho."

"Eu pedirei um sorvete para ser entregue para este quarto, disse a enfermeira de plantão.

Ben sorriu de orelha a orelha enquanto a atendente o levava na cadeira.

'Vocês podem ir para sala de espera pediátrica até assentarmos ele, continuou a enfermeira. "Não deve demorar muito. O número do quarto é 359, e eles deixarão a porta aberta quando estiver liberada a entrada de vocês."

"Obrigada." Becky lançou seus longos

cabelos negros e saiu do Departamento de emergência inconsciente se Anthony ou Janet a seguiria.

"Ei." Janet chamou. "Espere."

Quando ela alcançou sua cunhada, Janet laçou seu braço em volta do cotovelo de Becky como se quisesse segurá-la para não correr.

Então virou sua atenção para Anthony.

Então, o que você tem a nos contar sobre seus últimos quatro dias?

"Oh, eu tenho muito que partilhar com vocês duas."

Quando ele contou sobre seu primeiro encontro com Michael e o demônio que flutuava sobre sua cabeça, Becky começou a tremer.

Ela parou de caminhar. "Anthony, que assustador. Eu não tinha ideia que você estaria em grande perigo."

"Aí é que está, Becky, Eu não estava perigo algum."

Ela deu uma olhada para ele como quem diz – caia na real. Nenhum perigo? Um demônio? Certo. Você viu isto. A criatura rosnando para você e me diz que não estava em perigo. Certo."

Janet cutucou-o com um cotovelo. "Anthony, quem diria."

"Espere. Apenas espere." Ele levantou as duas mãos. "Antes mesmo de entrar no quarto do hospital onde Michael estava, Deus me contou o que eu encontraria."

"Deus te contou?" Becky bufou. "Você realmente ouviu uma voz?

"Anthony estremeceu com seu desprezo. "Eu ouvi naquele momento, mas outras vezes ele falou ao meu coração."

Quando Anthony contou sobre a visão do exército ajoelhado no quarto do hotel, Becky revirou os olhos.

"Becky, é verdade. Eu vi aqueles soldados com suas armaduras de prata, segurando espadas e ajoelhados. Eu vi um brilho de luz à nossa volta e ouvi aquele que se chamava *Comandante Elite* dando ordens para eles me protegerem."

Becky soltou-se dos braços de Janet e correu pelo corredor. Anthony, deixe-a ir. Ela provavelmente necessitava de um espaço para poder absorver suas novidades, antes que eles se encontrassem no quarto de Ben.

"Anthony, você está me dizendo que Deus o guiou em tudo isto? Janet perguntou.

"Com certeza. Eu sei que Ele guiou. Quando eu clamei o nome de Jesus, o demônio se encolheu, e quando eu mantive mencionando o nome de Jesus e cantando hinos, o demônio desapareceu."

"Uau, que história."

Oh, há muito mais." Anthony respondeu. "Eu ainda não contei-lhe sobre o demônio de Deborah, ou que eu cortei sua mão fora, ou da enfermeira que foi capaz de levar o revólver de Michael."

Becky tinha voltado a eles. Uma arma? Ela parou horrorizada. "Outra arma? Quando isto terminará?"

"Bem, não terminou ainda porque eu prometi a eles que estudaria um pouco mais e então voltaria."

"Voltar?" As mulheres disseram em uníssono.

Becky sacudiu sua cabeça. "Você não pode voltar."

"Eu tenho, querida. Deus me está chamando para Seu Exército, e esta é uma batalha espiritual. De que forma as pessoas saberão que está acontecendo em seus mundo?

Realidade não é sempre o que vemos."

Becky torceu suas mãos. "O que acontecerá quando você voltar?"

"Eu não sei, Becky, mas será excitante. Eu tenho muito que estudar na Palavra de Deus porque minha vida mudou para sempre."

"Você acha?" Janet respondeu. "Bem, isto quer dizer nós dois então, eu imagino."

"Você está se envolvendo nisto também? A voz de Becky soou como alarme enquanto ela olhava com os olhos arregalados para sua cunhada.

"Você consegue pensar em algo mais valioso nestes dias?" De repente, o rosto de Janet começou a brilhar. E Anthony vislumbrou uma espada brilhando ao sol pela janela ao final do corredor.

CAPÍTULO 13

Os três adultos se reuniram em torno da cama de Ben. Sua coloração saudável estava de volta, e ele sorria entre as mordidas no sorvete. Anthony olhou pela janela. "Você tem uma ótima visão daqui, amigo. Espero que possamos arrastá-lo de para seu próprio quarto amanhã."

Ben riu e de repente fez o som horrível que a família já conhecia. Então ele começou a tossir.

"Ben!" Becky gritou.

Ele entrou em colapso na cama, e feridas grandes apareceram o rosto e os braços. Quando ele não estava tossindo, ele lutava para respirou fundo.

Becky virou-se para Anthony, "Retire o EpiPen da minha bolsa."

Anthony se afastou, pegou a bolsa de Becky e procurou o medicamento freneticamente. Seu coração batia com medo avassalador antes que seus dedos o tocassem. Ele pegou e levou para ela.

Segurando Ben em seu colo, Becky abriu e aplicou-o na coxa de Ben.

Anthony sentiu a espada de prata na mão.

115

Ele começou a sentir o medo escorrer dele, mas não tinha nada a ver com o Ben receber seu remédio através do EpiPen.

"Luta como um guerreiro," Deus falou ao coração dele. "Seja sóbrio, fique atento; porque o seu adversário, o demônio, como um leão rugindo, anda, buscando a quem devorar "(1 Pedro 5: 8).

Anthony olhou para baixo. A armadura do Senhor o cobriu, e havia força em seus braços e pernas que ele nunca sentira antes.

Então ele olhou para Ben, e seu coração quebrou. Um espírito escuro e maligno o cercava.

"Oh, Deus, Ben não." Anthony rogou em voz alta. "Você disse que estaria tudo bem."

"Não tema," Deus falou com uma voz de trovão. "Samael não vencerá. A batalha é nossa."

Ben, continuava a lutar para respirar, e os olhos de Becky se arregalaram de medo. "O medicamento não está funcionando. Eu apertei o botão de ajuda."

Um poder, bem maior que o amor de uma mãe ou de um pai envolveu o peito de Ben, apertando a cada tique taque do relógio.

Os olhos de Ben recuaram até aparecer somente os brancos.

Sem tempo de esperar por um médico ou

enfermeiro, Anthony abriu a boca. "Deixe-o ir," ele trovejou.

A presença escura e feia levantou-se, e a cabeça de uma cobra torcida saltou do peito de Ben. Com olhos verdes brilhando, seu rosto pairava a poucos centímetros dos de Anthony. "Com que autoridade?" Ele sibilou e mostrou longas presas: "*Eu sirvo* Apolion. Quem é você para me mandar fazer alguma coisa?

Anthony estendeu sua espada com firmeza e uma determinação como aço. "Eu sirvo a Jesus Cristo de Nazaré, e em Seu Nome eu ordeno que saia dessa criança."

Ao nome de Jesus, o demônio-serpente pestanejou. Com um lado da lâmina da espada Anthony cortou a cabeça da serpente a qual quicou pelo quarto.

O corpo da cobra desenrolou-se de Ben, e deslizou para o canto da sala, onde tanto o corpo como a cabeça da cobra desapareceram para o nada.

"Como posso ajudá-lo?" A voz forte ao interfone surpreendeu os adultos.

"Meu filho está tendo outra crise de asma," gritou Becky.

Dez minutos depois, Ben tinha uma máscara de oxigênio em seu rosto, uma IV (Via Intravenosa) pingando em seu braço, e um terapista respiratório trabalhava com ele novamente.

Ben tinha um pouco mais de cor no rosto dele, mas ainda estava em condições graves.

Becky chorou inconsolavelmente, e Anthony envolveu seus braços ao redor dela.

"Tudo bem, ele vai ficar bem," ele sussurrou no topo da cabeça de Becky.

"Como você sabe disso?" Ela olhou para o marido e depois abaixou o rosto e cobriu com as mãos. "Estou com medo, Anthony."

"Não tenha medo. Deus falou ao meu coração. Ele me assegurou que Ben ficará bem."

"Isso tem alguma coisa a ver com as outras histórias que você nos contou?"

"Sim, Janet, sim."

"Bem, isso explica tudo. Você não vai voltar. Você não pode colocar-se, ou o resto de nós, em perigo. Eu não terei. "A voz de Becky tremia, e então ela chorava incontrolavelmente.

"Becky, querida. Escute-me. Tudo bem. Eu sei que você está exausta. Eu vou ficar aqui com Ben toda a noite. Nada mais acontecerá com ele. Ele vai ficar bem, confie em mim. Não. Confie em Deus."

"Não estou certa se posso confiar em alguém. Armas. Demônios. Mais armas. Mais demônios. Por que nós? E agora? Com os relampejando de raiva Becky virou-se para ir.

Anthony pegou seu braço. "Podemos falar

sobre isto mais tarde? Vamos nos concentrar no que o doutor pode nos dizer agora. Ok?

Becky enxugou suas lágrimas e concordou. Ela assentou-se em uma cadeira perto da cama de Ben.

Janet sentou-se no chão ao lado de Becky.

Olhando para Ben, Anthony viu que ele estava respirando calmamente, e sua cor natural tinha voltado ao seu rosto.

Ele encarou o médico. "Doutor, pode nos dizer algo?

"Eu posso dizer que nunca vi um paciente em um estado tão ruim recuperar tão rápido como este."

"Bem, me alegro que você seja o responsável esta noite." Anthony disse. "Você deve ter sido um dos melhores de sua turma na escola de medicina."

"Isto não tem nada a ver comigo, meu amigo. Alguém lá em cima está olhando pelo seu filho."

Anthony lançou um olhar para Becky então orou em voz alta, "Senhor, Deus, obrigado."

"Continuaremos a monitorar sua respiração sinais vitais esta noite e ver como ele estará pela manhã."

Assim que o médico saiu, Janet se aproximou e se mudou para o lado de Anthony. "Foi outro demônio, não foi?"

"Sim." Então, olhando para o rosto de sua irmã, ele perguntou: "Como você sabia?"

"Deus também falou algumas coisas para mim."

Anthony sorriu. "Mesmo?"

"Sim. A batalha é do Senhor," disse Janet citando um dos versículos que Deus havia falado com Anthony.

"Uau. Isso é tão agradável. Estou tão excitado. "Ele apertou o braço de sua irmã.

"Sua esposa não está."

Os irmãos se viraram e Becky franziu a testa para ambos.

Anthony limpou a garganta. "Querida, eles querem monitorá-lo durante a noite."

"Não há problema algum com minha audição." Becky levantou-se e foi até eles. "E não estou feliz com o que tenho escutado."

"Becky, eu prometo."

"Não faça promessas que não possa cumprir, Anthony."

Ben abriu seus olhos. "Mamãe, você viu a cobra?

Os olhos de Becky arregalaram-se e seu queixo caiu.

"Macacos me mordam." Janet olhou para Anthony, e eles partilharam um sorriso meio amargo.

"Esta foi a maior e mais feia que já tinha

visto. Era maior do que o Homem Aranha. E quase me pegou." A voz de Ben era de excitamento. "Mas papai salvou-me. Você viu sua longa espada? Você viu ele batendo na cobra?

"Ben, não se esforce tanto," Becky o alertou. "Quero que você descanse agora."

"Mas, mamãe" ele gemeu.

Ben, você me ouviu. Acalme-se. Vou buscar algo para você beber."

Becky olhou para os adultos no quarto. "Eu vou buscar uma Soda Limonada, e conversarei com vocês dois amanhã." E seguiu pelo corredor e adentrou no corredor.

Janet olhou para Anthony "Becky ficará bem.

Ela apenas necessita se acostumar com isto."

"Você acha que ela consegue?

"Vamos orar por ela, disse Janet. "Olhe o que oração tem feito por você."

"Sim, você está certa. Oraremos por ela."

Becky trouxe a Soda Limonada para Ben e secamente disse adeus a Anthony e Janet.

"Leve-a ao carro," Janet falou. "Podemos falar quando você voltar."

Anthony saiu do quarto e se apressou pelo corredor, ficando ao lado de Becky. "Sinto muito você teve passar por um dia tão estressante e desgastante.

"Você "sente muito," mas não sente. Certamente não."

Anthony devia ter aprendido a muito tempo atrás a não fazer tal declaração. Mas, ou ele era um louco por castigo ou um aprendiz lento. Além disso, ela o teria agredido. "Como você pode dizer isto?"

"Ben sofreu durante o dia todo. Durante. Dia. Todo. Então você *finalmente* chega aqui, ora e dentro de minutos ele fica bem, pelo menos, até aquele último ataque nojento. E se o tal episódio do demônio acontecesse mais cedo? Antes de você chegar? E aí? Por que você não enfia em sua cabeça que sua família precisa de você aqui?

"E eu ficarei aqui pelo menos uma semana, porque eu preciso fazer uma pesquisa pesada na escritura para me preparar para o que está por vir."

"Tanto faz." Becky entrou no carro e bateu a porta.

Ben estava adormecido quando Anthony retornou ao quarto do hospital.

"O que você viu esta noite? Anthony perguntou a Janet enquanto ela puxava sua cadeira para perto dele.

"Eu estou bem certa de que vi quase tudo." Janet acenava suas mãos enquanto falava. Becky correu para o Ben, e então quando o medicamento Epipen não funcionou, eu testemunhei aquela coisa, a serpente, enrolando como um torniquete no peito de Ben. Não me espanto que ele tivesse tendo dificuldade de respirar."

"Então a serpente o atormentou sobre quem estava no comando. Eu ouvi você dizer que Jesus Cristo era a quem você servia. Você disse em voz alta, não foi? Eu estou certo de que Becky ouviu isto."

Anthony concordou, espantado e assustado pelo fato da irmã ter entendido e testemunhado toda essa batalha.

"Eu também vi sua armadura e sua espada. Rapaz, você parecia um guerreiro. E ao seu redor estava um exército de prontidão, como se estivessem esperando seu sinal para desembainhar suas espadas."

Anthony olhou para Janet atônito. "Você disse que viu um exército? Você viu algo que eu não vi."

"Eu vi? Oh, isto é sem preço. Você realmente não podia vê-los?

"Eu já os tinha visto antes, mas não desta vez." Ele estendeu e agarrou a mão dela. "Eu acho que estava tão concentrado sobre o Ben e o que a serpente estava fazendo com ele, que não vi mais nada. Mas Janet, isto significa que você recebeu o dom dos discernimentos dos espíritos."

Os olhos de Janet se abriram enquanto ela absorvia as palavras de seu irmão. "Bem, se você não os viu, imagino que também não tenha ouvido o que eles disseram também?

"Eu não ouvi coisa alguma. O que eles disseram?

"Quando você levantou Ben, eles disseram, "muito bem, guerreiro." E também, estava escrito Guerreiro no lado superior direito de sua armadura."

Anthony olhou para ela e sentiu seu coração tentar pular para fora do peito. "Uau." Calafrios desceram por sua espinha. *Eu não sou digno, mas Deus me tem feito o líder deles, e Ele me deu um novo nome.*

"Janet?"

"Sim?

"Você está nesta comigo?

"Com certeza. Eu sou do seu time."

Tão logo Janet deixou o quarto do hospital, Anthony puxou sua Bíblia e começou um curso intensivo sobre guerra espiritual.

Anthony orou para que aumentasse o conhecimento do Espírito Santo.

Quando ele finalmente dormiu naquela noite, foi com a cadeira puxada para o lado da cama de Ben e a cabeça em um dos travesseiros extras de Ben.

Despertar

Anthony sabia que haveria outro desafio quando ele tivesse Ben em casa pela manhã e enfrentasse Becky.

CAPÍTULO 14

Era entardecer antes que eles se ajeitassem para sair do hospital no dia seguinte.

"Ben, em uma semana eu terei que voltar a Ohio para ver as pessoas que eu estou ajudando."

"Você tem que ir? Ben franziu a testa. Eu não quero que vá."

"Eu sei mas, é meu trabalho ajudar essas pessoas.""Mas, papai. Você já tem um emprego. Você trabalha aqui em uma grande empresa."

O pensamento das políticas do escritório fez Anthony estremecer. "Eu trabalho. Ou seja, eu estava trabalhando até me ferir. Mas, Deus me chamou para um outro tipo de trabalho, e Ele quer que eu esteja em Ohio agora"

"Deus? Você quer dizer que o Deus no céu é seu chefe agora?" Perguntou Ben com olhos arregalados.

Anthony assentiu.

"Certo." O que Ele está dizendo? Que tipo de trabalho Ele lhe oferece?"

"Muitas coisas, Ben." Anthony riu da expressão de assustado nos olhos de Ben.

"É sobre a cobra que quase me pegou?"

"Bem, não exatamente sobre a cobra mas, é

outra coisa que se parece com ela. Veja, Ele quer que eu ajude a outras pessoas como eu ajudei a você."

"Certo. Posso ir com você? Eu quero ajudá-lo, também?

"Agora não, filho." Talvez quando crescer. Mas, desta vez, poderia ajudar a mamãe a compreender que eu preciso ir?

"Eu tentarei, papai. Você sabe que as coisas não serão fáceis?

"Eu sei." Ele assanhou os cabelos de Ben. Você pode orar por mim.

"Orar? Orar por você Papai?" A voz de Ben encheu-se de surpresa.

"Sim, estou contando com você."

Ben estufou os peitos. "Eu lhe protejo, papai."

Tudo que Anthony podia fazer era segurar a risada que queria explodir de sua garganta.

"Obrigado, filho."

"Você precisa me ensinar como ser um guerreiro como você. Então eu posso cuidar da mãe enquanto você estiver fora.

"O coração de Anthony inchou. Ben teve que crescer muito rápido, mas ele parecia estar preparado para a tarefa. Graças a Deus, seu Abba, pai.

"Deus te ensinará, se e quando Ele achar que está pronto. Mas, duvido que sua mãe esteja pronta para isso.

"Quando entraram no carro, Becky estava do lado de fora à espera.

Anthony voltou-se para seu filho.

"Ben, prometa-me a ir à igreja com a tia Janet."

"Eu vou. A tia Janet e eu iremos orar por você, pai.

"Becky abriu a porta do passageiro. "Ei, você," ela disse a Ben. "Como você está se sentindo?"

"Bem melhor, mamãe." Ben correu pela porta da frente e foi em direção ao seu quarto.

Ele parou no alto da escada. "Papai, não saia antes de poder te dar um abraço de despedida."

"Eu não sairei, filho."

Anthony tentou encontrar os olhos de Becky, mas ela se virou e se dirigiu para a cozinha.

Ele a seguiu. "Becky, precisamos conversar. Por favor. Venha sentar comigo no sofá."

Ela se acomodou em uma cadeira à mesa. "Aqui está bem."

Anthony tentou não fazer uma careta quando ele se sentou em frente a ela. "Becky-"

"Eu quero dizer algo primeiro." Ela não esperou ele responder. "Anthony, eu quero que você fique em casa o resto desta semana e descanse. Pois você precisa voltar ao trabalho. Para sua empresa. O lugar que nos sustenta. Estou tão cansada dessa coisa assustadora. Eu quero minha família de volta. Quero que as coisas voltem ao normal."

"Querida, este é o meu normal agora, e eu gostaria de falar com você sobre isso."

"Bem, não é o *meu* normal." Becky levantou-se. "Eu não quero ouvir sobre demônios, armas ou qualquer coisa assim."

"Eu tenho que voltar para Ohio na próxima semana, Becky. Não vamos brigar antes de ir."

Ela olhou para ele, "Eu só quero meu marido de volta."

"Eu ainda sou marido, mas não quero ser do jeito que eu era antes. Você não me queria daquele jeito, lembra-se? Agora Deus me tem dado um motivo e um chamado, e estou comprometido com Ele."

"Bem, "Tudo bem," ela respondeu. "Porque esperar? Vá e faça o que você tem a fazer, mas não espere que eu aprove. Eu tenho o seu filho para criar. "Suas palavras estavam encharcadas de sarcasmo.

Ela se virou e saiu da sala.

Ele esperava uma boa conversa com sua esposa e uma boa noite de descanso em sua própria cama, mas não foi assim. Em vez disso, Becky estendeu lençóis no sofá, e foi aí que Anthony passou as próximas noites.

A casa era tranquila durante o dia, enquanto Becky estava no trabalho. Anthony fez a maior parte de sua leitura da escritura.

Ben era um perturbador e queria que Anthony lesse a Bíblia todas as noites. Becky sentava-se durante a leitura do capítulo, o que dava uma aparência de união, mas quando Anthony começava a explicar o que ele estava aprendendo, ela saia do quarto.

Finalmente, na Sexta pela manhã Anthony sentiu um chamado em seu espírito. Era hora de voltar a Ohio. Ele foi até seu quarto fazer a mala, e então subiu às escadas para dizer adeus ao Ben antes que ele fossa para escola.

Anthony encontrou-se dirigindo de volta a Ohio com o coração pesado. Mas, ele não foi longe na estrada antes de ouvir de Deus.

"A minha paz vos dou. Não vo-la dou como o mundo a dá. Não permitais que vosso coração se preocupe, nem vos deixeis amedrontar," Anthony ouviu a voz de Jesus falando claramente com ele no carro.

Foi a voz mais gentil e carinhosa. Paz e alegria percorreu por todo corpo de Anthony e ele foi fortalecido. Ele olhou para ver se podia literalmente ver Deus sentado ao seu lado.

E ele fez um tempo recorde voltando para Ohio. Era como se tivesse piscado o olho e chegado ao seu destino. Mas, na verdade, quando ele checou seu relógio, já havia passado dez horas desde que ele deixou Nova Iorque.

Despertar

Ele deu entrado no mesmo hotel que tinha ficado antes.

Desta vez enquanto ele estudava as escrituras antes de dormir Deus falou ao seu coração e lhe disse para não ir ao hospital porque Michael já havia tido alta.

CAPÍTULO 15

Anthony estava se acostumando com os toques de Deus, então não foi surpresa quando ele entrou em uma via e viu Deborah no quintal podando uma cerca. Ela olhou para cima quando ele parou perto de onde ela estava trabalhando.

"Saia do carro e entre, Anthony. Nós nos perguntávamos quando você voltaria."

"Bem, eu também não sabia, mas aqui estou."

Deborah riu e fez um sinal para que ele se juntasse a ela. "Houve uma grande mudança em Michael desde que ele chegou em casa do hospital. Estivemos estudando a Bíblia todos os dias."

Anthony sorriu. "Isso é ótimo."

"Vamos entrar," disse Deborah, enquanto abria a porta da frente. "Ele está ansioso para falar com você."

Anthony olhou para dentro, e certificou-se Michael sentado no sofá, lendo sua Bíblia.

Ele olhou para cima e fez um gesto para Anthony.

Deborah deixou os homens na sala e foi para

a cozirha.

"É ótimo te ver de novo, Michael," Anthony disse segurando a mão dele. "Como está o ombro?"

"Airda dói um pouco, mas eu estou bem." Michael teve que olhar Anthony no olho. "Sobre o que aconteceu no hospital, fui rude com você, e a arma..."

"Ouça, Michael, há muita coisa que você não sabe da minha vida. Mesmo a minha chegada pela primeira vez foi estranha, mas algo atraiu nossas vidas juntos. Na verdade, acho que é alguérr."

Michael assentiu.

"Eu vi contra o que você está lutando, e eu estou aqui para ajudar em uma batalha que você não conhece. Só sei que vou ser seu amigo e ajudá-lo em tudo isso."

Michael ficou intrigado e respirou profuncamente. "Sinto que venho perdendo essa batalha toda a minha vida. O álcool, o ódio e a raiva - "

De repente, a voz de Michael parou, e um rugido distinto veio do outro lado da sala.

A porta do armário no canto se abriu, e Ipos, na forma de uma pantera com dentes afiados e brancos, saiu.

Sua cabeça balançava de um lado para o outro, e seus olhos de esmeralda piscavam.

"Michael, você realmente acha que alguém pode nos manter afastados de nossos velhos amigos?" A pergunta como um urro percorreu o ar.

Michael sussurrou para Anthony: "Esse armário é o meu bar de casa, onde eu mantenho meu licor."

Anthony estendeu o braço e a brilhante lâmina de prata apareceu, seguida do capacete, e todo o conjunto de armaduras.

O demônio pantera lentamente deu um passo para trás, mas apenas alguns centímetros. Com os dentes brilhando, ele rosnou. Sua língua, como uma lâmina longa e dentada, saiu da boca.

"Eu tenho vivido com você por um longo tempo, e eu não desisto facilmente. Apenas tome um gole daquilo que você diz que desistiu. Uma provada não vai doer," ele desafiou Michael com escárnio. Seus olhos se encheram de zombaria. "Venha, você sabe que quer." Ele levantou uma pata preta que segurava uma cerveja stein. "Vamos nos divertir como costumávamos."

Michael ficou de pé quando a pantera apareceu pela primeira vez. Agora ele tropeçava alguns metros e ficou ansioso, como se estivesse realmente considerando o desafio.

Michael permitiria que tudo isso o

destruísse?

"Espírito Santo, ajude-me." Anthony silenciosamente implorou pelo Senhor dos Exércitos.

"Aguente firme, estou com você e nunca vou deixá-lo," respondeu o Espírito.

Então Anthony virou-se e encarou a criatura. Uma enorme força o encheu.

"É hora de lutar pela vida de Michael," sussurrou o Espírito.

Anthony não hesitou. "Deixe-o em paz," ele ordenou a criatura escura e muito poderosa.

"E quem é você?" A pantera demoníaca, perguntou a Anthony, com um rugido selvagem.

No canto do olho, Anthony notou que o exército acampara ao redor dele. Dois dos soldados estavam a seu lado, prontos para lutar.

Anthony tornou-se mais ousado, balançando o sabre enquanto ele caminhava em direção ao demônio.

A pantera pulou e fincou sua garra no braço de Anthony que segurava a espada.

Anthony gritou e a espada caiu no chão, mergulhando no tapete enquanto o braço escorria de sangue.

A pantera começou a dar voltas ao redor de Anthony, e ele sabia que a criatura tinha apontado para ele um ataque de morte.

Michael permaneceu sem palavras e, aparentemente, não conseguia se mover.

De repente, a pantera se afastou de Anthony e atacou Michael, jogando-o de costas. Michael usou seus braços defensivamente tentando proteger seu rosto. Mas os dentes do animal rasgaram-lhe o pescoço. O sangue jorrou de sua ferida, e ele tentou se arrastar. "Pare. Saia dele em nome de Jesus. Anthony gritou para a besta. Ele pegou a espada e atingiu no pescoço da pantera.

A cabeça cortada rolou, gritando e amaldiçoando, atravessou o chão em direção ao armário e bateu lá dentro. Chamas apareceram no ar. Então toda aquela cena feia desapareceu.

Deborah saiu da cozinha e foi até Michael, que agora parecia sem vida. Ela agarrou seu pulso. "Eu sinto um leve pulso."

"Disque 190 e peça uma ambulância." Anthony disse. Então ele começou a fazer um socorro respiratório.

Deborah pegou o celular de Michael e discou o número freneticamente.

Sete minutos mais tarde os paramédicos estavam lá. Após o tratamento de emergência eles o deitaram em uma maca e o colocaram dentro da ambulância.

Uma vez no hospital, não demorou muito para que o braço de Anthony fosse limpo, dado ponto e colocado curativo. Então ele sentou na sala de espera com Deborah, imaginando quando o médico lhes daria notícias de Michael.

"O que aconteceu" Deborah perguntou. "Eu senti uma presença maligna e vi sangue saindo de seu braço. Então o sangue correu também pelo chão. E o pobre Michael—"

"Deus estava lhe protegendo, Deborah."

~*~

Michael flutuou em um tubo escuro. Embora seus olhos estivessem abertos, tudo o que ele podia ver era a escuridão.

Uma voz distante chamou seu nome. A voz não soava como seu amigo Anthony.

"Michael, você está pronto para ser libertado?" Perguntou voz desconhecida. "Você está cansado de lutar contra mim?

"Michael esforçou-se para ver quem estava falando sem resultados.

De repente, uma luz brilhante fluía através de um buraco no tubo. Michael flutuava cada vez mais perto da luz e finalmente chegou a sua fonte.

Pelo menos com a luz, Michael pôde ver que tinha se ferido. E parecia haver um lugar de paz e descanso do outro lado do tubo.

Ele sentiu uma dor profunda quando ele colocou as duas mãos na entrada e tentou se lançar através dela para alcançar o lugar pacífico. Mas algo pegou seu pé.

Ele tentou expulsá-lo. "Deixe-me ir," ele gritou.

Toda vez que ele conseguia um pouco de força para impulsionar-se através da abertura, algo agarrava seus pés e o empurrava de volta. "Ajude-me, eu quero sair," ele gritou. "Eu não quero ficar nesta escuridão. Alguém, ajude-me."

De repente uma mão o agarrou. Seus pés foram libertos.

Ele foi impulsionado para cima e para fora do tubo, deixando a escuridão para trás.

Energia e paz fluíram através de seu corpo. Michael sentiu-se mais vivo agora do que nunca. Ele riu e fechou os olhos, curtindo o sentimento.

"Michael, você não está pronto para o itinerário desta viagem. Há muito trabalho a fazer se você fizer o corte."

Michael abriu os olhos e encontrou-se no Departamento de Emergência do hospital. Um recipiente com sangue pingava no braço esquerdo, e outra IV infundia outro medicamento.

Uma atadura era comprimida forte contra o pescoço dele, e um manguito de pressão sanguínea apertava seu braço dolorosamente.

"Doutor, ele está se reanimando," disse uma voz feminina.

Então uma luz ofuscante brilhou nos olhos de Michael. Ele piscou.

"Aguente," disse o médico, enquanto ele segurava o olho de Michael. "Você parece bem, mas eu tenho que examinar seus reflexos."

Depois de examinar os olhos de Michael, ele ouviu seu peito e respiração.

"Onde está Deborah?" Perguntou Michael.

O médico acenou com a cabeça, e uma enfermeira retirou-se da sala.

Em minutos, Deborah se inclinava e plantava um beijo na bochecha.

"Doutor?" Ela perguntou com uma voz trêmula.

"Ele está bem, Sra. Reeves. Pelo menos ele ficará se ele mantiver a ferida protegida até vê-lo em três dias."

"Isso significa que você já o está enviando para casa?"

"Descanso, muito líquido, alimentos quando ele estiver com vontade. Então, em cinco dias, podemos ver se está curado e determinar um momento para retirar os pontos de sutura."

"O que o senhor mandar, doutor. Ele definitivamente terá que descansar e beber líquidos sob minha custódia."

"Se perceber sangue vazando pelo curativo,

traga-o rápido para cá. Você precisa entender que seu marido quase teve sua carótida cortada. Ele é um homem de sorte."

"Abençoado, doutor. Abençoado, Deborah replicou, tocando o cabelo de Michael. "Eu enviarei uma enfermeira trazer alguns medicamentos para a dor e prevenir infecções."

"Obrigada, doutor."

"Provavelmente em uma hora os IVs terão terminados e a enfermeira pode remover as agulhas, então seu marido está liberado."

Então o médico falou ao Michael diretamente, "Eu não sei que tipo de animal tentou tê-lo para almoço, não vá caçá-lo novamente."

Ele virou-se para Anthony que acabara de entrar. "Bom trabalho com a respiração de resgate. Seu amigo não teria resistido sem ela."

Anthony acenou com a cabeça.

"Ah," acrescentou o médico, "Cuide desse braço"

"Sim, senhor." Anthony prometeu.

Michael sorriu para eles, mas logo seus pensamentos voltaram-se para o perigo que ele havia se metido. Sua esposa e amigo não sabiam sobre sua quase passagem para a eternidade.

Deborah e Anthony saíram do quarto. A Enfermeira de plantão diminuiu a luz para que

Michael pudesse descansar. Ainda, toda cena se mantinha em sua mente.

Ele podia ainda escutar a voz de seu resgatador e sentiu sua mão elevando-o através da entrada. De repente a voz falou novamente – desta vez ao coração de Michael.

"Michael, você tem uma decisão a fazer."

"Quem é você?"

"Eu sou o Senhor dos Exércitos que resgata homens do inferno, e em retorno, dou-lhes vida. Eu sou o Nome pelo qual um homem deve ser salvo."

"Senhor, Eu fiz uma bagunça de minha vida"

"Sim, você fez, e Eu posso ajudá-lo a vencer esta batalha.

Você quer ser um vencedor?

"Sim, Senhor, Eu quero. Mas, eu não sei como" Lágrimas rolaram do rosto de Michael.

"Você crê que Eu dei minha vida para dar-lhe vida eterna? A voz perguntou. "Você crê que Eu sou o único que tenho este poder?

"Sim, Senhor, eu creio. Você me dará esta vida?

"Sim, Eu lhe darei." Disse o Senhor dos Exércitos.

"Obrigado, Senhor, obrigado," Michael sussurrou.

~*~

Foi uma volta para casa meio silenciosa para

os três, mas Anthony sabia que não ficaria quieto por muito tempo.

Ele estava pensando sobre o dom que ele havia recebido - não só sendo parte do Reino, mas a capacidade de saber o que o Espírito Santo estava fazendo no Reino. Ele também sabia que, a cada dom, aumentava a *responsabilidade. Eu me pergunto quais outros dons eu havia recebido.*

Deborah sentou-se no banco do motorista e olhou para o convidado no espelho retrovisor. "Anthony, por que você não fica conosco por alguns dias?" Perguntou ela. "Nós temos uma suíte de convidados onde você provavelmente se sentirá confortável, e talvez seja necessário que você examine seu braço novamente."

"Sim, amigo, por favor," disse Michael.

"Eu vou ter que dar saída no meu hotel, mas você ganhou a queda de braço. Uh, ai."

Todos riram.

"Dê-me a direção, e podemos pegar as malas agora," disse Deborah, enquanto colocava o carro em marcha.

Meia hora depois, Deborah chegou na entrada da casa onde ela e Michael viviam. Ela contornou o Porsche de Anthony e empurrou para abrir a porta da garagem.

Quando estavam dentro da garagem, Anthony ajudou Deborah a tirar Michael do carro e entrar em casa.

Michael bateu à altura do peito de Anthony tal qual sua irmã Janet. Embora, um metro e sessenta fosse considerado alta para uma mulher, para um homem a média é considerada baixa. Mas, ele tinha provado que sua estatura não fez diferença em sua bravura.

"Sinta-se em casa, irmão."

Anthony sentiu o calor do acolhimento. "Sentirei, e Obrigado."

Há amigo que é mais íntimo do que irmão.

Que frase verdadeira. Depois do que ele e Michael passaram juntos eles mais ligados do que irmãos de sangue.

CAPÍTULO 16

Obrigado por tudo, Deborah. Eu preciso entrar em contato com minha esposa antes que anoiteça." Anthony temia ter que contar a Becky sobre as últimas batalhas espirituais. Mas, certamente, ela ficaria tão entusiasmada quanto ele com a vitória que Deus estava dando.

"Não é problema." Deborah abriu uma gaveta da cozinha. "Eu tenho a chave para o quarto de convidados aqui em algum lugar." Ela encontrou e a entregou a Anthony. "Apenas siga o caminho de pedra para a esquerda depois de descer os degraus a frente."

Ele pegou a chave, e com sua mochila a reboque, seguiu para o quarto de hóspede, virando à esquerda para o caminho de pedra.

Quando ele se aproximou da porta do quarto de hóspedes e alcançou a maçaneta ele pressentiu que havia um mal de pé entre ele e a porta.

Anthony recuou. Não havia lua lá fora, e com o céu nublado, teve dificuldade em ver a entrada.

Algo estranho apareceu e empurrou uma

144

faca contra Anthony. "Por que *você* veio aqui?"

"Ora de lutar," sussurrou Deus ao coração de Anthony.

Pelo canto do olho, Anthony viu uma figura deslizando para umas árvores próximas. Isto seria outro inimigo? Ele estava cercado? Ele não voltaria para olhar. Deus você ainda está aí?

Então ele ouviu uma voz pequena e baixa e a reconheceu imediatamente. Sua irmã, Janet estava de pé ao lado dele.

"Eu estou aqui." Eu dei a Janet a visão para que ela viesse e lhe ajudasse," Deus novamente falou ao coração de Anthony.

Ele sabia já a muito tempo que sua irmã mantinha fortes conexões com o Senhor, mas estava maravilhado que Janet já estivesse pronta para juntar-se ao time.

"Está com medo dele?" Ele sussurrou para sua irmã, acenando através da estranha escuridão.

~*~

Janet tremia. "Sim, admitiu." "Mas, agora que escola terminou, o Espírito Santo disse-me que era hora de juntar-me a você. Ele foi perfeitamente claro em tudo, em um sonho."

"Clame o nome de Jesus," então diga que não tem medo."

Janet tremeu. "Eu não terei medo." Sua voz

foi fraca, e ela deu um passo atrás.

"Não, Anthony colocou sua mão em seus ombros.

"Você tem que dizer Seu nome e falar firmemente."

"No nome de Jesus, Eu não terei medo." Janet respondeu firme mas ainda trêmula.

Imediatamente todo um conjunto de armadura caiu sobre seu corpo. Era completo, com espada, escudo e capacete, com seu novo nome escrito na parte superior de seu braço direito *Mulher de fé.*

"Janet," o Espírito falou ao coração dela. Você tem me conhecido desde a infância. Você agora é uma guerreira. Não temas mais."

Neste momento Janet sentiu-se fortalecida de um modo nunca havia sentido antes.

"Sua covardezinha." Amaros, o espírito demoníaco zombou dela. "Você gostaria de ser valente, mas você não é nada mais do um copo cheio tremendo."

Ele arremessou sua cabeça para trás e gargalhou. Então ele levantou a adaga em sua mão.

"Janet, não temas, Eu, o Senhor seu Deus, estou com você," o Espírito Santo falou mais uma vez.

Janet elevou sua espada também, e a criatura sombria correu pela escuridão.

"Oh não, espírito da mentira. Você será destruído esta noite." Com um golpe de sua espada, Janet decepou as pernas do demônio, e ele rolou para o chão, amaldiçoando e gritando. "Você já era, demônio do Medo. Eu não terei que lutar novamente com você. Nem mais um dia."

Amaros tentou jogar sua adaga em Janet, mas seu medo se transformou em Confiança. A lâmina voou pelo ar e pousou inutilmente em seus pés.

O demônio derrotado desapareceu.

Janet voltou para seu irmão. "Ele se foi."

"Sim, você lutou o Bom Combate." Anthony abraçou sua irmã fortemente. "Estou tão feliz em vê-la. Bem vindo ao time. Você foi brilhante."

"Não, o Espírito Santo quem foi."

Bem, sim, mas você aguentou firme."

~*~

"Olá, pensei ter ouvido algo lá fora. Está tudo bem, Anthony? Uma outra voz penetrou na escuridão.

"Oh, claro, Deborah. Conheça minha irmã Janet. Ela veio se juntar a mim."

Sempre como uma anfitriã perfeita, Deborah sorriu e estendeu a mão. "Oi, Janet, seja bem vinda. Você vai ficar esta noite? Temos um quarto extra lá dentro.

Janet cumprimentou Deborah. "Isso seria maravilhoso. Muito obrigada. Vou conhecer o Sr. Reeves amanhã?"

"Claro." Deborah concordou. Que tal se trouxermos panquecas e salsicha pela manhã?"

"Uau, parece ótimo." Anthony gargalhou.

"Eu sabia que diria isso." Deborah revirou os olhos e virou-se para a irmã de Anthony.

"Entre, Janet. Deixe-me leva-la a seu quarto."

"Uma vez que as duas senhoras de meia idade entraram de braços dados, Anthony pegou sua mochila novamente.

Talvez agora eu consiga descansar um pouco. Foi um longo dia.

Uma vez no quarto de hóspede, Anthony chamou Becky. O telefone tocou e tocou. Ele já estava para desligar quando Ben atendeu.

"Oi papai"

"Por que você não está na cama?

"Eu estava. Estou. Mamãe me trouxe o telefone."

"Isto quer dizer que ela não quer falar comigo?"

"Adivinhe. Você sabe onde tia Janet foi?"

"Sim, acabei de encontrá-la. Ela chegou aqui em Ohio."

"Papai, eu não esqueci da minha promessa de orar daqui para você. Mas, agora mamãe acha que se ela for à Igreja ela terá que lutar contra monstros, e"

Anthony estremeceu. "Ok, moleque. Eu seguirei orando por vocês dois também."

Após desligar ele subiu em sua cama e tentou se ajeitar, mas o sono veio-lhe algumas horas mais tarde. Deus disse-lhe que seria adicionado mais membros ao seu time.

Ele estava partido entre depressão por sua família e a excitação pelos dias que viriam.

Ele sabia que a missão diante dele seria assustadora, mas ele estaria pronto para ela.

CAPÍTULO 17

Domingo de manhã amanheceu radiante e lindo como um dia de final de junho deve ser.

Anthony e Janet sentaram-se à mesa com seus anfitriões e desfrutaram uma deliciosa panqueca como café da manhã, conforme Deborah prometera. E Anthony contou-lhes as novidades de que o Espírito Santo tinha adicionado mais um membro ao time deles.

"Uau." Michael exclamou após Anthony explicar os acontecimentos da noite passada, momento a momento concluindo com a cena da vitória final.

"Janet, estou surpresa da batalha que você e Anthony travaram enquanto eu dormi pacificamente em minha cama.

Bem-vinda ao time. Você foi brilhante."

Bem, como eu disse meu irmão – Eu estava tão temerosa no início. Mas com a ajuda de Deus eu senti confiante a partir do momento que desferi o golpe final. Foi definitivamente o Espírito Santo quem direcionou essa luta."

"Eu vou admitir que eu sou grata apenas pelo fato de Deus me considerar parte deste sistema de apoio ao seus filhos," disse Deborah.

Anthony elevou suas mãos. "Sem dúvida. Precisamos de todo apoio que pudermos." Como gostaríamos que Becky fosse uma dessas pessoas. Ele não ousou dizer a Janet que pelo fato de ela ter saído de Nova Iorque tinha jogado um balde de água nesses planos.

"Eu preciso verificar as igrejas locais," disse Janet. "Você tem alguma sugestão, Deborah?"

"Eu não. Nós também precisamos encontrar uma igreja."

"Uma vez que Michael ainda está se recuperando, vamos adorar juntos aqui hoje," disse Anthony.

E então, os homens começaram a contar a Janet da batalha espiritual que eles lutaram no dia anterior, enquanto ela viajava pelas estradas entre Nova Iorque e Ohio.

Janet respirou fundo. "Tenho a sensação de ter chegado a tempo de ajudar em algo grande."

"Então, como tudo isso funciona. Cada um de nós tem que lutar contra um demônio antes de estarmos na equipe? "

"Bem, o primeiro passo é tornar-se um Cristão. E Janet, no seu caso," Anthony tocou o antebraço dela. Você têm sido cristã por um longo tempo."

Anthony pausou por um momento. "E Deus me deu uma armadura antes mesmo que eu lutasse."

"Eu mesmo gostaria de saber mais sobre isso," Michael inseriu. "Quando foi a primeira vez que Deus lhe deu a armadura? Parece que foi quando você enfrentou a Pantera aqui na sala de estar?"

"Na verdade Deus me deu a armadura pela primeira vez quando eu lhe encontrei pela primeira vez, Michael. Você não pôde ver porque você ainda não era um crente."

"Por que você precisou da armadura então?"

"Seu quarto, Michael, estava cheio de trevas e presença maligna. Uma besta torcida de duas cabeças."

"Sério? O que você fez?

"Sabe, queria que você tivesse testemunhado. Mas, estou certo que seu tempo está chegando. Mastema apresentou-se de uma forma que eu chamo de um Siamês gêmeo de duas cabeças – Ódio e Medo."

"Sim, esta é sensação eu senti," disse Michael.

"Eu expulsei Mastema com o nome de Jesus e canções espirituais mas, eu sabia que era apenas temporariamente. Certo de que ele voltaria no dia seguinte e lhe provocaria a puxar a arma para nós."

"Desejaria poder voltar no tempo e apagar esta parte de minha vida."

"Não. Deus tem meios de usar mesmo nossas

tristes experiências para algo bom se aceita-Lo como seu Senhor e Salvador."

"Por que não pude ver sua armadura? Débora perguntou.

"Você já usou ela comigo?

"Sim, Deus me deu a armadura quando eu expulsei Perdix, o demônio do desespero que a estava incomodando. Ele tentou afoga-la em suas lágrimas. Se você não viu a armadura é porque Deus estava lhe protegendo."

Janet ajudou a Deborah a lavar as louças depois do café da manhã e os quatro se ajeitaram nas confortáveis cadeira na sala.

"O que você está estudando, Michael? Podemos ler o capítulo onde você parou.

~*~

Após uma simples refeição mais tarde a base de sanduíches frios, Janet chamou o Pastor Good.

"Eu apenas queria confirmar. Eu não consegui localizar uma igreja aqui em Ohio. O homem da casa na qual eu e Anthony estamos ficando foi ferido ontem então ficamos aqui e tivemos um louvor domiciliar."

"Onde estas pessoas normalmente frequentam?" Pastor Good perguntou.

"Eles são novas pessoas em Cristo, e eles não encontraram um lugar ainda. Eu gostaria de ajuda-los com isso."

"Não espere muito tempo para conectá-los a uma congregação local," Pastor Good a advertiu. "Lembre-se que o diabo nos cerca como um leão rugindo."

"Está certo. Podemos sentir isto também. Ele está tentando devorar o máximo de cristãos que ele puder."

CAPÍTULO 18

Após Deborah ter saído para seu trabalho diário na manhã seguinte de Segunda-feira, Anthony e Michael sentaram-se à mesa e saborearam outro delicioso café da manhã.

Michael olhou para suas mãos. "Eu tenho que ir ao hospital e pegar alguns papéis antes de comparecer perante o tribunal. Eu sei que isto não vai ser divertido, mas eu tenho que encarar tudo que fiz."

"Nada a temer, irmão, Deus tem planos para tudo isto. Ele faz o bem onde Satanás faz o mal. Anthony disse "Eu gostaria de ir com você e trazer Janet conosco, se não tiver problema."

Michael sorriu. "Adoraria. Não estou certo se eu deveria estar dirigindo de qualquer maneira."

Melhor avisar ao dois que Deus me informou que esperássemos outra batalha hoje," disse Anthony.

"Pensei que teríamos uma trégua," disse Michael encolhendo os ombros. "Eu esperava um pouco mais de tempo para a cura."

"Sério? Outra batalha? Ele lhe falou sobre isto? Você sabe mais detalhes?" Janet

155

perguntou.

"Realmente, outra batalha," Anthony respondeu-lhe então levantou-se da mesa. "Estão todos prontos?"

Com Deus todas as coisas são possível, Michael disse.

"Temos que estar prontos, Janet completou. Somos um time agora."

"Anthony levantou-se. "Bem, vamos."

Os outros dois se levantaram também e seguiram-no até a porta da casa em direção ao carro.

Chegando ao Hospital, Anthony estacionou o Porsche.

"Você vá a frente e descubra o escritório, Michael. Eu quero que Janet encontre uma outra amiga que trabalha aqui."

Michael o observou por um momento. "Ok. Encontro vocês na lanchonete quando terminar."

"Ele virou-se à esquerda e desceu pelo corredor.

Janet e Anthony seguiram caminhando na direção do quarto onde Michael tinha estado anteriormente antes de ele ter alta.

A pessoa quem Anthony lembrava estava de pé na enfermaria. "Olá, Abby."

Abby virou-se do quadro que ela estava lendo e sorriu para ele.

"Sr Markson, bom vê-lo novamente. E esta é a Sra. Markson?"

Ele sorriu. "Não. Mas ela é minha irmã, senhorita Janet Markson."

"Prazer em conhecê-la, Abby." Janet segurou nas duas mãos de Abby. Eu tenho escuto boas coisas a seu respeito."

Não acredite em nenhuma palavra. O seu irmão cuem é um verdadeiro mistério."

Eles gargalharam.

"Mãos de volta aos bolsos, Anthony voltou-se para sua realidade um pouco. "Eu não sou tão misterioso mas, eu tenho uma história para você."

Abby acenou com a cabeça para Janet "Vê, eu lhe disse. Você nunca sabe o que traz na manga."

"Eu o conheço mais tempo que você," Janet disse com um sorriso. "Você não sabe a metade da história."

"Bem, siga-me para sala de descanso," Abby sussurrou assim como tentava ser confidencial, "devemos ter um pouco de privacidade lá. E estava mesmo pensando em outra xícara de café."

Na sala de lanche os três serviram uma xícara de café e sentaram-se à mesa,

Anthony explicou o que havia acontecido com ele desde o dia que ele apareceu no quarto de Michael. Então discutiram sobre o incidente com a arma.

"Sim," Abby concordou. "Michael é um homem agressivo."

Janet e Anthony se entreolharam.

"Está bem, vocês dois," disse Abby. "Diga-me o que está acontecendo."

Anthony curvou-se um pouco para frente. "Na verdade, Michael mudou consideravelmente. Ele agora é um homem de grande valor e integridade, e o Senhor o chamou."

"Você está brincando." Os olhos de Abby se arregalaram. Ela sorriu. Não é maravilhoso." Ele puxou um ar. Mas, chamou ele? Chamou para que?

"Para um time de guerreiros estabelecidos para lutar por outros a quem Deus elege. Ele nos chamou para uma batalha espiritual contra demônios."

"Incrível. Eu achei que havia algo diferente em você desde o primeiro dia que o vi. Eu sabia que era um homem de Deus, por isso o chamei de *irmão*."

"Você sentiu Deus falar algo mais a você? Ao seu coração?

Abby estava prestes a falar quando a porta abriu de repente, e Michael colocou a cabeça para dentro do quarto.

"Eu achei que vocês estariam aqui," ele disse enquanto se encaminhava até eles. "Oi Abby. Bom vê-la novamente."

De repente a porta se rompe contra a parede e uma outra enfermeira adentra ao recinto.

Ela olhou para os quatros e então fixou seu olhar em Abby. "Estou procurando por Abby Power. É seu nome, Abby?"

Abby acenou que sim sem dizer uma palavra.

"Bem, sou a enfermeira responsável pelo plantão hoje, e ouvi dizer que você gasta muito tempo na sala de café. Talvez não saiba, mas você só tem uma folga entre o início de seu turno e o horário de almoço."

O rosto de Abby enrubesceu. E seu nome é?

"Meu nome não importa." A enfermeira chefe jogou sua cabeça para trás. "Eu preciso que volte ao seu posto, assim como todos vocês," ela apontou para o time, "por que vocês estão aqui? Esta sala é somente para empregados e não para visitantes."

Anthony caminhou em direção à enfermeira, "Sentimos muito, senhorita."

"Enfermeira, quer dizer," ela disse enfaticamente.

Ela esticou seu longo dedo magro e apontou para Michael. "Sr Reeves, você devia estar na cadeia agora."

Michael olhou intensamente para ela, "Eu não creio que você seja uma enfermeira." E caminhou em sua direção.

Anthony deu um aceno para Janet e então olharam para Abby com uma pergunta em seus olhos.

"Não é uma enfermeira? Por que, Sr Reeves, quem é você para decidir quem eu sou?

Com uma gargalhada gritante, a então *enfermeira* acusadora começou a se transformar em um tornado giratório. Veio na direção deles, empurrando as cadeiras e espalhando mesas contra as paredes da sala.

Uma armadura completa começou a cobrir a todos eles, exceto Abby que apenas usava placa que ela tinha anteriormente.

Abby tropeçou para trás, terror em seu rosto.

Espadas apareceram, Janet e Anthony ficaram ao lado de Michael e os três encararam o turbilhão.

~*~

Abby observou como os demais se posicionavam. Vendo suas armaduras, ela firmou-se e encarou o turbilhão também. "Esta batalha é minha. No nome de Jesus, nosso Senhor, Eu ordeno que você saia."

"Você." O turbilhão parou deixando um horrível mal estar em seu rastro. "Você não é nada. Sua mãe era uma bêbada, e seu pai desapareceu quando você era uma criança," o demônio Súcubo gritou para Abby.

"Nenhum deles lhe quis ou se importou com você e sua mãe lhe vendia para qualquer homem que aparecia."

O coração de Abby ficou tão ferido, como se fosse partir. Ela sentiu lágrimas escorrendo em seus olhos e levantou seu pé para dar um passo atrás.

"Aguente firme," Michael sussurrou,

"Abby, Eu amo você." Você é minha criança. Você é um tesouro para mim muito mais que prata ou ouro. Lute a batalha," o Espírito Santo falou diretamente ao seu coração.

"Quem é você, demônio do desânimo?" Abby falou com voz trêmula. "Saia." Você não me acusará novamente."

Abby foi imediatamente revestida com a armadura e espada, com seu novo nome escrito na parte superior do braço *"A Discernidora."* "O Deus que não pode mentir me disse que sou sua criança valiosa. Sua filha. A filha do Deus Vivo."

Ela fincou a espada do Espírito dentro do coração de Súcubo.

Embora ela tenha caído ao chão, a fúria olhou para Abby com arrogância, fingindo ser triunfante.

Abby respondeu o olhar orgulhoso

pisoteando o pescoço do demônio com o pé calçado e, em seguida, usando o dedo prateado para chutá-lo a vários metros de distância.

A fúria foi murchando enquanto os quatro membros da equipe se aproximaram dela e usaram suas espadas para cortá-la em pedaços. Os pedaços ficaram carbonizados, como se fossem queimados por um incêndio. Fitas de fumaça flutuaram no teto e desapareceram.

Segurando suas espadas, o time bateu juntos em vitória.

"Uau," Michael disse. "Esta foi nossa mais longa batalha."

"Bem, pelo menos nenhum de nós nos ferimos," Anthony completou.

"Fiuu," Janet suspirou.

"Urra." Abby saltou de punhos fechados. "Vocês não sabem a quanto tempo venho lidando com essa bruxa do desânimo. Ela tem me atormentada desde a infância. Anthony deu a ela um sorriso provocador.

Abby franziu a testa. "Se? Olha aqui, senhor, Eu *sou* uma de vocês. Pois assim diz o Espírito Santo."

"Bem, Ele é o chefe," Janet disse com um sorriso. "E eu não estou falando de Anthony."

Anthony concordou com a cabeça. "Estou feliz que tenha aceitado o chamado."

Então os quatros se deram as mãos para orar.

Despertar

"Deus, Pai. Jesus, o Filho. E Espírito Santo," Anthony chamou cada nome, "Obrigado por unir este time e pela vitória em Você.

"Amém," o time disse.

Michael abriu seus olhos. "Ok time. E agora?

"Agora? Abby olhou para cada um deles. Eu sou uma que preciso voltar ao trabalho."

"Sim, e eu imagino que está me esperando no tribunal? Michael acrescentou.

CAPÍTULO 19

Michael aproximou-se do tribunal com medo. Ele não se lembrava muito do acidente, e ele havia dito ao seu advogado que para começar. Ele não tinha visto o casal de idosos ou o adolescente os quais morreram. Ainda assim, ele se sentia mal por suas famílias. Ele encontrou-se no corredor com seu advogado que o guiou para dentro da tribuna cercado por dois policiais. Ele havia sido liberado do Hospital para casa sob seu reconhecimento, mas sabia que poderia ser preso hoje, dependendo de como a situação se arranjasse.

Assim que ele entrou na corte, não havia familiares das vítimas presente, e Michael suspirou um pouco aliviado. Ele reconheceu os advogados das famílias e o Juiz.

Tão logo um dos advogados das famílias começou a falar, Michael se deu conta que havia se envolvido em algo traumático. O advogado opositor tinha definitivamente muito mais fatos do ele tinha.

Michael descobriu que o carro que tinha sido finalmente esmagado contra a árvore era conduzido pelo adolescente que veio de frente.

O casal, tentando não bater na parte traseira do carro de Michael, virou-se para a direita da estrada e tombaram.

Quando fotos da cena foram mostradas ao juiz, Michael teve que engolir um nó na garganta. Ele não tinha intenção de ferir ninguém.

Vergonha comprimiu seu coração. *Como eu pude dirigir se estava embriagado? Que tipo de vida eu vinha vivendo?*

Tão profundo era o seu sofrimento que Michael mal ouviu seu próprio advogado quando apresentou mais fatos em relação ao incidente.

Eu sou um pecador, Senhor. Eu mereço tudo que está acontecendo comigo.

Então, de repente seu advogado bateu em suas costas. "Sr. Reeves, você pode ir por agora mas, não saia da cidade. Haverá uma audiência em uma data posterior para as três ocorrências por dirigir embriagado, mas foi determinado de acordo com o que as testemunhas viram e as anotações do patrulheiro rodoviário que você não foi o responsável desses acidentes."

Michael sacudiu a cabeça. "Eu não fui? Como?"

"Você não escutou? O adolescente saiu de sua mão e veio de frente a você. O carro do casal de idosos tombou porque desviaram para a direita e caíram em uma vala. Explicou o advogado.

"Você não teve culpa de nenhum dos acidentes."

"Sério? Eu não acredito."

"Não fique tão animado agora. Você estava embriagado, e terá penalidades, talvez até cumpra um tempo porque esta é a sua terceira ofensa. Mas, a boa nova é que você não matou ninguém." Seu advogado bateu em suas costas novamente.

"Eu não matei ninguém. Eu não matei" Michael seguia repetindo a frase como um mantra enquanto retornava e caminhava pelo corredor do tribunal até sair à luz do sol. Ele queria dançar e pular como um garoto.

"Obrigado, Espírito Santo. Eu nunca mais beberei novamente."

Os papéis que Michael segurava indicava que ele deveria retornar e comparecer diante do juiz em duas semanas para ouvir sobre a penalidade pelos custos das três ocorrências por embriaguez.

Ele entendeu que estavam dando a ele tempo para curar de sua cirurgia. E por agora ele ia para casa com o coração agradecido.

~*~

Aquela noite o time celebrou não apenas a

batalha de Abby assim como sua adição ao time, mas também a boa nova sobre Michael.

Eu não pude dar a Deus louvores suficiente por sua Bondade para comigo," ele exclamou ao grupo. Ele tomou as mãos de Deborah. "Eu ainda estou cambaleando pelo fato de minha doce esposa ter sofrido por toda a minha estupidez. Todo abuso. Eu fui tão idiota."

"Calado agora, Michael. Você foi justificado por Deus, e comigo, através de Jesus e do poder do Espírito Santo."

Michael sorriu para ela e soltou sua mão.

Anthony voltou-se para sua irmã, "Janet, você está planejando voltar para Nova Iorque?"

"Não. Eu acho que gostaria de ficar aqui um tempo. Eu gostaria de conseguir um lugar aqui para aprender sobre esta cidade e o povo que vive aqui," ela replicou. "Eu atingi o nível mais alto que eu poderia esperar na escola primária. E, francamente, estou pronto para sair do sistema de Nova Iorque. Pensei que talvez procure algo por aqui."

As sobrancelhas de Anthony subiram levemente, Sério? O Espírito Santo falou mais para você?"

Ela sorriu, "Não uma mensagem definida, mas eu sinto que podíamos ficar aqui por um tempo. O que me recorda, o quarto de convidado tem outra cama, então, vocês se incomodariam se eu mudasse para lá? Ele tem um outro quarto pequeno que poderia funcionar como escritório e podia ser útil para o time."

"Claro, que grande ideia." Anthony levantou-se da mesa. "Eu estou ciente agora que o Senhor está começando a nos dar novos nomes, assim como em Gênesis 35 quando ele mudou o nome de Jacó para Israel. Meu nome de guerra é *"Guerreiro."*

"Muito bem, irmão." Janet colocou suas mãos ao peito. "E eu também recebi o nome de *"Mulher de Fé."* E você Abby?

"Sim, Janet, meu nome é *"A Discernidora."*

"Louvado seja Deus pelo que Ele está fazendo com este time," disse Anthony. "Nós ainda não sabemos muito sobre o real significado por trás de nossos nomes, mas estou certo que o Senhor nos iluminará."

Michael olhou para o chão. "Eu fico imaginando quando eu receberei um novo nome."

"Estou certo que o Senhor tem planos para você, não se preocupe que seu nome ainda não foi mudado. Amigos, Eu creio que o Espírito Santo tem planos para todos nós – mais do que possamos imaginar. E eu direi boa noite por agora porque eu preciso de um tempo em silêncio, lendo minha Bíblia e orando."

"Eu também," Michael concordou.

Anthony caminhou para o quarto de convidado. *É bom ter Janet aqui. Como poderia eu pensar que ela era ungida?* Como estavam Becky e Ben? Havia esperança para um futuro juntos?

Enquanto ele estava preocupado com a situação de Michael, Abby assegurou-lhe que Deus havia falado com ela sobre isso.

Enquanto isso, ele também estava pensando em visitar sua casa para ver sua família. Ele iria no momento em que Deus confirmasse que o tempo havia chegado.

Anthony estava partido. Por agora, ele decidiu chamar Becky. Assim que ele digitou o número, ela rapidamente pegou o telefone.

"Alô?"

"Oi, Becky, como você está?"

"Bem, Eu acho. Exceto pelo fato que Ben está fora na escola, e eu sempre dependente da Janet. Mas, e você? Já está vindo para casa?"

Anthony pôde ouvir uma melancolia em sua voz. "Espero que sim. Estou no meio de uma situação no momento, mas, assim que tudo estiver bem, voltarei. Eu sinto sua falta."

"Eu também sinto sua falta, Anthony. Quero nossa família de volta."

"Eu sei. Eu também quero, apenas quero também fazer o que Deus quer que eu faça e por esse momento, é ficar com ele."

Becky suspirou.

"Ben precisa do pai dele. Eu preciso de você."

"Logo, Becky. Vamos falar novamente em breve. Eu prometo. Eu chegarei em casa assim que eu puder."

"Ok. Mas não demore muito, Anthony."

Becky desligou o telefone sem dizer "Eu te amo." Esta foi a primeira vez.

CAPÍTULO 20

Na manhã seguinte Anthony estava em sua corrida diária quando Janet mudou suas coisas para o outro quarto da casa de hóspedes.

Não demorou muito para desfazer as malas e pendurar as roupas no armário. Se ela fosse ficar aqui como o Senhor havia indicado, ela precisaria trazer o resto de suas roupas e itens pessoais de Nova Iorque.

Janet levou o computador para o escritório adjacente e colocou-o na mesa. Ela plugou na tomada para economizar a bateria e ficou online para ver quais opções de emprego estavam disponíveis na área.

Interessante. A página da divisão da força de segurança local estava aceitando aplicativos online para vários trabalhos. Uma delas era uma posição administrativa. O Espírito Santo sussurrou ao coração de Janet para se candidatar, e ela imediatamente obedeceu.

Com uma sensação de satisfação Janet decidiu ir ao hospital ver Abby, somente para descobrir que ela estava de folga.

Janet conseguiu o número do celular em uma lista telefônica situada na enfermaria. Ela discou o número e esperou pela resposta de Abby.

"Alô?"

"Oi Abby, aqui é a irmã do Anthony, Janet."

"Bem, oi." Abby respondeu.

"Espero que não se importe de eu ter pegado seu número da lista de enfermeira da enfermaria."

"Oh não, claro que não, Janet. Você ainda está no hospital?

"Já estou saindo."

"Espere aí um momento. Eu tenho duas horas para terminar alguns recados. Você gostaria de rodar comigo e almoçarmos juntas fora?

"Claro."

"Então fique aí onde está, e eu estarei aí em quinze minutos."

"Ótimo." Assim que Janet desligou a ligação, ela pediu a Deus que a guiasse em sua conversa com Abby.

Seu irmão tinha adivinhado corretamente sobre Deus ter falado com Janet. Agora ela queria discutir isto com sua nova amiga Abby quem era a mais nova membro do time.

Em quinze minutos Abby chegou em seu Ford Escape e abriu aquele sorriso enquanto Janet subia.

"Olá, madame, bom vê-la novamente. Como

estão o demais membro do time? Vocês três tem estado em meu pensamento nos últimos dois dias."

"Os demais estão bem. Michael trouxe boas novas sobre o incidente ao qual ele se envolveu." Janet continuou a dizer a Abby tudo que ela sabia sobre o caso no tribunal.

"Uau, eles determinaram que não foi culpa dele. Que ótimo." Abby sorriu.

"Sim, foi isto. Contudo, você sabe que esse assunto ainda vai ser pesado para eles."

"Com certeza." Abby baixou a cabeça e diminuiu o tom da voz, "O que você quer dizer, exatamente?

"Bem, há um motivo pelo qual Michael possa ir para a cadeia.

"Por causa da D.I.A (Dirigir sobre Influência de Álcool)

"Na verdade, é mais que isto."

"Garota, o que você está dizendo? O que você ouviu que eu não?"

Deus falou-me por meio de um sonho noite passada." Janet elevou suas sobrancelhas.

"Ok, estou ouvindo," Abby sondou. Qual é o acordo?

"Bem, eu sonhei que Michael estava neste restaurante. Ele era Garção. E ele conhecia muitas das pessoas que estavam jantando ali."

"Sim?" Os cabelos em rabo de cavalo de

Abby agitou-se enquanto ela movia seus dedos em um gesto de *pressa.*"

"Estou chegando lá. Você sabe que havia apenas um outro membro da equipe de espera que sabia sobre o funcionamento interno do restaurante. Mas Michael, que era novo em tudo, teve que fazer muitas perguntas e procurar itens."

"E" Abby chegou mais perto. "Siga"

"Bem, Michael perguntou aos clientes mas eles não gostaram das perguntas. Claro, ele ainda esperavam que ele o servisse exatamente o que eles queriam."

"Como poderia saber se não perguntou?

"Exatamente. Então Deus me explicou parte do sonho e me disse somente uma coisa que eu precisava fazer. Ele disse, Janet, Michael irá para um lugar o qual ele não saberá nada. Ele terá alguém trabalhando com ele que sabe tudo sobre o lugar. Ambos encontrarão alguém que necessita de ajuda desesperadamente, e ninguém senão Michael será capaz de dar-lhe uma resposta."

"E?"

"É isto. Eu não sei o que isto tudo significa, mas esperava que você soubesse."

"Eu?" Abby se afastou e piscou os olhos. "Eu não ouvi nada."

"Mas você é parte do time, e eu esperava,"

Janet franziu a testa. "Oh querida. Então, o que poderia significar isto?

Os olhos verdes de Abby se arregalaram. Eu não sei, mas eu aposto que Deus me revelará."

"Como?"

"Agora que sei do seu sonho, eu escutarei Sua voz mais cuidadosamente nos dias que seguem. Eu orarei sobre isto apenas," Abby prometeu. "Descobriremos a interpretação deste sonho."

"Isto me lembra outra coisa. Eu preciso achar uma congregação local para louvar."

"Com certeza, você precisa." Abby concordou. "Você devia vir à igreja comigo."

O almoço no aeroporto foi um tempo de deleite e nenhuma delas mencionou sobre o sonho novamente mas, Janet não podia fazer nada senão imaginar o que tudo aquilo significava.

~*~

Poucos dias mais tarde Janet recebeu um email que a deixou bastante animada, e então percebeu que Deus havia falado também à Abby.

As duas sabiam exatamente o que fazer e convocaram uma reunião do time na casa de Michael e Deborah.

Uma vez mais Deborah preparou uma deliciosa refeição. Mas, as duas jovens mal podiam esperar eles terminarem de comer para discutir esta nova situação.

"Tudo bem, equipe, vamos iniciar nossa reunião." Anthony começou. "Primeiro, eu sei que Deus tem falado com alguns de vocês também como tem falado comigo. E eu acredito que Deus tem falado sobre como corrigir as coisas em casa."

Todos os olhares se focaram em Anthony.

Eu decidi que uma vez que teremos que esperar pela sentença de Michael, eu irei para casa este final de semana para ver Becky e Ben e queria que cada um saiba disto e que esperem minha ausência por poucos dias."

Michael mudou o semblante e baixou a cabeça.

"Eu pude falar rapidamente com Becky noite passada, continuou Anthony. "Ela e Ben estão passando por dificuldades agora. Ben está fora da escolar, e sem a Janet por perto para dar uma ajuda, Becky se sente sobrecarregada. Então eu queria todos soubessem da situação."

Anthony ficou de pé por algum tempo.

"Sábia decisão, Guerreiro," Deus falou ao silenciosamente em seu coração."

Um calafrio percorreu pelos ombros de Anthony. Ele olhou para Abby. "Minha esposa trabalha em um escritório de dermatologia de prestígio em Nova Iorque. Becky trabalha como esteticista e ela é muito respeitada. Eu imagino que tipo de oportunidade seriam abertas para o tipo de trabalho que ela faz perto de Clanston."

Abby olhou para cima. "Eu ficarei contente em poder olhar isso para vocês."

Então Anthony voltou-se para sua irmã. Ok, Janet, vamos iniciar com suas notícias."

"Estou empregada." Janet deu aquela olhada para Anthony. "Então, enquanto estiver em Nova Iorque, meu irmãozinho, pegue o resto de minhas roupas."

Todos os olhares se viraram para ela enquanto ela continuou a falar as novidades sobre aplicação para o trabalho na divisão da Força de Segurança fora de Clanston como assistente administrativa e ligação entre o escritório local e a prisão estadual. Quando ela contou ao resto da equipe sobre o sonho, seus olhos se arregalaram.

"O Espírito Santo também falou comigo," disse Abby com entusiasmo. "Eu fui transferida para um setor de enfermagem na prisão estadual de Clanston.

Eles se entreolharam com surpresa.

"Michael." Abby esperou até ele olhar para ela. "Entre Janet e Eu, você não ficará sozinha caso o juiz lhe dê um tempo na cadeia."

Michael inclinou-se contra sua cadeira, e ele não conseguia segurar suas lágrimas que caíam pelo rosto.

"Pessoal, não consigo dizer como isto me faz sentir."

"O Espírito Santo falou comigo esta manhã enquanto corria." Anthony colocou sua mão sobre o ombro de Michael. "Você *vai* para a prisão, mas o time de Deus cuidará de você."

"Parece que é isto," Michael disse.

"Você estará lá dentro para ajudar alguém se libertar de suas mágoas, hábitos e desligamentos do passado. E você influenciará a muitos para se libertarem também. Vamos seguir na oração, time."

"Uau, eu nunca pensei que diria isto, mas eu mal espero para chegar lá."

Todos riram com a tentativa de Michael de aliviar a situação.

"Eu fiz meu check-up no consultório médico hoje. Ele ficou impressionado com a forma como a ferida se curou. Os pontos saíram facilmente. E ele disse que não teria muita cicatriz. Mas você sabe que eu espero um pouco. Espero que Deus deixe algo para me lembrar Dele."

"Michael, estou feliz por sua cura, mas ainda assim, você deve lembrar, não será uma estadia fácil," alertou Anthony. "Eu não consigo imaginar quantos demônios estarão lá."

Eles se olharam com expressões sombrias.

CAPÍTULO 21

No dia seguinte a caminho de Nova Iorque Anthony orava por aumento de sabedoria em relação ao tratamento com Becky e Ben. Ele sabia que Deus o havia chamado para este trabalho, mas como explicar isto à sua família de maneira que eles pudessem compreender? "Espírito, fale ao meu coração sobre o que dizer e o que não dizer."

Ele sabia mais sobre como explicar todas as coisas que o Espírito estava operando nos outros e menos como explicar a influência do Espírito em sua própria vida.

Já se passaram cinco semanas desde a operação. E lhe deram apenas seis semanas de licença por enfermidade. Então alguma decisão tinha que ser feita, e em breve.

Ele sabia de uma coisa. Ele estava cansado da política do escritório na grande empresa. Mais do que cansado das frustrações e das más vibrações que vinham de trabalhar para o tipo de clientela que lhe trouxe muito dinheiro. Na verdade, Anthony sempre quis ter sua própria prática de direito, mas até agora ele não tinha visto como isso poderia acontecer.

No entanto, ele não podia voltar. Não se ele mantivesse seu compromisso com Deus em Ohio. Foi um momento sério para encontrar uma posição de algum tipo em sua nova localização. Ele sacudiu a cabeça para clareá-la. Parecia que tinha dirigido por horas, e a escuridão da estrada vazia a frente o hipnotizava.

De repente, algo surgiu na frente de seu carro. Anthony pisou nos freios e seu corpo avançou contra seu cinto de segurança. Sua cabeça empurrou para trás quando o carro chegou a uma parada completa. Ele gemeu com a dor nos músculos do pescoço e dos ombros.

Assim que conseguiu destrancar o cinto de segurança, Anthony pulou do carro. O Vertígio fez com que ele pegasse à porta do carro para se estabilizar.

Uma vez que o mundo parou de girar, ele passou pela frente do carro. Um homem deitado no asfalto.

O coração de Anthony grudou em seu peito. *Eu não ouvi uma colisão como se eu tivesse atingido qualquer coisa, muito menos esse homem. Mas com certeza me alegra que algo tenha feito eu parar em tempo.*

Um chapéu cobria a cabeça do homem. As

mãos escuras passaram além de suas mangas de casaco esfarrapadas e sujas. Mesmo um vagabundo erai valioso aos olhos de Deus. Mas ele estava tão quieto.

Ele está vivo? Anthony chegou mais perto da vítima e estendeu sua mão para tocar seu ombro.

No momento que seu dedo o tocou, o homem saltou com uma arma apontada para ele.

Anthony estremeceu e deu um passo atrás. Ele se virou para correr quando encontrou outro homem atrás dele com uma faca e a aparência esfarrapada e suja como o primeiro.

"Pare aí, senhor. Você vai nos levar para dar uma volta." A voz do homem com a arma veio por trás dele.

O outro homem apontou a faca. "Entre no carro," ele resmungou e apontou para assento do banco do motorista.

Anthony fez conforme o homem ordenou, e os transeuntes sentaram-se no banco de trás.

"Dirija." Ordenou o homem com o revólver.

"O que - o que é isto? Anthony gaguejou, "Onde estamos indo?"

"Para onde se dirigia? O homem com a faca acenou ameaçadoramente.

"Para casa," Anthony respondeu sem pensar nas consequências que ele estava dizendo.

"Bem, disse o homem com o revólver. "Adivinhe onde vamos?"

O coração de Anthony se partiu. O dia estava findando e seria noite em breve, e ele estava conduzindo estes rapazes para sua casa – onde Becky e Ben esperavam inocentemente.

Anthony tinha dirigido o que parecia horas com os homens silenciosos no banco traseiro. Ele dava uma olhada no retrovisor algumas vezes, apenas para certificar-se que não estava sonhando tudo isto.

Senhor, estou ficando cansado dessas armas e facas. Talvez pudesse ajudar-me a encontrar um colete a prova de bala.

"Oh homem de pouca fé" Deus sussurrou. "Você se esqueceu tão rápido?"

Da próxima vez que Anthony olhou pelo espelho, ele percebeu que o homem sentado na parte de trás, atrás do banco de passageiro, estava, não somente usando um chapéu, mas tinha crescido um longo nariz e uma cabeça cheia de cabelo estilhaçado agora cobria as orelhas.

Mutantes. Demônios de Malphas. Ele deveria ter sabido. Anthony pisou no freio e saiu da estrada. Ele saiu do carro e abriu as portas de trás. "Em nome de Jesus Cristo, Rei dos Céus e da Terra, o Deus a quem sirvo, saiam do meu carro."

"Sem problema," disse o lobo no chapéu. "Afinal, sabemos onde você mora."

"Sim." O outro lobo riu. "Nós observamos sua mulher. A deixamos bem assustada, sim deixamos."

"Eu clamo o sangue de Jesus sobre minha família," gritou Anthony. "Deixe-os em paz."

O lobo do chapéu estremeceu. "Não há necessidade de gritar. Sim, temos que reconhecer isso para o seu filho. Mas sua esposa tomará suas próprias decisões."

"Que ela fará," o outro lobo rosnou.

Enquanto Anthony observava os lobos desaparecerem, ele orava. "Deus, por favor, proteja minha esposa de seus medos. Ajude-a a conhecê-lo. Por que, por que, por que ela não reconhece que fechar os olhos para o mundo espiritual ao nosso redor não o faz desaparecer?"

CAPÍTULO 22

Após o café da manhã no dia seguinte, Ben saiu para jogar.

Anthony desfrutou de outra xícara de café enquanto explicava como Janet conseguiu um emprego e planejou ficar em Ohio. Ele precisava que ele levasse o resto de suas roupas. "Você pode me ajudar a ir até a casa dela e ajudar a empacota-las?"

Becky virou seu rosto. "Já é triste que você vá e nos deixe e agora vai leva-la de nós também."

"Eu não sabia que estava indo até que ela apareceu. Mas, tenho que admitir que gostei. Eu quero toda minha família comigo."

Ela levantou-se da mesa e caminhou até a janela da cozinha. Ela ficou silenciosa por um tempo, e ele imaginava o que ela estava pensando.

Finalmente ele se virou para ele. "Anthony, eu sei que você não está falando sobre eu e Ben nos mudarmos para Ohio. Certamente você não está falando isto, está?"

"Bem, eu não vejo problema. É uma cidade bem legal, e estou certo que podemos encontrar uma casa" ele se calou quando olhou para seu rosto. "O que há de errado Querida?"

"Anthony, nós *temos* uma casa. Nós estaríamos desprovendo Ben de tudo que está acostumado aqui."

"Certo que Ben sentirá falta de algumas coisas, mas crianças são flexíveis se eles sabem que seu papai e mamãe os amam.

Becky deu-lhe uma bufada grosseira que ele ignorou.

"Janet estará lá por ele para o próximo ano escolar, e você e eu estaremos juntos e podemos começar tudo em um novo lugar."

"E meu trabalho. O que me diz? Eu acho que ele não é tão importante quanto o seu *chamado*." Becky tinha seu tom sarcástico aprimorado. "Parece que isto é o que você sempre faz. É tudo sobre você."

"Becky, não. Não é assim que sinto. Deixe-me explicar."

"Eu acho que você já disse o suficiente. Eu compreendo perfeitamente."

"Não, Becky, você não. Eu quero"

"É isto. *Você* quer. Sempre foi sobre o que *você* quer." Ele se afastou dele e foi até a porta dos fundos procurando por Ben.

Anthony veio por trás dela colocando suas mãos em seus ombros. Ele pôde ver o quão chateada ela estava a julgar como tensa estava. Ele sentiu sua rejeição.

"Becky, coração. Por favor, deixe-me contar sobre isto."

Ela a virou e a abraçou. "Eu sei que as coisas não tem sido certas conosco por um longo tempo. Eu não fui o marido que devia ter sido. Eu quero pedir perdão a você."

Ele olhou dentro se seus olhos e viu a ferida. "Você consegue fazer isto?

Ela ficou parada e em silêncio. Ela continuaria a resisti-lo?

"Eu quero que recomecemos. Você irá, pelo menos pensar a respeito? Eu lhe enviarei um email dando informações de algumas escolas e você pode analisar – se e quando quiser avisar no trabalho. Deus nos guiará."

Ele a abraçou e então olhando em seus olhos, perguntou novamente, "Você, pelo menos vai pensar a respeito?"

Ela acenou que sim.

Ele a beijou suavemente, e então deixou-a ir e foi para a porta.

"Ben?" Ele chamou e foi para fora chutar bola com ele.

~*~

Ela ficou de pé na janela olhando para eles jogando e gargalhando um com outro. Seu perfeito marido loiro e seu filho mestiço.

"Oh Deus, me ajude," ela sussurrou mais para ela mesma do que para Deus que ela não conhecia.

"Anthony quer que eu desista do meu emprego. Eu nem sei o que está acontecendo em sua empresa. Eles deixarão que ele vá tão longe e mantenha sua posição? E enquanto isso eu receberia um aumento."

Ela começou a chorar então. "Como posso desistir da única segurança que eu tenho enquanto meu marido vai e brinca de guerra com demônios?

Sem resposta. Ele não esperava mesmo. Dependia dela colocar as coisas no lugar.

Becky foi para o banheiro e lavou seu rosto. Então ela foi até a garagem e encontrou algumas caixas para empacotar as coisas de Janet.

Eu me pergunto o que Janet planeja fazer com a casa dela? Eu imagino que ela vá querer que eu fique de olho. Como se eu não tivesse o que fazer desde que ela me deixou abandonada. Ela e Anthony, ambos me deixaram abandonada.

Becky chutou uma caixa vazia para o outro lado da garagem.

~*~

Anthony sabia que tinha dito o suficiente. Ele teria que provar que poderia manter sua família em Ohio.

Após Becky ajudá-lo a empacotar algumas

coisas de Janet, poucas coisas, apenas o que cabia no porta mala do carro, ele levou sua família para um jantar e para o lugar favorito deles olharem a cidade e ver os fogos de artifícios.

Ben mal conseguia ficar parado. "Isto é tão legal, papai. Este o melhor 4 de julho de todos."

CAPÍTULO 23

Janet ficou super contente com o convite de Abby para ir à Igreja com ela no domingo. Pastor Good ficaria agradecido.

Quando ela entrou com seu Honda Civic vermelho no estacionamento da Igreja Trinitária da Nova Esperança, estava quase cheio. *Deve ter um pastor bem interessante.* Ela encontrou uma vaga e estacionou.

Enquanto subia a escadaria frontal, um cavalheiro idoso, de pé ao lado direito da larga porta dupla, segurou uma das portas para ela. Ela agradeceu com um aceno e sorriu.

Ela entrou no saguão de entrada, e imediatamente uma paz calorosa caiu sobre ela. Ela se parecia muito com a Igreja dos Novos Iniciantes, sua igreja em Nova Iorque. Ela não devia esquecer o Pastor Good e deixa-lo saber que ela encontrou um lugar para louvar.

Janet caminhou igreja adentro onde dois cavalheiros lhe entregaram a programação litúrgica.

Ela olhou em volta da santuário largo e confortável com lindos vitrais ao longo de toda lateral das paredes. O salão cabia facilmente umas duzentas pessoas.

O encantador espaço para o coral nos fundos estava completo com um órgão na parede de um lado da igreja e um piano no outro.

Um pódio lindamente esculpido estava no púpito em frente à sala e segurava uma enorme Bíblia.

Janet reconheceu Abby com seu longo rabo de cavalo. Ela estava sentada com outra mulher perto da frente.

Abby a viu no mesmo momento e fez sinal para que ela subisse vários bancos para sentar com ela. Janet fez isso e enquanto se sentava, Abby se aproximou e apertou sua mão. "Tão feliz que você pudesse vir," ela sussurrou.

"Lindo," Janet sussurrou. Ela havia faltado apenas uma semana, mas ainda assim, se sentiu tão bem estar de volta à Igreja.

O púlpito do coro estava lotado, e assim que o organista começou a música, eles começaram a cantar, com vozes perfeitamente harmônicas. O coração de Janet crescia enquanto escutava, seus dedos coçando para sair correndo por entre os mármores uma vez mais.

Quando a música terminou e o coral assentou-se, um ancião cavalheiro parou em frente ao altar.

"Eu gostaria de dar as boas-vindas a todos os membros e visitantes que vieram louvar esta manhã. Meu nome é Pastor Joseph Milton, conhecido como Pastor Joe pela maioria."

Ele lançou um olhar sobre o santuário "Eu gostaria de agradecer a todos por suas orações nestas últimas semanas durante minha enfermidade. Estou me sentindo melhor, mas como muitos sabem, eu transferi as funções da nossa igreja para Robert agora. Meu filho, Robert Milton fará a pregação para nós hoje. Por favor, deixe-o se sentir em casa."

A congregação aplaudiu educadamente, e o reverendo parou ao lado do pai. Ele parecia ter uns quarenta anos, loiro, levemente grisalho nas laterais e um sorriso gracioso.

Obrigado, Pai. E obrigado a vocês desta congregação por me aceitar no serviço."

Janet ouviu um pouco do sermão após isto. Ela concentrou-se no homem. Personalidade e belo, ela gostou dele imediatamente.

Seu terno bege se ajustou perfeitamente, e a gravata azul clara que ele usava destacava seus olhos. Sua voz era firme e forte, mas não muito alta, e o melhor de tudo, seu sorriso era deslumbrante.

Após o serviço, Abby apresentou Janet a sua amiga Erin Ludwig. Ela era outra mulher alta, em relação a Janet. O tom dourado em seus olhos castanhos cintilaram quando cumprimentou Janet.

"Ela trabalha na sala de emergência. E nos tornamos amigas para sempre."

"Você almoçaria conosco?" Erin perguntou a Janet.

"Eu adoraria." Eu ainda me perco nessas ruas da cidade."

Abby entrelaçou os braços com suas duas amigas. "Você vão amar nosso restaurante favorito."

Reverendo Robert cumprimentou a cada na porta assim que eles saíam, e quando foi a vez de Janet, ele pegou sua mão e perguntou seu nome.

Ela olhou em seu rosto e viu seus olhos azuis emoldurados por pequenos sorrisos voltados a ela.

Ele voltou seu olhar para Abby, "Bom dia, Abby. Você me disse que estava trazendo uma amiga tão adorável com você esta manhã."

Janet corou. Ele não era tão mais jovem que ela.

"Você sabe que eu não conto tudo, Reverendo," Abby provocou.

Durante a curta caminhada ao seu carro, Janet pôde sentir que ele a olhava. Quando ela se virou antes de entrar no banco da frente, ele estava de pé no mesmo lugar. Ele levantou uma das mãos e deu um breve aceno.

Minutos mais tarde as três mulheres se

sentaram à mesa em um restaurante próximo para almoçar.

Abby deu aquela olhada para Janet antes que ela pegasse o menu. "O que você achou do culto?"

"Foi maravilhoso. A igreja estava linda," Janet respondeu. "E o pastor estava ótimo."

Pastor Joe? Erin elevou uma sobrancelha.

"Sim, ele, também."

E todas gargalharam diante da resposta de Janet.

"Agora posso chamar o Pastor Good em Nova Iorque e dizê-lo que encontrei uma nova Igreja."

~*~

Anthony levou Becky e Ben para visitar a igreja Novos Iniciantes.

Pastor Good deu-lhes a calorosa boas-vindas. Anthony lhe disse que Janet havia encontrado um emprego em Ohio e ficaria com ele por um tempo, mas que sua família, Becky e Ben precisavam de uma igreja. Ele perguntou ao pastor se ele poderia cuidar deles enquanto estivesse fora.

Pelo o olhar que Becky lhe deu, ele percebeu que ela não estava impressionada. Ele sabia que ela pensava que ele deveria ficar em Nova Iorque.

Mas seu chamado foi em Ohio. Ele suspirou.

Por que ela não conseguia ver que ela precisava apoiá-lo?

A oração de Anthony após as luzes se apagarem no Domingo à noite, foi, "Senhor, por favor, não permita que aquelas coisas que os lobos mutante me disseram, me chacoalhem." Então ele sacudiu a cabeça, *"O que estou pensando? Sabemos que todas as coisas contribuem para o bem daqueles que amam a Deus."*

CAPÍTULO 24

Antes que Anthony saísse para sua longa viagem de volta a Ohio, ele perguntou a Becky e Ben se eles podiam orar juntos, como família. Ben como sempre respondeu "Sim." Mas Becky aceitou não querendo. Eles se juntaram no sofá e Ben se arrastou até o colo de Anthony.

"Senhor, Eu não sei exatamente o que está fazendo em nossas vidas. E eu acho que realmente não preciso saber antes do tempo, mas por favor dê-nos toda a paz a este respeito. Cuide de Becky e Ben enquanto estiver fora, proteja-os, e os ajude a ambos a compreender por que eu tenho que ir. Senhor, Eu peço por uma viagem segura de volta a Ohio. Nossas vidas estão em suas mãos, as melhores mãos que eu conheço."

Becky ficou quieta enquanto Anthony encerrou sua oração mas, Ben perguntou, "Papai, posso orar a Deus também?"

Anthony olhou por cima da cabeça de Ben e capturou os olhos de Becky.

"Claro, filho, ele disse.

Mais uma vez Ben abaixou sua cabeça. "Deus, não deixe papai se envolver em nenhum acidente, e ajude a mamãe a não se preocupar e chorar quando ele sair. Amém."

Becky esboçou um sorriso. "Obrigada Ben."

~*~

Anthony sabia que necessitava de segurança. Embora ele sempre quisesse ter sua própria firma de advocacia, até agora era apenas um sonho. E tinha que admitir que ele se tornou complacente porque trabalhou bem na antiga firma onde ele se tornara um sócio sênior.

Mas, em três semanas e meia, dias 29 e 30 de julho os testes estaduais em todo país serão oferecidos. Se ele não conseguir para o estado de Ohio, então ele teria que esperar até fevereiro.

E já era tempo de se mudar. Afinal, sua licença havia terminado, e ele sabia que não poderia voltar. Ele precisaria ligar e dizer-lhes sua decisão.

Já passava da meia-noite quando Anthony chegou à casa de Michael e Deborah e dirigiu-se para quarto de hóspedes.

Tudo estava quieto enquanto caminhava pelo caminho.

Quando ele destrancou e abriu quarto de hóspedes, ele notou que a porta do quarto de Janet estava fechada.

Ele acomodou as três caixas cheias dos itens que Becky tinha embalado.

Então ele voltou ao carro e trouxe outro pacote. Uma vez que ele trazia a caixa com livros legais para o escritório, Anthony esperava ter trazido os livros certos. Muitos de seus amigos estavam pedindo por conselhos legais, e claro, ele queria se preparar para os exames que seguem.

Finalmente, ele trouxe sua bagagem, e colocou suas malas silenciosamente em seu quarto. Então, tirando apenas seus sapatos, ele esticou-se sobre a cama.

"Deus, obrigado pela viagem segura. Agora que estou de volta, ajude-me a encontrar alguma oportunidade de trabalho que agrade a Becky. Por favor, pelo poder de seu Espírito, deixe Becky compreender o que Você significa para mim. O que este time significa para mim. Abençoe este time e ajude-nos a saber o fazer em seguida."

~*~

Duas semanas depois Michael compareceu à sua audição e foi levado em custódia.

Ele não acreditava que teria que passar por isto. Mas, ele tinha que cumprir seis meses na mesma prisão para a qual Abby e Janet agora trabalham. Michael olhou em volta, mas não viu nem sombra de nenhum de seus amigos.

A princípio ele se sentiu decepcionado, Mas, ele tinha se rendido a Deus, e o Senhor Deus tinha prometido estar com ele. Ele lembrou-se do que Anthony falou com ele sobre o Senhor ter um trabalho para ele fazer. Mas, o que poderia ele fazer trancado em um lugar sombrio?

Conforme ele passava por cada cela, demônios se manifestavam. Alguns fizeram mais do que soluçar, muitos gritavam e uivavam.

Foi com alívio que Michael finalmente chegou a uma cela vazia onde o carcereiro esperava ele entrar.

Não havia nada na cela, exceto um beliche, pia, cômoda, e é claro, seu colega de cela.

Este rapaz não podia ter mais de 20 anos, se tivesse. Ele era um pouco mais alto que Anthony, e com apenas 1,52 m Michael teve que levantar a cabeça para vê-lo. Com sua pele queimada e nariz aguçado Michael o tomou por descendente de judeu.

Ele acenou cuidadosamente para seu colega de cela, mas o homem continuou a encarar com os olhos vidrados como se estivesse olhando diretamente para a alma de Michael.

Michael colocou sua Bíblia sobre o topo da beliche. Foi a única coisa que permitiram que ele levasse depois de passar por uma revista minuciosa.

Deitado em sua cama aquela noite, Michael

foi sujeitado a horas e horas de gritarias, urros, choros e palavras de ódio. Quando uma voz silenciava, dezenas de outras começavam.

Era muito frio não importando o quanto ele se enrolava na coberta desconfortável, ele não conseguia se aquecer. Seus ossos doíam. Não havia luz absoluta. A escuridão no bloco da cela era mais escura do que tudo que ele já suportou.

Michael nunca tinha tido uma experiência tão perturbadora como teve naquela noite. Ele se alegrou quando a manhã chegou.

~*~

Diariamente, desde que ele voltou de Nova Iorque, Anthony orava para que Becky concordasse ou pelo menos considerasse se mudar para Ohio. *"O que farei se ela não aceitar?*

Quando ele analisou todas as coisas que tinha acontecido com ele desde que mudou-se para o quarto de hóspede, ele sabia que Deus tinha chamado ele aqui. Ele encontrou grandes amigos mas, mais que isso, Deus tinha levantado um time, e eles agora tinham quatro membros.

Deus estava operando tremendamente em suas vidas, mas ainda assim, Anthony sentia falta da família.

Talvez hoje a noite ele devesse ligar para

Becky e ver se ela estava perto de tomar alguma decisão sobre mudar-se. Ele poderia até mesmo procurar um lugar para estabelecer seu escritório de advocacia. Não. Ele ligar para ela, tudo bem mas, sem pressioná-la. Ele manteria amigável e superficial.

Melhor não apressar as coisas. Eu nem mesmo fiz meu teste para o quadro de Ohio. Eu apenas orarei e verificarei o que acontece. E se eu não passar no primeiro teste? E se eu tiver que trabalhar em outra coisa para viver enquanto isso? Quando eu tiver algo mais a oferecer, eu a perguntarei então.

CAPÍTULO 25

Para Michael, a manhã trouxe mais desconforto. Mais pares de olhos vidrados nele. Mais olhos nos corredores ao ir e vir do banho assim como na lanchonete. A comida era insípida e Michael não tinha certeza do que pior.

Então, alinhados como animais, os presos voltavam para as celas e, mais uma vez, foram trancados.

De volta a sua cela, Michael pegou sua Bíblia e deslizou pelo lado da parede da sua cela. Ele sentou-se no chão e começou a ler.

Seu colega de cela deu descarga no vaso e sentou-se no chão também, no lado oposto da sala. Os olhos do rapaz estavam mais claro hoje.

"O que você está lendo?" Ele perguntou.

"A Bíblia," Michael respondeu baixinho.

"Bem, eu sei disso," o homem respondeu sarcasticamente. "Qual livro?"

"Você tem lido a Bíblia? Michael respondeu a pergunta com outra.

"Bem, minha velha lia para mim quando eu era pequeno. Na maioria das vezes, um absurdo, mas ela me fazia escutar."

"Bom para ela, mas não é absurdo."

"Quem disse?" Os lábios do outro homem se fecharam e franziu a testa.

Michael encolheu os ombros. "Bem, eu creio. E sua mãe também deve ter acreditado."

"Oh sim. Ela era uma daquelas que iam a igreja. Você sabe como eles são. O tempo todo era "Fique pronto para Igreja." Era um chatice.

"Então você ia?"

"Eu tinha que ir." O velho não ia e eu sabia o aconteceria se eu ficasse em casa com ele."

Michael percebeu que seu colega de cela estava começando a suar, sacudir e a esfregar suas mãos. Ele estava provavelmente saindo de alguma coisa que ele vinha usando.

"Oi, tudo bem?" Michael perguntou.

"Na verdade não." Seu colega encolheu seus joelhos e abaixou a cabeça sobre eles.

"Guarda," Michael gritou.

"Cale-se," o rapaz ordenou. "Não chame ninguém. Seria mais problema do que ajuda."

"Tem certeza?" Oi, qual o seu nome? Eu ainda não sei como se chama."

"Josh." Eu ficarei bem."

Contudo, em poucos momentos, um guarda chamou a atenção batendo seu cassetete contra as grades da cela. "O que está acontecendo aqui?"

"Nada," Josh falou em voz baixa.

"Foi o que pensei," o oficial respondeu sarcasticamente e se afastou.

Quando Michael olhou para Josh novamente, uma garra escamada e bem afiada estava enrolada no peito de seu companheiro.

"Botis," uma voz sussurrou.

Michael levantou-se alarmado com a manifestação do demônio.

A minha armadura funcionará aqui? Imediatamente ele bradou consigo mesmo. *O que eu estou pensando? O Espírito Santo simplesmente não abandona ninguém.*

Quando ele olhou para porta da cela, Abby está de pé ao lado. Ela colocou o dedo nos lábio como sinal de não dizer nada enquanto silenciosamente abria a porta da cela e entrava.

"Josh," ela sussurrou.

Ele olhou para ela com um semblante atordoado. Até então, era apenas suas mãos que tremiam, mas agora todo seu corpo tremia.

Ela se virou e chamou pelo guarda novamente. Ele veio rapidamente ao ouvir a voz da enfermeira.

"Ajude-me a levar este homem para enfermaria," Abby disse com autoridade.

O guarda levantou Josh do chão.

Abby os conduziu para fora da cela. Ela fechou a porta da cela atrás dela, dando uma olhada para Michael, enquanto fechava. Ela acenou para ele e voltou-se para seu paciente.

~*~

Uma vez na enfermaria, Abby reportou a situação ao médico e anotou suas ordens.

Ela pegou o medicamento que Josh necessitava e começou uma aplicação IV.

Ele começou a melhorar dentro de uma hora e estava descansando mais confortavelmente ao término do turno de Abby.

Ela entregou as chaves para a enfermeira que iniciava o turno e fez a saída como de costume, atravessando pela frente da prisão.

Os oficiais, examinando-a pelo detector de metal, estavam conversando sobre onde eles iriam depois do trabalho, e um deles falou diretamente com ela. "Ei, enfermeira, onde você vai se divertir depois de seu horário?"

"Ela se virou para ver um homem de cabelos loiros com um sorriso simpático. Bem apresentável, ele parecia ser de sua altura com uma etiqueta de nome onde se lia Tadd James. *O que é isso? Nunca confie em um homem com dois nomes.*"

"Para casa ver Grizzly," ela respondeu com um sorriso. "Meu rottweiller," ela acrescentou, e continuou caminhando em direção ao estacionamento.

Abby não pôde deixar de pensar em Josh durante a noite, enquanto ela jantava sozinha em seu apartamento com Grizzly a seus pés. O homem era um observador, provavelmente um conquistador. Não é alto e bonito como diz o ditado, mas cabelo loiro, olhos azuis e um sorriso deslumbrante ficaram marcado em seu livro.

O Espírito Santo falou com seu coração baixinho enquanto comia.

Ela inclinou a cabeça, "Sim, Senhor," ela respondeu.

CAPÍTULO 26

O telefone de Abby soou cedo na manhã seguinte. O identificador de chamada indicava que Deborah estava chamando.

"Bom dia."

"Olá Abby. Você viu Michael?

Ela percebeu uma pequena ansiedade na voz de Deborah.

Sim, eu vi, querida. Ele está bem. Ele está justamente onde Deus necessita que ele esteja."

Um sinal de alívio veio através da ligação.

"Obrigado, Abby. Você não sabe como estou contente que você esteja lá."

"Por nada, querida. Eu estou contente também." Abby finalizou a chamada e então se preparou para o trabalho.

Uma hora mais tarde ela estava novamente indo em direção ao detector de metal.

Ela cumprimentou os oficiais. Então ela pegou a calçada para os dormitórios da prisão e passou por cada porta trancada usando seu cartão de identidade.

Quando se aproximou da enfermaria, Abby pegou a chave, mas notou que a porta estava ligeiramente entreaberta. *Aquilo era incomum.*

Empurrando a porta com seu sapato, Abby viu sua amiga enfermeira caída no chão com sangue em seu cabelo. Josh estava de pé ao lado dela.

"Guardas!" ela gritou.

"Josh olhou para ela com os olhos aterrorizados.

A enfermeira ferida gemeu.

Abby ajoelhou-se ao lado da mulher e examinou sua ferida. "Parece superficial mas, eu vou chamar o médico. Não vai demorar muito para ele chegar aqui. Por favor, apenas fique deitada."

A enfermeira suspirou algo.

"Você sabe quem fez isto? Abby perguntou.

"Eu não fiz isto." Josh rogou, levantando suas mãos em protesto.

Mas os guardas o cercaram e agarraram seus braços. "Vamos."

Abby olhou no olhos de Josh então abaixou o olhar até suas mãos. "Espere," ela disse aos oficiais

Ela olhou ao redor da área procurando por alguma arma descartada enquanto ela se moveu até o armário pegar sua lanterna. Então ela voltou-se para Josh. "Abra seus olhos."

Após examinar as reações de sua pupila com a lanterna, ela voltou-se para os guardas.

"Ok, oficiais, vocês podem levá-lo para cela dele, mas o médico precisa vê-lo mais tarde."

Seus olhos foram de encontra aos dos oficiais. "Ele não fez isto. Quem quer que a tenha ferido ainda tem a arma, e ele está provavelmente escondido em algum lugar."

Os guardas acenaram em acordo com ela enquanto levavam Josh.

"Ok enfermeira. É só chamar."

Então a prisão foi cercada e a equipe de oficiais começaram a procurar em toda a prisão.

Abby estava limpando as feridas da enfermeira quando o médico chegou e transferiu a enfermeira/paciente para outro quarto para mais tratamentos.

~*~

Enquanto isso, de volta ao escritório do time, Anthony ligou para sua empresa de advocacia em Nova Iorque.

"Dickerson, Markson, & Clark," Miranda respondeu.

Ei Miranda, aqui é o Anthony Markson."

"Anthony. Estamos sentindo sua falta. Já está reestabelecido? Pensei que voltaria semana passada."

"Estou melhor," Anthony disse cuidadosamente. O Sr. Dickerson está aí?

O silêncio era ensurdecedor.

"Miranda?"

"Oh sim, deixe-me transferi-lo."

"Dickerson."

"Aqui é Markson."

"Você já se decidiu?"

"Sim. Eu ainda não posso deixar minha situação aqui em Ohio. Então, vá em frente e processe minha cláusula de indenização com os termos que concordamos na semana passada."

"Sentimos muito que você se vá, Markson. Você foi de muita valia para a empresa."

"Obrigado, senhor, eu agradeço suas palavras."

"E todas as suas informações bancárias estão corretas?

"Vamos examinar isto para termos certeza," disse Anthony.

Quando os dados bancários de Ohio foram confirmados, Anthony desligou.

Ele sentiu um grande peso sair de seus ombros. Agora ele precisava apenas ter certeza que ele estaria agendado para o exame em Ohio. O tempo era favorável porque o exame só era aplicado duas vezes ao ano e a próxima data seria em menos de duas semanas.

~*~

Era hora do almoço antes que Abby pudesse verificar Josh novamente. Quando ela chegou em sua cela, ele e Michael estavam falando em um tom baixo e sério.

"Oi rapazes. Josh, Eu vim ver se você está bem."

Ela viu Michael próximo da Bíblia que estava em seu colo.

"Você está bem? Michael perguntou.

Josh olhou para frente e para trás para os dois, intrigado.

"Claro, estou bem."

Então Abby olhou para Josh" Sente-se melhor?

"Estou bem." Josh olhou timidamente para ela. "Obrigado por me defender."

"Apenas fazendo o meu trabalho. O médico examinará você mais tarde, e então talvez você deva ser intimado para livrar-se."

Abby olhou para um e para o outro. "É melhor vocês se preparem para outra refeição maravilhosa, mas pelo menos vocês receberão serviço de quarto hoje, uma vez que estamos no bloqueio, e eles ainda estão procurando a pessoa que feriu a outra enfermeira."

Ela destrancou a porta da cela.

~*~

Quando Abby saiu pela porta, Michael viu um borrão de cor marrom esverdeado passar por ela e agarrar Josh.

Josh deu um grito abafado enquanto era arrastado pela porta semiaberta da cela.

Michael saltou, certo de que Josh seria ferido se eles não o ajudassem de alguma maneira.

Josh já havia sido implicado em um assalto, e agora algo estava tentando destruí-lo.

"Não tema." É hora dos Meus Guerreiros lutarem, "Deus falou com Michael naquele momento."

A armadura de Michael cobriu-o, e sua espada brilhou no final de sua mão. "Mas Deus, eu sou um prisioneiro aqui."

"Nunca se esqueça. Foi Minha mão que o colocou aqui. Não tema, Eu lhe dei o dom da Sabedoria," o Espírito Santo falou claro e em bom som. O novo nome de Michael, *O Astuto*, apareceu no braço superior direito.

Abby também estava vestida de armadura.

Juntos, *a Discernidora e o Astuto* saíram da cela e ficaram no corredor.

Michael olhou para a criatura que segurava seu colega de cela. Eles estavam diante de um dragão gigantesco, com escamas aparentemente impenetráveis de cor esverdeada cobrindo seu corpo. As pernas e os pés eram maciços, e sua cabeça atingia o teto.

O dragão furioso rugiu e o fogo disparou de sua boca.

Michael sentiu o calor e jogou seu escudo de fé na frente dele. Assim que o fogo diminuiu, Michael empunhou a espada e enfiou a ponta da lâmina de prata - na única parte do corpo do dragão que estava exposta - a garganta. O sangue jorrou em todas as direções. No entanto, o monstro ainda segurava Josh com um enorme braço. Suas duas mãos se afunilaram em garras afiadas de aço, e uma garra permaneceu perto do pescoço de Josh.

Abby estava ao lado de Michael com a espada desembainhada. E então Janet, como *Mulher de Fé*, saiu das sombras. Ela corajosamente veio por trás do dragão, totalmente pronta para a batalha. Ela saltou em direção à cauda maciça que agitava de um lado para o outro. Com um só golpe, Janet usou sua espada para cortar a cauda. O dragão rugiu, torceu a cabeça enorme e mandou fogo em sua direção.

Seu escuro surgiu. Ela se moveu para o outro lado do dragão e empurrou a lâmina de sua espada completamente até o punho em sua parte inferior carnuda.

O dragão torceu na direção oposta e soltou Josh que caiu no chão.

Os três guerreiros continuaram a empunhar as espadas até que o dragão desmoronou e desapareceu.

Tudo o que restou foi um grande homem asiático deitado no ladrilho da prisão. Ele não parecia estar ferido, mas ele estava definitivamente inconsciente. Evidentemente foi nocauteado quando o dragão saiu dele.

Quando Josh tentou ficar de pé, não conseguiu. Ele estava sangrando profusamente agora e obviamente entrando em choque. Abby, de volta ao uniforme habitual da enfermeira, pressionou a mão em uma ferida no peito.

Michael vestiu-se com o macacão da prisão movendo-se rapidamente para dentro da cela.

"Guardas." Abby gritou. "Chame uma ambulância. Temos uma situação séria - esse homem perdeu muito sangue.

Michael jogou um cobertor fino para Abby.

Ela agarrou-o e se ajoelhou sobre Josh de novo, aplicando pressão no peito.

Um dos oficiais fez uma ligação, e uma ambulância estava lá em apenas alguns minutos.

Quando colocaram Josh na maca e o levaram até a ambulância, Abby esperou por outros dois oficiais correndo em sua direção.

"Venham pegá-lo. Ele provavelmente é o suspeito. "Ela gesticulou para o enorme homem asiático coberto de tatuagens de todos os tipos, deitado no chão atrás dela.

Quando eles começaram a mover o homem, um deles pegou uma faca feita à mão ao seu lado.

"Ei, é o Big Jax do outro bloco no andar de baixo," disse um deles.

"Ele deve ter fugido esta manhã duo deteve, enfermeira?

Abby se virou para eles e encolheu os ombros. "Eu acho que alguém está procurando por mim." Ela começou a caminhar em direção à enfermaria, depois parou na cela de Michael e olhou para ele com uma expressão preocupada. "Josh está muito ferido."

Michael levantou a Bíblia. "Eu acho que isso significa que é tempo de orar."

Abby assentiu com a cabeça, "Não é sempre? Eu não parei de orar desde que entrei na prisão esta manhã."

Depois que os outros se afastaram, Michael sentou-se no chão da cela debruçando sobre a Bíblia. Ele estava lendo Apocalipse, Capítulo 9, que falava sobre demônios saindo do poço nos últimos dias e ferindo as pessoas.

Ele pensou em todas as criaturas as quais o time de guerreiros haviam lutado até agora, e como os demônios tentaram matá-los e interferir para que evangelho não chegasse aos outros.

Havia tanto que ele precisava saber, mas não havia horas suficientes no dia para estudar e aprender com sua Bíblia. Ele teve que orar pelo discernimento.

No entanto, o coração de Michael transbordou de alegria, porque seu nome foi finalmente mudado. Ele estava em paz enquanto orava pelo seu novo amigo Josh e terminou com um louvor. "Obrigado, Deus, pelo seu Espírito, que fala conosco e nos dá advertências e sabedoria."

~*~

Quando o turno de Abby terminou, ela dirigiu-se direto para o hospital e se juntou a Janet, que havia chegado momentos antes dela.

Eles descobriram que Josh havia chegado ao hospital em estado crítico, pouco consciente por causa da perda de sangue. Sua ferida no peito era profunda e, após um exame rápido pelo médico do Departamento de Emergência, ele havia sido levado imediatamente para a cirurgia.

Janet chamou Anthony, e ele logo partiu para o hospital também.

Os três se juntaram para orar enquanto esperavam que o médico chegasse à sala de espera e lhes desse um relatório sobre Josh. "Aí vem ele," disse Abby."

Vocês são o grupo esperando por palavra sobre Josh Pennington?"

"Sim, somos nós."

"Seu amigo tem hematomas em seu coração

e um pulmão perfurado. Nós o levamos para a UTI, e uma equipe de médicos administrará seu caso 24 horas por dia."

CAPÍTULO 27

Nos dias seguintes Janet e Abby se revezaram em ir ver Josh na hora de almoço e após o trabalho delas.

Anthony entrava e saía do quarto de Josh o dia todo.

Na quarta manhã após a cirurgia Anthony sentou-se ao lado da cama de Josh quando ele abriu seus olhos.

"Quem é você?" Josh perguntou com uma voz fraca.

"Um amigo." Anthony lembrou-se de ter dito a mesma coisa ao Michael não fazia muito tempo.

Josh apenas olhou para ele, então para Abby e Janet. "Vocês duas ajudaram a salvar minha vida. Obrigado." Ele fechou os olhos e caiu no sono novamente.

Os três saíram do quarto em silêncio, caminharam pelo corredor e tomaram o elevador de volta para a entrada.

Em minutos já estavam no térreo. Janet saiu. "Eu tenho que voltar ao trabalho. E quanto a você, Abby?

"Sim, estou a caminho também." Abby a

217

seguiu em direção ao dia ensolarado.

Anthony foi atrás das mulheres. "Esperem."

As garotas se viraram, e ele acenou para elas que o esperasse. Assim que se aproximou, eles se juntaram.

"Guerreiros." Estou muito animado sobre todo este chamado e ter vocês duas comigo. Agora estamos vendo Deus operar na vida de Josh Pennington. Vamos orar por ele esta noite."

~*~

Josh acordou na manhã seguinte e instintivamente tentou assentar-se na cama. Isto foi um erro. Dores surgiu em todo o corpo, e ele deitou-se novamente.

Olhando ao redor, ele percebeu o botão de chamada ao lado da cama. Ele pressionou uma vez, duas, mas quando não obteve respostas ele seguiu pressionando até a enfermeira entrar no quarto com uma bandeja de remédios.

"O que você deseja, Josh?

"Quando eu sairei daqui? Ele tentou sentar novamente mas não teve mais sucesso do que antes.

"É algo para dor?"

"É seu antibiótico mas, eu posso dá-lo algo para dor." Só me diga a intensidade de sua dor.

"Por volta de 100." Ele disse.

Não. Ela gargalhou gentilmente. "Você

precise me dizer entre zero e dez, sendo zero dor nenhuma e dez a pior dor que você já teve ou imaginou.

Ele franziu a testa. "Bem, então segue sendo 100."

"Isto quer dizer que você está muito machucado para ir para casa em breve."

O brilho nos olhos dela e um balançar de sua cabeça disseram a Josh que ela estava tentando assustá-lo para ser mais cooperativo.

"Não, mas, acho que se você soubesse que casa significa prisão para mim, você deve imaginar que não gostaria de ir," ele compartilhou com ela calmamente. "Mas eu realmente quero porque tenho que conversar com meu colega de cela o mais rápido possível."

A enfermeira caminhou até ele e deu-lhe o antibiótico e um copo de água.

"Bem, há rumores de que você pode chegar a sair daqui em breve." Ela deu um tapinha no antebraço. "O médico virá para vê-lo daqui a pouco, então deite de volta e descanse. Eu vou trazer algo para ajudar sua dor em alguns minutos."

Josh tentou relaxar mas, ele não voltou a dormir.

Sua mente corria enquanto esperava pelo retorno da enfermeira com algum analgésico.

Enquanto ele processava tudo que tinha acontecido nos dias anteriores e pensava sobre os sonhos que ele lembrava, ele sabia que tinha que voltar e falar com Michael em breve.

~*~

Na tarde seguinte o médico permitiu que Josh voltasse para a prisão.

Mas, ao chegar lá, Michael não estava em sua cela. Desencorajado, Josh deitou-se em sua beliche e o filme de sua vida rolou em sua mente. Crescido na pobreza com um pai nervoso, ele finalmente se rebelou. Agora, aqui estava ele com vinte anos de idade, sentado em uma cela do presídio.

O medo deslizou sobre sua carne. Por que Big Jax o atacou? Ele morreria por sua mão nesta prisão?

Ele não estava pronto para morrer. E este lugar certamente não era onde ele queria estar para o resto de sua vida. E ainda, o que ele poderia fazer sobre isso? Onde ele queria estar? Como ele poderia passar por cima nessa vida?

A sonolência abateu sobre ele e ele fechou os olhos. Depois do que parecia apenas alguns minutos, uma voz agitou sua inconsciência, e Josh abriu os olhos.

"Ei, você está aqui," Michael o cumprimentou. "Abby achou que você voltaria hoje."

"Sim, sou eu. Sentiu minha falta? Ele bocejou.

"Eu? Ah, deixe-me ver agora." Michael bateu em seu joelho. "Sim, senti, consegue imaginar isto. Como está se sentindo?

"Dolorido, mas estou bem."

"Eu tenho que falar com você a respeito."

"Sim, bem, eu falarei primeiro. E preciso saber o que aconteceu no corredor no dia que fui ferido.

"Você não se lembra?

"Eu não sei se o que vi era real ou se era efeito das drogas em mim. Eu realmente vi um dragão, ou estou ficando louco? E quem eram aquelas pessoas que me resgataram? Um parecia ser você e--"

A mão de Michael levantou-se no tradicional gesto de *espere*. "Opa, uma pergunta de cada vez, amigo. Eu posso não ser capaz de responder todas de uma vez."

"Bem, olha, eu tenho tido sonhos que você não acreditaria. Alguém falando comigo. E uma canção repetitiva."

"Na verdade, eu acreditaria." Michael interrompeu.

"Acreditaria? Os olhos de Josh se abriram,

"Sim, já passei por isso."

"Sério? O que? Quando? Quem?"

"Ei, lá vem você de novo. Todas as perguntas

virão no tempo certo." Michael sorriu. "Comece pelo início. Diga-me sobre os sonhos que teve no hospital e o que você se lembra sobre eles."

Josh esfregou sua cabeça. "Eu não sei se estava adormecido, ou se estava tendo visões e ouvindo vozes, mas eu vi a mim mesmo como pequeno garoto."

"Ok."

"Minha mãe me ninava e cantava uma canção que eu costumava ouvir nos escolas dominicais sobre um jovem chamado Jesus que me amava. Uma canção infantil, eu acho." Josh olhou para Michael para ver se ele estava atento ao que ele dizia.

Ele foi encorajado ao ver Michael acenando com a cabeça pedindo para prosseguir.

"E então havia uma Bíblia com um versículo que de outra aula na escola dominical sobre Deus amar tanto o mundo que Ele enviou este jovem, Jesus, para salvá-lo. Eu não sei exatamente salvar do que. E então as coisas horríveis que meu pai fez para mim. No entanto, acho que não posso te contar tudo."

"Tudo bem, Josh."

"Eu também vi minha vida quando era adolescente – brigas com gangues por drogas, e haviam armas e facas." Ele pausou como se procurasse pelas palavras certas.

"Mas então esta voz. Era a voz mais gentil e

linda – mas não era uma voz de mulher – bem, esta pessoa me disse que eu poderia ser sua criança. Como se eu tivesse um outro Pai."

Josh se rompeu em lágrimas.

~*~

Michael colocou sua mão sobre as costa de Josh e o deixou soluçar. Ele sabia como se sentia. Não fazia muito tempo que ele estava nesta mesma condição.

"É o Espírito Santo," Michael disse enquanto Josh se acalmava. "Ele estava falando a você assim como falou comigo."

O olhar molhado de Josh prendeu-se em Michael. "Eu não conheço tudo sobre Ele - o Espírito Santo - quero dizer - que é o mesmo Deus, o Pai e Jesus, o Filho -, mas vou contar tudo o que aprendi nas últimas semanas e é uma coisa bastante surpreendente."

Michael continuou a explicar sobre Deus, o Espírito Santo e Jesus que veio à Terra para morrer pelos nossos pecados.

Ele explicou como alguém pode ser perdoado se ele clamar a Jesus, se assumir a justiça de Jesus, então Jesus leva o pecado da pessoa sobre Si mesmo, pagando a dívida que todos os pecadores.

Michael teve que parar várias vezes para deixar Josh refletir sobre o que ele estava dizendo e muitas vezes as lágrimas de Josh brotavam novamente.

Os dois homens conversaram bastante noite afora, mesmo após apagar das luzes. Michael ensinou um pouco dos versículos da Bíblia que ele sabia sobre o amor e lia para lembrar a si mesmo do amor de Deus por ele.

Ele se relacionava, especialmente com o da aula da escola dominical de Josh sobre Deus, dando Seu único filho para nos salvar de ter que pagar por esses pecados e que Ele podia fazer isso porque Ele nunca pecou quando viveu aqui.

Não só isso, mas quem quer que acredite em Jesus viverá para sempre por Ele agora e estará com Ele para sempre quando morrer.

Por fim, Michael perguntou a Josh se ele acreditava.

"Oh, sim," respondeu Josh. "Eu acredito que Jesus morreu por mim."

"Você quer orar e pedir a Jesus para vir em sua vida e tornar *O Senhor* de tudo que você faz, pensa ou diz?"

"Certamente quero porque eu tenho feito uma bagunça. Por que não iria querer a Pessoa que sabe tudo esteja no controle?"

"Boa resposta, meu amigo."

Os dois homens baixaram a cabeça. "Pai, eu tenho pecado e quero que venha morar em meu coração. Ser o Senhor da minha vida." Josh orou uma oração bem simples.

"Senhor eu agradeço pelo meu irmão. Conforta-o nos dias que seguem. Fortaleça-nos, ambos para o trabalho que você quer que façamos." Michael orou.

Mais tarde, enquanto Michael estava quase caindo no sono, ele ouviu Josh dizer, "oh, eu esqueci de perguntar a você sobre aquele dia em que eu me feri."

Depois, amigo. Depois. Esta é uma outra história."

Dois crentes dormiram bem na cela aquela noite.

CAPÍTULO 28

Big Jax olhou para a faca saltando de sua barriga. Ele estava perdendo seu limite e tinha que fazer algo para reverter esta falta de respeito.

As coisas estavam indo de mal a pior desde que ele falhou em sua missão de matar aquele bastardo do Josh.

O demônio Botis nunca desiste daqueles que foram dele, nem tolerava falha.

~*~

Naquela manhã bem cedo, ao som do costumeiro alarme da prisão para o banho, Josh ouviu Michael descer de seu beliche.

Mas Josh deitou lá um segundo a mais desejando dormir um pouco mais. Ele gemeu, lançou-se, e logo se juntou ao seu colega de cela esperando que a porta fosse destrancada e entrassem em fila.

Nós vamos a todo lugar aqui em fila. Uma vez que Josh demorou a descer, não havia mais tempo de fazer qualquer pergunta a Michael antes que eles entrassem em fila e fossem levados para o banho.

Tão logo eles tomaram o banho e se vestiram Josh foi chamado por um guarda para escolta-lo até a enfermaria.

"Oi, Josh," Abby disse, assim que o encontrou na porta. "Suba aqui nesta mesa para que eu possa tirar seu curativo e examinar sua ferida. A primeira coisa que o médico quer nesta manhã é um relatório."

Josh obedeceu às instruções de Abby, e ela pôde examiná-lo.

"Nenhuma drenagem, ferida cirúrgica intacta. Eu coloquei curativos limpos nisto, e você já conseguiu um brilho nos olhos. Então, tão logo você se vista, está liberado para ir."

"Michael disse que Jesus colocou um brilho em meus olhos." *Eu deveria perguntar a Abby sobre a luta contra o dragão?*

Naquele momento outro tipo de alarme ecoou por toda a prisão.

"Enfermeira, por favor comparecer à cela 202. Enfermeira no 202" a voz de Janet veio no comunicador.

Abby pegou sua mala e saiu às pressas.

Um guarda chamado Tadd veio ficar na enfermaria enquanto Josh se vestia. Josh tinha notado ele antes mas, eles são ignorados, a menos que os presos saiam da linha.

Josh terminou de se vestiu e estava caminhando até o guarda quando o som de grito e xingamentos explodiu no ar.

A porta foi aberta, e outro guarda rodou uma maca através da passagem, batendo aqui e ali.

Josh recuou contra a parede da enfermaria para evitar ser atingido pela maca. Ele sentiu o mal deslizando pela sala junto com os recém-chegados.

Terror tomou seu coração quando reconheceu seu inimigo, Big Jax, com uma faca plantada no fundo do abdômen.

Quando viu Josh, ele quase saiu da maca, lançando-se furioso contra ele. "Seus amigos nem sempre estarão por perto," gritou Big Jax. "Você pagará por virar as costas para nós."

~*~

Abby logo estava ao telefone falando com o médico e então ela pediu pelo envio da ambulância.

"Nós temos um interno que está ferido," ela disse ao despachante. "Ele precisa ir ao Departamento de Emergência."

"Estaremos aí em cinco minutos, madame," respondeu o atendente.

"Quero avisá-lo que ele é um homem grande e perigoso."

"Copiado."

"Mesmo embora ele tenha uma faca enterrada em seu abdômen inferior e sentindo muita dor e desconforto, ele ameaçou um dos internos aqui. Contudo, as feridas não estão sangrando muito. Órgãos vitais estão bem no momento."

"Copiado," repetiu o atendente.

Os guardas que trouxeram Big Jax à enfermaria ainda estavam tentando segurá-lo na maca, mesmo embora ele estivesse amarrado.

"Ambulância já está a caminho," informou Abby a eles.

"Bom." Tadd reconheceu seu procedimento. "Este camarada é bem forte. Eles precisarão de uma anestesia poderosa para segurá-lo quieto suficiente para operá-lo e remover a faca."

Josh continuou a se achatar contra a parede até encontrar uma abertura. Assim que ele pudesse, ele sairia de lá, quase forçando o guarda a levá-lo de volta para sua cela.

"Uau," ele exclamou enquanto ele corria e deslizava para dentro da cela.

Alguém esfaqueou o Big Jax. Aquele que eles chamam de Dragão."

~*~

Dois dias depois quando Josh foi para enfermaria trocar os curativos Abby informou-lhe que Big Jax havia sido liberado do hospital e estava de volta à sua cela.

Aquele cara era uma péssima notícia, e

pensar nele realmente tirava Josh dos nervos. Ele esperava nunca mais ver Big Jax novamente.

CAPÍTULO 29

Com apenas alguns meses de sua sentença, o diretor concordou em deixar Josh ajudar na enfermaria algumas horas por dia. Então, Abby o colocou no trabalho, fazendo o inventário dos itens de primeiros socorros.

"Precisamos de um sistema melhor para manter o estoque girando, para que possamos usar o material mais antigo primeiro."

"Ok." Josh pegou o bloco de notas. "Assim que obtiver essa lista, podemos fazer uma reunião."

"Você entendeu. Comece com as prateleiras e as gavetas do lado esquerdo da sala e faça todo percurso.

"Farei."

Era incrível ver o que um trabalho significativo pode fazer por um homem. Quão mais benéfico seria se esta prisão tivesse um trabalho específico para cada homem. Pelo menos para aqueles com bom comportamento.

Em pouco tempo Josh estava assobiando.

"Eu não sabia que você gostava de música, Josh. Você conhece alguns hinos?

"Michael e eu temos cantado Amazing Grace

à noite antes de dormirmos."

"Legal. Vamos cantar juntos." Abby cantarolou alguns compassos e, em seguida, girou ao redor da sala em uma dança santa enquanto cantava.

Josh assobiava a melodia para acompanhá-la, mas fez o melhor para manter sua mente na anotação do inventário.

"Parem com essa cantoria." Uma voz profunda gritou.

As luzes diminuíram e apagaram.

Abby gritou.

Josh que estava curvado, levantou-se lentamente e olhou ao redor.

Big Jax estava sufocando Abby. "Estou com dores," ele gritou. "Onde vocês guardam os medicamentos para dor?

Josh ficou tenso. Ele não se lembrava de ter anotado nenhum medicamento para dor em seu inventário.

Abby engasgava e sufocava.

Ele tinha que fazer alguma coisa. Josh deu uma olhada novamente para o quarto e tentou estimular sua memória. "Eu não sei onde está guardada o remédio da dor, mas se você não parar de sufocar Abby, não há como ela também poder lhe dizer qualquer coisa."

"O que há naquela gaveta lá? Big Jax olhou para Josh e acenou com a cabeça para a grande armário de metal na parte de trás da sala.

A visão de um grande dragão rugiu na mente de Josh. Big Jax era musculoso, um pouco mais alto do que Josh, três vezes seu tamanho, e Josh estava sozinho. Mas ele ia salvar Abby desse vilão ou morrer tentando.

Trocando olhares, Josh moveu-se em direção ao armário, sem dar as costas ao Big Jax. Ele procurava por algo que pudesse usar como arma.

Ao chegar ao armário, Abby gemeu e ele levantou a cabeça. "Eu disse, "Deixe-a respirar, seu idiota. Ou ela não será capaz de dizer-lhe nada."

"Onde está o remédio para dor? Big Jax ordenou olhando para Abby.

Josh acionou o alarme de incêndio acima do armário, e um ruído ensurdecedor tocou.

A porta se rompeu e o guarda Tadd correu e foi em direção a Big Jax.

Tadd, Big Jax e Abby caíram no chão de concreto da enfermaria.

O cheiro de enxofre encheu o quarto. E na luz sombria surgiu um grande gato na porta de entrada.

O enorme felino abriu a boca com um sorriso maligno ameaçador feito de dentes de sabre curvados de 20 polegadas de comprimento que se estendiam de cada lado da boca. "Você está ao meu mercê," ele sibilou.

Josh recuou no armário metálico, as mãos esticadas contra as gavetas. Onde estão aqueles guerreiros que ele tinha visto quando o dragão o puxou de sua cela.

Esticando os maxilares, o gato grande lambeu os lados de sua boca, salivas pingando no chão. Ele levantou-se de costas até parecer como um poderoso carvalho, e Josh inclinou a cabeça para trás para olhar a besta iminente.

Sem aviso a besta desferiu uma patada em Josh.

Josh pulou para trás, evitando o golpe em sua cabeça. "Ajude-me, Jesus," ele gritou.

O animal gritou como se tivesse sido esfaqueado.

Em um instante, Josh sentiu um aço frio em suas mãos. Quando ele olhou, ele segurava uma espada brilhante de prata. Era possível isto?

"Buscai-me enquanto me deixo ser encontrado," o Espírito sussurrou para ele. "Eu sou mais forte do que o demônio Eligos."

"Sim, Senhor," Josh murmurou. Armadura cobriu seu peito. "Maior é Aquele que está em mim do que aquele que rege este mundo maligno."

Com uma investida, Josh enterrou sua espada na barriga do gato.

Despertar

"De novo não," Eligos lamentou enquanto se afastava. "Quando você colocar sua confiança em Mim, vou lutar suas batalhas com você. Parabéns, guerreiro," disse o Espírito.

Josh olhou para os três que estavam frios no chão. Agarrando um rolo de fita forte, ele puxou os braços de Big Jax atrás de suas costas e começou a atar seus pulsos.

As palavras de Amazing Grace reverberaram em sua mente quando ele terminou de atar as mãos.

Com uma mecha de gaze, ele fez cócegas no nariz do guarda, que espirrou e olhou para Abby.

Mais guardas entraram na sala e colocaram Big Jax em uma maca. Nuvens escuras cobriram a todo enquanto o levavam para fora.

~*~

Abby acordou no Departamento de Emergência do hospital com um curativo em sua garganta. "O quê?"

E então a memória do ataque de Big Jax a atingiu.

"Alô? Ela resmungou.

Uma enfermeira entrou na sala de recuperação. "Ei, Abby. Como está se sentindo? A loira linda com traços mediterrâneos a cumprimentou.

"Oi, Erin." A mão de Abby foi até sua

garganta. Eu estive melhor. Mas, obrigado por cuidar de mim."

"Eu acho você uma garota de muita sorte."

"Você sabe melhor que eu. Sorte não tem nada a ver com isto," Abby respondeu. "Foi Deus em ação."

Erin concordou. "Alguém lá em cima gosta muito de você, certo.

"A quanto tempo estou aqui?"

"Aproximadamente três horas. Você abriu seus olhos uma ou duas vezes, mas apagou novamente."

"Abby sentiu sua nuca." Eu devo ter caído em algo muito duro."

"Sim, mas o raio x deu ok." Erin virou a cabeça dela e examinou sua amiga. "Como está sua visão?"

"Está boa."

"Ok. Ótimo. Dr. Everett Hamilton estará aqui em poucos minutos e então, talvez possa ir para casa e descansar."

"Espere. Como cheguei aqui?"

"De carona no fundo da ambulância com um homem lindo e loiro, em um uniforme, "Erin atiçou com um brilho em seus olhos.

"Sério? Abby gargalhou. "A última vez que o vi, ele estava deitado com suas costas no chão."

Tadd adentrou no quarto. "Este deve ser eu, madame."

Abby sentiu suas bochechas corarem. "É melhor deixar de ficar entrando pelas portas. A última vez que você fez isso, você foi nocauteado."

Bem, então é melhor você sair deste hospital para que eu possa levá-la para casa," ele respondeu com um sorriso convencido.

"Aliás, sua boa amiga, Janet trouxe meu carro para mim."

"Janet?" Abby sentiu seu espírito se elevar. "Ela está aqui?"

"Não, sinto muito. Acho que devia ter dito Anthony e Janet trouxeram meu carro até aqui. Eles já se foram."

Antes mesmo de eu ser liberada? As coisas ainda devem estar tumultuadas na prisão. Mas, Anthony estava fazendo sua prova para o Estado, e Janet, sem dúvida, teve que voltar ao trabalho. Faz sentido.

Uma vez que o médico liberou Abby para retornar a casa, Tadd a ajudou a ir até seu carro.

Ela inclinou sua cabeça para trás e curtiu a carona. *"Eu poderia ficar acostumada com isto."*

~*~

Michael escutou sobre a luta na enfermaria durante a refeição, e ele encontrou Josh esperando na cela quando retornou.

"Você sabe algo sobre Abby? Eu queria

muito ter ido para o hospital com ela."

"Sim, eu compreendo. Assim como eu me senti impotente porque não pude retornar para casa com Deborah." Michael agarrou sua Bíblia no alto da beliche e deslizou pela parede para sentar-se no chão.

"A luta foi o assunto da cantina. Você deve ter tido uma luta incrível lá."

"Bem, como eu disse, não fui eu, foi Deus. Rapaz, eu senti o Espírito Santo dando-me força e coragem. Eu nunca me senti assim antes. Ele me disse que Eu sou um guerreiro e que esta batalha era Dele."

Neste momento Janet veio pelo corredor para a cela deles. Não se preocupe, rapazes, eu apenas tive notícias de Abby. Ela está bem. O hospital a liberou e a mandou para casa descansar."

"Obrigado, Janet." Josh deu-lhe um olhar de gratidão. "Como ela foi para casa? Ela não foi dirigindo, foi?"

"Não, um dos nossos guardas a levou para casa."

"Um guarda? Quem?"

"Tadd James, um dos guardas desta seção."

"Isto foi bom ou ruim? Josh olhou para Michael, mas nenhum dos dois disse uma palavra.

"Josh," Janet sussurrou. "Bem-vindo ao time."

Despertar

~*~

Abby encheu duas xícaras de café para ela e Tadd e levou para mesa na varanda. O ar estava fresco, e a lua estava grande e brilhante enquanto eles se assentaram do lado de fora curtindo o som da noite.

"Abby, estou tão contente que não tenha se machucado hoje. Aquilo foi verdadeiramente um ato de coragem que o prisioneiro fez para parar Big Jax."

"Ele não é apenas um prisioneiro, Tadd. Seu nome é Josh Pennington. E serei eternamente grata a ele."

"Oh, sinto muito, me desculpe." Eu ainda não aprendi todos os nomes. Você já o conhecia antes que ele chegasse na prisão?

"Não. Eu – eu. "Bem, digamos, eu soube dele por um amigo," Abby não iria investigar o relacionamento de Josh com a equipe neste momento. "Ele parece ser um bom homem."

"Bem, algo o trouxe à prisão," Tadd respondeu cuidadosamente.

"Está certo. Às vezes pessoas fazem escolhas erradas, e elas deixam este mundo tirar o melhor delas por um tempo."

"Sim, verdade." Tadd olhou para suas mãos e depois para Abby "Qual sua comida favorita?

"Se estou indo a um restaurante, prefiro pratos Italianos e mexicanos. Mas, minha comida favorita mesmo foi algo que me serviram na República Dominicana quando uma equipe de nossa igreja foi até lá. Por que pergunta?

Ele sorriu. "Dizem que sou um bom cozinheiro então por que não preparo algo para você amanhã à noite? Eu trarei os ingredientes e cozinharei se você me ajudar a comer."

"Agora, como poderia dizer não para uma oportunidade desta? Ela provocou.

Ele colocou a xícara na mesa. "Então está combinado. Que tal às sete?"

"Excelente. Estarei esperando. Eu quem deveria cozinhar para você, considerando quão bom você tem sido para mim."

"Não. Você apenas descanse e sinta-se melhor." Ele estendeu as mãos e pegou gentilmente as mãos dela. "Eu gosto de você, Abby, eu curti sua companhia esta noite." Então ele levantou-se, caminhou para as escadas na parte de trás da varanda e virou-se para dar-lhe um sorriso. "Tchau."

Ela não conseguia tirar os olhos dele enquanto ele descia as escadas até a rua, entrou em seu carro, e partiu.

"Uau." Ela suspirou para as estrelas, "Ele é, com certeza, muito charmoso. Deus, você está pensando no que eu estou pensando?"

~*~

Despertar

"Ei, mana. Nós temos um novo membro." Anthony gritou para Janet enquanto ela entrava no apartamento aquela noite.

"Isto é ótimo. Agora somos cinco."

"Eu fico imaginando quem será o próximo."

"Os olhos de Janet brilharam. "Oh, Deus tem tudo isso sobre controle."

"Janet. O que você quer dizer? Você tem algo mais?

"Pode ser. Deus não consegue se calar, você sabe, irmãozinho."

CAPÍTULO 30

"Estou o quê?" Os olhos de Josh se abriram em espanto, "Você disse que estou saindo da prisão? Por que estou saindo mais cedo?"

"Eu disse." O advogado de Josh o olhou atentamente. "Você está saindo *desta* prisão, e sendo transferido para uma pequena cidade, cerca de uma hora de distância."

"Mas por quê?" Josh perguntou.

"Tem relação com aquele outro prisioneiro, Big Jax. Por algum motivo, ele está em seu encalço."

"Você está certo disso."

"Claro que estou." Esse é meu trabalho. De qualquer maneira ele tem feito ameaças de morte. E ele é tão grande que eles mal conseguem dominá-lo."

"Sim, o boato nos arredores diz que ele tem quase dois metros de altura e pesa mais de cento e oitenta quilos."

"Então você entende que essa mudança é para sua própria segurança. Além disso, você não tem muito mais tempo, e a prisão em que você está indo não é muito diferente desta. Talvez um pouco menos rígida, talvez mais. Na verdade, não tenho certeza de quem é o diretor atual. Mas você não está feliz com esta mudança?"

Josh sentou atrás da mesa sentindo-se perplexo. Como ele se daria na nova prisão sem Michael? "Só por curiosidade. Quando eu parto?

"Pela manhã," o advogado disse já pegando sua valise. "Eles não querem arriscar que Big Jax possa vir atrás de você quando eles não estiverem por perto."

~*~

Josh foi transferido para uma prisão em Slattersville, Ohio por uma deputada chamada Pat. Ele a observou através das barras do carro que o separavam. Ela era um tipo realística, mas com uma atitude bem agradável. Contudo Josh pôde sentir uma dureza nela. Ela, provavelmente poderia ficar firme se fosse preciso.

Ele podia sentir seus olhos nele enquanto olhava para o espelho retrovisor de vez em quando durante os quarenta e cinco minutos de viagem. Ela fez alguns comentários sobre o clima e o trânsito.

De sua parte, ele planejou manter-se o mais calmo possível, e manteve suas respostas de um modo cortês. Ele com certeza não queria dá-la nenhum motivo para ela adverti-lo. Ele não queria correr o risco de ter sua pena aumentada.

Felizmente esta seria sua última transferência antes que ele pudesse ganhar sua liberdade de novo. Mas, a pior parte é que ele estava se apegando ao time de guerreiro e suas lutas. Ele já sentia falta de Michael na antiga prisão. Estúpido? Sim, provavelmente. Mas, seus amigos significavam muito para ele.

Michael era um homem a quem Josh conheceu e ele podia confiar. Enquanto que a maioria dos prisioneiros mentem a todo tempo. Como Big Jax que estava lá para pegá-lo.

Josh tremeu. Se ele pensasse muito sobre o Big Jax, ele se perderia. Ele lutou para evitar que o medo tomasse conta de sua mente. Big Jax era um cara mau, feroz. Ele não se importava quem ele machucasse, nem mesmo Abby.

Mas a lembrança de suas próprias ações precárias antes de conhecer Jesus e o fizeram refletir. Como ele costumava ferir os outros apenas para ter drogas. Ele talvez não tenha tentado matar ninguém, mas ele certamente causou ferida a alguém que entrou no seu caminho de lixo lá fora nas ruas. Ele fechou os olhos e então a vergonha o envolveu.

"Lembre-se, você foi perdoado. O passado foi lavado." Deus falou gentilmente porém firmemente ao seu coração. "Não se arraste no passado."

Josh baixou sua cabeça. "Perdoe-me por me envergonhar, Senhor." Você morreu por todos meus pecados. Por favor, leve de mim esse medo."

~*~

De volta a Prisão Estadual Clanston, a solidão caiu sobre Michael. Ele não conhecia muito sobre Josh, mas esse breve encontro que tiveram tornou-se uma amizade real e ele sentia falta.

Estaria sua missão aqui na prisão chegada ao fim? Enquanto se assentava no chão com sua Bíblia valiosa aberta sobre seu colo, ele sentiu uma moção em seu coração.

"Prepare-se, você ainda tem mais trabalho a fazer e mais batalhas a enfrentar aqui."

Passos se aproximaram de sua cela. O guarda ficou de pé na porta com Big Jax. Seus grandes braços tatuados pareciam brilhar como luzes de neon.

O coração de Michael bateu de medo e horror. *Eu não sobreviver uma noite com este grande homem aqui, oh, Senhor, ajude-me, por favor.*

"Michael, não temas." Se Eu estou com você, quem será contra você? Aguente firme na fé. Eu já falhei com você?

Não Senhor, por favor perdoe-me e ajude nesta noite.

Big Jax caiu na parte inferior da beliche e parece ter caído em sono profundo.

E se ele tivesse escolhido o beliche superior? Quão forte eram estes berços de qualquer maneira?

~*~

Becky não podia pensar em nada mais durante os dias seguintes após Anthony ter deixado Nova Iorque, exceto em sua oração para suas vidas. *"Quem é este Deus para o qual ele está orando? Eu me lembro de uma amiga que sempre ia a Igreja e constantemente queria que eu fosse com ela. Ela falava sobre Jesus assim como Janet fala, mas eu não sei."*

Enquanto ela revirava essas lembranças em sua mente, Becky se manteve pensando sobre a proposta de Anthony para que ela se mudasse para Ohio.

Ele certamente está mudado. Ela ponderou se começar novamente em um outro lugar seria a melhor coisa para eles. Talvez ele devesse tentar orar sobre isto.

Ela sentou-se no sofá na sala de estar e curvou sua cabeça. Ela não fechou os olhos mas limpou suas calças enquanto começava a orar. "Deus, eu realmente não o conheço. Eu me sinto uma tola falando sozinha em voz alta em uma sala vazia. Mas, talvez você possa me ajudar a tomar uma decisão."

Becky sacudiu a cabeça e suas longas tranças bateram em seu rosto. *Eu terei que fazer melhor que isto.* Pegarei uma Bíblia. Eu sei que tem uma aqui em algum lugar.

Ela foi até o armário da sala de estar e procurou nos fundos. Suas mãos tocaram em um livro bem no cantinho. "Eu encontrei." Ela disse em voz alta.

Sua mãe lhe havia dado a Bíblia quando ela era uma garotinha. *Talvez eu me sente e leia isto um pouco e quem sabe isto me explicará o que tem acontecido com Anthony.*

Becky apenas começou a folear as páginas e Ben chegou de seu jogo. "Ei querido, está com fome?"

"Não. Ele respondeu, "O que você está lendo mamãe?"

É uma Bíblia velha que sua avó Sonerita me deu quando eu era pequena. Venha, sente-se comigo, e vamos dar uma olhada juntos."

Ben se jogou no sofá ao lado dela.

"Uau, é um livro grande."

"Sim, vamos ver o que tem aqui dentro." Becky virou a página e encontrou muitas fotos, jornais falando sobre sua família e algumas fotos dela mesma quando criança, caindo em seu colo.

"Olha Ben."

Ele gargalhou com ela de ver alguns penteados antigos e roupas fora da moda. Quando ela foleou várias páginas, ela chegou em um versículo que lhe era familiar.

"Porque Deus amou o mundo de tal maneira que deu o seu Filho unigênito, para que todo aquele que nele crê não pereça, mas tenha a vida eterna. Isto é João 3:16 e pessoas citam muito isto."

Becky sentou-se silenciosamente por um momento após ler o versículo. Eu imagino se este versículo ajudou seu pai acreditar em Deus do jeito que ele crê."

"Você acha que é por isto que seu pai fala com Deus?"

Ben sorriu para ela e continuou a pular.

"Provavelmente." Ela colocou sua mão em seu ombro. Pare de pular no sofa. Você com certeza tem muita energia. Por que não vamos dar uma volta?"

"Sim. Ben pulou ao seus pés, venha."

Ele estava lá fora na porta antes que ela pudesse pegar sua bolsa e uma blusa. Quando ela alcançou seu filho, eles estavam se aproximando do parque.

Ben apontou para os balões e crianças com tinta nos rostos. "Olha, mãe." Alguma coisa divertida está acontecendo alí. "Ele tentou soltar de sua mão.

"Espere Ben. Estaremos lá em um minuto. Calma."

"Ah mãe." Ele suspirou mas obedeceu.

Havia uma barraca com mesas e o que parecia ser um conjunto de tintas sobre elas. Um homem de cabelos castanhos-avermelhados, com seus vinte anos, de altura média, estava ao lado da entrada. Ele parecia amigável o suficiente, apesar de sua pele com cicatrizes de acne.

"Oi, pessoal, eu sou Chris Parker, e estamos fazendo pintura de rosto grátis. Senhora, você deixaria seu filho ficar com o rosto pintado? "Ele perguntou educadamente.

"Mãe." Ben implorou, "Por favor? Por favor?"

Becky levantou a mão para ele parar de implorar." "Você tem certeza que é grátis, Chris?"

"Sim, senhora, tudo o que precisamos é sua permissão para que seu filho participe."

"Eu sou Ben," ele gritou.

Chris sorriu. "Sim, precisamos de sua permissão para permitir que Ben ouça uma história sobre Jesus."

Becky olhou para Ben. Estaria ele interessado?

Ele ainda estava balbuciando "Por favor?"

Seu coração amoleceu. Ela acenou que

estava bem.

Assim que Chris sentou Ben, ele também puxou uma cadeira para Becky. "Sente-se madame. Adoramos quando os pais ouvem."

Becky observou como Chris ajudou Ben escolher um bocado de balões coloridos.

"Por favor fique bem parado, Ben, e ouça esta história enquanto eu pinto seu rosto. É importante que permaneça quieto para que seu desenho fique perfeito."

"Ok." Ben sentou-se quieto e observava o homem.

"Vou me inclinar perto de sua orelha assim eu poso contar a história e pintá-lo ao mesmo tempo."

Becky ficou hipnotizada pelos próximos minutos enquanto o homem contava a história de como Jesus veio do céu – Um santo sem pecado – para este mundo pecador, por causa do plano de Deus de resgatar pessoas de serem separadas deles para sempre.

"Deus nos ama e quer que vivamos com Ele para sempre," Chris explicou.

Ela escutava intensamente enquanto Chris continuava a contar qual era o plano de Deus para Seu filho, Jesus, morrer na cruz e pagar o preço para que todas as pessoas pudessem ser perdoadas. Como Jesus foi colocado na cruz pelos homens maus que armaram para mata-

Lo. E embora Jesus tenha morrido, ele não permaneceu morto.

"No terceiro dia, Jesus ressuscitou dos mortos. Ele agora vive no Céu falando com Deus sobre nós," Chris disse. "E se pedíssemos que perdoe as coisas erradas que temos feito e acreditar que Jesus morreu por nós, poderemos estar com Ele no céu um dia. Não somente isto, mas Ele nos daria o poder de viver neste mundo até lá e ajudar a outras pessoas a aceita-Lo."

Quando Chris terminou com a história, Ele tinha pintado quatro balões de cores diferentes no rosto de Ben, cada um representando uma parte da história.

"Você gostaria de orar comigo agora e aceitar Jesus em seu coração Ben? É fácil, e eu posso ajudá-lo."

Ben acenou concordando.

Quando Chris olhou para Becky para ver se ela aceitava, ela não pôde evitar que as lágrimas caíssem de seu rosto.

"Nós dois gostaríamos de aceita-Lo, Chris." Ela sussurrou.

"Ótimo. Apenas fale a Deus como se fosse seu melhor amigo. Porque Ele é."

"Jesus, sinto muito pelas coisas erradas que tenho feito. Desculpe por não escutar mamãe e papai. Por favor perdoe-me e ajude-me a ser melhor. Eu creio que você morreu por mim. Amém.

"Amém," Becky disse assim que Ben terminou sua oração.

"Querido Jesus, estou tão feliz em encontrar e falar com você. Eu nunca soube como, e realmente bagunçava tudo quando tentava isto em casa a pouco tempo. Agora Eu acho que farei isto todos os dias." Ela riu nervosamente. "Perdoe-me os meus pecados. Jesus, acredito que você morreu na cruz por mim. Amém."

Então Chris orou por ambos e agradeceu a Deus por sua misericórdia e bondade para com todos os crentes.

Ao final, "Amém," Becky olhou para ele. Chris estava chorando também. Vendo-o em uma nova luz, suas cicatrizes pareciam menos notáveis.

Ela levantou-se para sair, mas Ben correu para o pintor e o abraçou.

"Sr. Chris, gostaria de ir à nossa casa?"

"Eu não posso ir hoje, mas estaremos de volta amanhã. Teremos cachorro-quente e sorvetes. Então por que você e sua mãe não voltam amanhã, e eu irei à sua casa quando terminarmos, se estiver bem para ela."

"Cachorro-quente e sorvete." Ben pulava para cima e para baixo. "Mãe, podemos vir?"

"Ela concordou. Seu filho parecia que nunca

acabava a energia.

"Eu não vou lavar meu rosto hoje a noite. Eu quero que os balões estejam nele amanhã.

Chris acenou para eles enquanto se iam. "Ok. Vejo vocês, então."

"Uau, Mãe," Ben disse. Não foi uma grande surpresa?

Ela apertou a mão de seu filho. O que o garoto diria a seguir? Seu coração se aqueceu ao pensar no que ela e seu filho tinha acabado de fazer. Ela nunca tinha se sentido tão alegre e livre.

Quando eles chegaram em casa ela chamou Anthony. "Alô, querido. Você nunca adivinhará o que aconteceu hoje. Ben e Eu. Nós. Nós dois. Nós aceitamos Jesus em nossos corações."

Houve um silêncio total do outro lado do telefone.

"Querido? Querido? Ela o chamou.

"Ei papai, você está aí? Eu tenho balões no meu rosto," Ben gritou ao telefone.

"O que? Quando? Como?

Becky sentiu uma mistura de espanto e alegria na voz de Anthony. Pela primeira vez na vida dela, a felicidade que borbulha dentro dela quase a impediu de terminar a história do maravilhoso dia dela e do Ben.

CAPÍTULO 31

Os primeiros raios da manhã anunciou que longa noite se foi.

O companheiro de cela de Michael continuava roncando, o que deveria ter tranquilizado ele, mas um cheiro forte de enxofre encheu o quarto e a escuridão desceu novamente.

"Hora da batalha, mas não tema, Eu estarei ao seu lado."

Mesmo sem muita luz, Michael percebeu a armadura cobrindo seu corpo, e o brilho das espadas revelaram um exército de pé pronto para a batalha.

Bem na hora.

As pernas e os pés máciços do gigante dragão encheu a pequena cela, deixando pouco espaça para mover-se.

De uma perspectiva humana, Botis, enorme e terrível de se olhar, parecia invencível.

Ainda assim, quando Michael atacou com sua lâmina, o dragão o arremessou longe como se fosse um brinquedo.

Com sua garra, o dragão agarrou Michael.

Nesse instante, as garras penetraram na

armadura e a pele. Um líquido pegajoso caiu por suas costas.

O dragão torceu sua enorme cabeça em direção a Michael, sua enorme boca se abriu e, com um rugido, o réptil lançou fogo.

O calor intenso atingiu Michael, e as chamas criaram bolhas no seu corpo. Ele sabia que se a ajuda não fosse rápida, ele seria queimado e tostado em minutos. "Senhor, salve-me," ele gritou.

Abby e Janet apareceram na porta da cela pronta para a batalha enquanto a enorme criatura se inclinava sobre Michael, colocando-o no chão.

Mas, quando Janet agitou sua espada, ela resvalou na pele dura do dragão, e ele rugiu seu descontentamento.

Abby tinha passado para o outro lado e agitou sua espada simultaneamente com Janet. Ela atingiu o ar.

O que está acontecendo? Deus nos abandonou? Por favor, Deus, necessitamos de você," Michael gritou.

"Levante-se e lute," Deus disse.

Força e Poder percorreram através do corpo de Michael. Ele levantou, pegou sua espada e enfiou em uma das pernas do dragão.

Janet enterrou sua espada na cauda.

Abby deu um passo à frente e atacou a

cabeça do dragão. Ela errou.

Botis cuspiu fogo novamente. "Este é meu mundo e você não pode me derrotar, vocês seus seres humanos fracos."

"Nós somos fracos, mas Ele é forte." Abby atacou com sua espada novamente e desta vez ela atingiu o gigante dragão no olho.

O dragão rugiu.

"O sangue do Cordeiro o derrotará." Janet segurou sua espada.

"Nós lutamos no nome do Altíssimo Jesus." A espada de Michael tocou na de Janet e elas se fundiram em uma enorme lança prateada.

"Agora é uma luta de equipe. Ambos agarrem a lança e lance-a contra o coração de Botis," disse Deus.

Em total obediência, Michael e Janet, juntos pegaram a arma e empurraram diretamente no coração do dragão.

A cela encheu-se de um ruído indizível, e imediatamente, a escuridão se desfez.

O dragão se foi.

Somente o cheiro de enxofre ainda pairava no ar, e Big Jax deitado inconsciente no chão, sangrando e em grande agonia.

Mais uma vez os guardas levaram Big Jax para a enfermaria.

~*~

Chris sentou-se à mesa na cozinha com

Becky e seu filho Ben.

Ele tinha se tornado Cristão desde garoto na escola, e agora ele estava desfrutando desses dois novos crentes conforme eles relataram sua conversa com Anthony na noite passada.

Suas gargalhadas tocaram seu coração de acordo que eles recontavam suas tentativas de contar a Anthony suas boas notícias.

Ben ria enquanto dizia que tudo que ele conseguiu foi falar ao pai dele foi que Chris tinha pintado o rosto dele de balões.

Becky riu. "Eu estava rindo tão forte com as travessuras deste pequeno homem que dificilmente conseguiria palavras para explicar tudo o que acontecera."

Ben continuou: "E quando o papai perguntou:" Quem é Chris? "Mamãe e eu simplesmente rimos mais."

"Anthony provavelmente pensou que havíamos ficado loucos," Becky disse com um sorriso. "Eu não lembro quando foi que gargalhei tanto assim."

"Eu creio que Deus deu a ambos o espírito da gargalhada. Deus é incrível e ele dá aqueles a quem confia Nele muitas coisas boas."

"Sim, Ele dá."

"A propósito, onde está seu marido? Anthony, eu acho que é assim que o chamou."

Ele está fora da cidade. Em uma missão,

diria, em Ohio."

"Papai fala com Deus," Ben acrescentou. "E Deus lhe diz o que fazer – ele está com um time, você sabe."

"Que tipo de time?" Chris franziu a testa enquanto tentava entender.

Becky inclinou-se na cadeira. "Anthony sentiu um chamado de Deus para ir a outros que necessitavam de esperanças em suas vidas, e luta por eles. Pelo que eu entendi é uma batalha espiritual. Sinto não ter dado muito apoio a ele. De verdade, até agora eu tenho sido muito contrária que ele vá nessas viagens."

"Bem, é sempre difícil quando alguém que você gosta está servindo o Senhor. É uma luta entre o que você sente que é melhor e o que a' outra pessoa que foi chamada por Deus tem que fazer." Chris acenou em compreensão. "Seus caminhos são verdadeiramente maiores do que os nossos, e eu tenho tido dificuldades ao deixar minha família – minha mãe – e vir para Nova Iorque para servir neste Programa de Evangelização de Criança.

"Quanto tempo você ficará nesta missão?"

"Eu não sei. Até quando Deus disser. Eu nunca sei quando ou onde Ele me enviará" Chris deu uma pausa sorveu sua bebida.

"Foi difícil para nós dois quando eu recebi o chamado, porque minha mãe é doente e eu sou sua única família por perto."

"Estas decisões são difíceis." As palavras de Becky foram suaves e agradáveis.

"Sim, para mim mais do outras. Chris suspirou.

"Agora diga-me a respeito deste time."

Eles passaram as próximas horas falando sobre o que Becky sabia – que não era muito.

Ben intrometia na conversa do seu modo exuberante. E eles gargalhavam e falaram até no fim da tarde.

"Eu adoraria saber mais sobre esta missão de seu marido. Soa interessante e excitante."

"Bem, eu tenho pensado em fazer uma viagem para vê-los, então se você quiser vir conosco, você pode," Becky disse.

"Sim, Sr. Chris, por favor?

"Calma, Ben, não tente persuadir Sr. Parker."

"Oh, ninguém precisará me persuadir, Sra. Becky." Chris estendeu a mão e assanhou os curtos cabelos castanhos de Ben. "Eu adoraria ir."

"Anthony disse que são dez horas de carro. Então ficaremos com alguns do time enquanto estivermos lá. Que tal sairmos Segunda de manhã por volta das 9:00h? Você está ficando por perto? Podemos pegar você?"

"Estou bem no final da rua na igreja que patrocina o Dia Divertido no parque. Estarei lá às 9am, com a bagagem e pronto para ajudá-la a dirigir.

"Oba." Ben começou a dançar alegremente ao redor da cozinha.

~*~

Abby e Janet estavam deitadas na sala de estar da casa de Deborah quando Anthony entrou. Ele olhou para as duas mulheres com desconfiança em seus olhos. "Sinto que tenho abandonado vocês garotas. Eu tenho focado nos livros me preparando para os testes estaduais. É só isso – Eu preciso continuar para poder exercer minha profissão aqui em Ohio. Agora está tudo acabado, exceto a espera."

Janet bateu em seu ombro. "Nós compreendemos. Não é mesmo, Abby?

Ela entendeu de certa forma. Mas ele não deveria ser seu líder? E enquanto ele tinha estado ocupado eles tiveram que tomar suas próprias decisões. Bem. Provavelmente eles devem sempre tomar suas próprias decisões. Abby esperou para ver o que Anthony teria a dizer.

"Agora que eu resolvi dar o ar da graça, por que vocês não me dizem o que está acontecendo em suas vidas?"

"Eu tenho encontrado com alguém." Abby tirou o cabelo de seu rosto. Ela o deixara para

260

baixo. Nenhum rabo de cavalo hoje. "Não é nada sério, embora possa evoluir para isso. Ele ainda não é cristão, mas mostra sinais de interesse. Então, por enquanto, ele é apenas um amigo."

"Ele está interessado em um relacionamento com o Senhor ou com você?"

Abby olhou para ele intensamente. Ele não estava zombando. Seu rosto era de seriedade.

"Possivelmente os dois," ela respondeu cautelosamente, não muito certa de onde Anthony queria chegar com aquela pergunta.

"Alguém que eu conheça?" Anthony perguntou.

"Eu não estou certo. Seu nome é Tadd, e ele é um guarda na prisão. Ele tem experiência em operações militares, e acha que talvez seja transferido para uma pequena cidade chamada Slattersville, para trabalhar.

"Cuidado Abby," Anthony advertiu. "Olha." Ele pegou em sua mão. "Eu não estou tentando ser mau ou coisa assim," mas eu não posso fazer nada, senão me preocupar com você."

"Estou bem, Anthony," ela replicou com um pouco de rancor." Eu posso cuidar de mim mesma. Na verdade, eu tenho cuidado de mim mesma há muito tempo."

"Bem, eu me preocupo pessoalmente com você." Anthony olhou para Janet e voltou o olhar para Abby. "Mas, posso ser sincero com vocês duas, eu me preocupo mais com a equipe do que com nossas vidas individuais neste momento."

Do que você está falando, irmãozinho? O time está crescendo. Em vez de três, como no começo, agora somos cinco."

"Não se trata de número, mana. É sobre nossa força ou falta dela.

"E o que há de errado com nossa força? Abby desafiou. "Temos lutado contra as força de Satanás desde que nos unimos e temos vencido cada batalha."

"Estamos?"

Abby olhou para Anthony e Janet. Janet não parecia ter entendido suas palavras melhor que ela.

"Veja," Anthony continuou. É aí que estamos fracos." Não se trata de nós, mas o Senhor, e não estou certo se estamos onde devíamos estar. Este time tem que ser dependente do Senhor. Essas batalhas são Dele, não nossa."

Abby sentou-se em silêncio com olhar cabisbaixo.

"Irmão, você está certo," Janet disse. "Eu não tenho me dedicado muito à minha vida de oração, pelo menos, não como eu costumava antes de vir aqui. Minhas emoções me puxaram para baixo de alguma maneira. Eu tenho me sentido, eu não sei, solitária talvez. Não temos participado da Igreja uns com os outros desde aquela vez que fui com Abby. Precisamos nos reunir juntos com os outros crentes. Pelo menos eu – sou uma quem precisa."

"Todos precisamos." Abby reagiu. "Eis uma sugestão para vocês. Amanhã é Domingo. Por que não atendemos em minha igreja? Vamos convidar Deborah para vir também. Ela não deve ficar em casa só porque o Michael não pode ir." Abby esperava que mais gente da equipe pudesse visitar a Igreja Trinitária da Nova Esperança.

Três deles concordaram estar prontos para irem na manhã seguinte, e Janet disse que diria a Deborah seus planos.

"Agora, precisamos discutir alguns assuntos pessoais." Anthony continuou. "Becky e Ben estarão aqui na segunda à noite. Seu novo amigo Chris Parker está vindo com eles. Ele precisará de um lugar para ficar."

Não podemos oferecer o quarto de hóspede na casa de Deborah uma vez que Michael não está em casa." Janet comprimiu seus lábios e então tomou uma decisão. "Melhor eu desistir do meu chalé."

"E então necessitarei falar com Becky sobre mudança então vamos precisar de um tempo reservado. Talvez vamos precisar de uma babá, embora Ben não seja exatamente um bebê.

"Sem problema. Eu assumo essa missão." Janet disse. "Eu não posso esperar para ver meu sobrinho."

Obrigado, mana. E eu quero que Chris conheça o time."

"E eu quero conhecer sua família," Abby disse com um aceno.

Após a igreja amanhã, eu gostaria de passar na prisão para ver Michael. Eu sei o quanto ele sente falta de Deborah e dos demais, assim como Josh, desde que ele foi transferido-" Ele calou-se e olhou para Abby, "Ei, você não disse que esse rapaz que você está encontrando, Tadd, certo? Você não disse que ele pode ser transferido para trabalhar em uma cidadezinha chamada Slattersville?

"Sim, disse. Esta é a cidade que ele mencionou. Por que a pergunta?"

Você sabia que este é o lugar para onde transferiram Josh?

"Está certo, os papéis de sua transferência diziam Slattersville, Ohio. Eu me lembro quando estava digitando os papéis semana passada." Os olhos de Janet se arregalaram. "Uma coincidência?"

Anthony olhou para Abby. Você tem certeza que era Slattersville?"

"Absoluta," disse Abby. Em que você está

pensando?

"Eu sei que não é coincidência," Anthony afirmou confiante. Alguma coisa que nos aconteceu tem sido coincidência?"

"Não," todos disseram uníssono.

Poderia ser? Deus estava para mostrar Seu poder novamente? E em outro lugar?

CAPÍTULO 32

Deus abençoou Abby com um pôr de sol lindíssimo, no seu caminho de volta para casa depois do encontro com o time. Ao se aproximar de sua casa as luzes da rua se ascenderam. Assim que fez a curva ela percebeu alguém de pé em frente ao seu portão. Ela não viu nenhum carro estacionado. No crepúsculo ela não pôde ver claramente para reconhecer quem era, mas ao ligar os faróis naquela direção, ela se deu conta que era Tadd.

Ela riu consigo mesma e desatou seu cinto de segurança. Então com sua mão no botão de destravar a porta, ela hesitou. *O que Tadd está fazendo aqui, aparecendo no meu portão sem ter ligado? Como ele chegou aqui?*

De repente ele estava em sua janela e ela engasgou. *Eu devia ter pegado Grizzly no veterinário hoje.* Ela sacudiu sua cabeça. *Qual o problema comigo? Tadd é um amigo, e eu aqui sentada assustada como uma garotinha.*

Abby abaixou sua janela. "O que está fazendo aqui a esta hora da noite?

Eu a assustei? Eu sinto muito, Abby. Desculpe-me," ele disse francamente. "Eu achei

266

que me reconheceria."

Mas, o que está fazendo aqui?"

Eu estava correndo e apenas decidi passar para vê-la. Foi no calor do momento. Não imaginei que não estivesse em casa."

Eu não sei o que há de errado comigo. Eu acho que estou apenas nervosa. Assim que Abby desceu do carro ele sentiu seus braços abraçando-a e ele a puxou para si firmemente. Antes que ela pudesse se afastar, ele estava beijando seu rosto e pescoço.

Tadd. Pára. Ela se assustou e empurrou suas mãos contra ele. Embora eles fossem quase da mesma altura ela sabia que ele podia dominá-la.

Diante de sua resistência ele afastou e ela pôde respirar aliviada.

"Sinto muito Abby. Você está tão linda sob a luz da lua e exala um cheiro tão bom. Sinto muito."

Seus braços estavam agora recuados e seu rosto abatido.

"Eu não estou pronta para este tipo de relacionamento. Apenas nos conhecemos. Você precisa entender que não o conheço bem."

"Você não tem que explicar nada. Eu deve ir. Por favor, perdoe-me. Não posso explicar o quão sentido estou." Ele se virou bruscamente e voltou a sua corrida rua acima.

Ela olhou ao redor de sua garagem e deu um suspiro. *Eu deixei a porta estúpida aberta de novo.*

Então outro pensamento a assustou. *Ele sabia que não estava aqui. Ele deve ter visto que meu carro não estava na garagem. Mas, ainda assim ele me esperou chegar em casa."*

~*~

Anthony refletiu sobre a última reunião do time. Ele estava preocupado com Abby. Ela ficou chateada quando ele mencionou brevemente que ela deveria ter cuidado. Ele estava preocupado com isso. As palavras que lhe vieram em sua mente foram *espírito de rebeldia.*

E lá estava sua irmã, Janet. Ela estava muito sensível, parecia um pouco solitária e distraída. Talvez ir à Igreja amanhã juntos seria uma coisa boa, especialmente para ela.

Outra preocupação era com Michael e Deborah pois eles estavam tendo problemas de separação.

E Josh. Anthony sacudiu sua cabeça em desapontamento. Nesta nova prisão, Josh parecia mais temeroso do que tinha estado na luta com Big Jax. O que era tudo aquilo?

Até recentemente o time estava fortalecido após cada batalha.

E agora Becky e Ben estão chegando na

segunda-feira. Mesmo eles tendo aceitado Jesus, sua esposa estaria mais disposta a deixar Nova Iorque e juntar-se a ele?

Então ele se deu conta que precisaria encontrar um trabalho – talvez começar aquele negócio – para manter a família. Haveria a tarefa de ficar em um lugar também. Bem, não é uma tarefa árdua. Nunca uma tarefa difícil.

E o Chris? Ele seria um deles? Deus estava chamando-o para reforço do time?" Estresse," Anthony murmurou, esfregando as mãos sobre o rosto. Sentiu-se drenado e cansado. Pela primeira vez em muito tempo, ele desejava uma bebida.

"Senhor," ele perguntou: "O que está acontecendo conosco? Com seu time?"

~*~

Ainda tremendo do encontro com Tadd, Abby percebeu que sua angústia era principalmente de saber que ele mentira para ela. Ela se questionou repetidamente sobre o incidente e sobre sua reação.

Ela precisava conversar com alguém e ligou para Erin. Não houve resposta, então ela deixou uma mensagem.

Estou sendo boba? Sua criação não é a mesma que a minha. Ele não é um cristão. Estou sendo ridícula por nada?

Seu celular tocou e mostrou a chamada de

Erin.

"Olá?" Abby respondeu.

"Oi, amiga. O que está acontecendo? Erin veio com seu costumeiro jeito alegre.

"Preciso de um conselho."

"Parece sério."

"Tipo assim," Abby respondeu. "Você poderia vir aqui?

"Com certeza." Viu alguém bonito ultimamente?" Erin questionou.

"Falaremos quando você chegar." Abby desligou a ligação.

~*~

"Bem, eu acho que isto responde minha pergunta." Erin pegou as chaves e saiu.

"Quando ela chegou até a casa de Abby, ela encontrou sua amiga sentada nos degraus da frente sob a luz da lua, e a olhou intensamente. "Ei, Abby, você está bem?"

"Abby enxugou suas lágrimas. Erin sentou-se e puxou seu braço. O que há de errado, queridinha?"

Abby sacudiu os cabelos então Erin ficou apenas sentada ao lado dela e esperou como uma boa amiga.

Quando ela se acalmou, Abby explicou o que tinha acontecido. "Eu simplesmente não entendo, Erin. Por que ele mentiria para mim?" Eu achei que ele se preocupava comigo."

"Talvez ele se preocupe muito, Erin disse em voz baixa.

Abby virou-se para olhá-la no rosto. Como assim ele se preocupa muito?"

"Bem, talvez ele tenha problema em se aproximar de jovens, tão rápido." Erin abraçou seus joelhos. "Você sabe que alguns rapazes simplesmente não têm um bom entendimento sobre o que é importante para uma mulher como você. Eles pensam que podem pular de um bom jantar para a cama."

Abby sorriu. "Não esta garota."

"Ele está provavelmente confuso com seu jeito."

"Talvez. Mas, esperar por mim sem ter ligado antes. Isto me assustou. E depois mentir sobre isto."

"Então apenas diga ele isto. Lembre-se, ele não é um Cristão. Ele pode não compreender limites, então você precisa estabelecê-las, e reforça-las se ele pressionar."

Abby suspirou. "Você me faz sentir melhor. Você é uma boa amiga, Erin."

"Esta sou eu," ela provocou. Lembre-se, Deus sabe como se sente, apenas fale com Ele sobre isto."

"Eu falarei." Abby deu um abraço em Erin. "Por que eu não parei para orar antes de ter aberto a porta do carro?"

CAPÍTULO 33

Janet quis dirigir seu Honda Civic para a Igreja naquela manhã. Ela disse que sabia o caminho. Então, Anthony, gentilmente cedeu o assento de passageiro da frente para Deborah, e então assentou-se no banco de trás.

Ele provavelmente deveria engolir seu orgulho e vender seu Porsche. O que Becky diria sobre isto?

Quando chegaram à Igreja, Anthony viu o prédio de tijolos antigo. Ele achou interessante. Tinha várias portas duplas de tipo arqueado. Janet, naturalmente, caminhou em direção ao conjunto sob o campanário, uma vez que o sino da igreja estava fixado apenas à direita das portas. Ela estava indo na direção correta.

Quando eles entraram seus olhos se direcionaram para a história contada de painel em painel pelos mosaicos de vitrais nas janelas arqueadas. O sol brilhava da fresta de uma alta janela sobre eles, jogando um arco-íris de luzes coloridas sobre os bancos.

Janet puxou levemente seu braço e ele seguiu sua irmã e Deborah enquanto se moviam para frente para sentar com Abby e sua amiga Erin.

Quando chegaram ao banco, Abby foi ao encontro deles e deu as boas-vindas a cada um com um sorriso e "Deus abençoe você."

O organista começou o prelúdio, e eles todos rapidamente tomaram seus lugares. Breve, a variedade de vozes do coro flutuaram da altar abençoando todos no santuário.

Anthony olhou para sua irmã e sorriu pelo modo que os dedos de sua irmã batiam sobre seu colo como se estivesse tocando um instrumento.

Quando a música terminou, e o coro assentou-se, um cavalheiro de meia-idade subiu ao altar.

"Bem-vindos todos, membros e visitantes também. Meu nome é Reverendo Robert Milton, e eu quero agradecer a você por vir louvar conosco esta manhã.

A congregação aplaudiu educadamente, e o reverendo humildemente inclinou sua cabeça. Então ele olhou sobre o santuário. "E obrigado a esta congregação por permitir-me servi-los em vista da debilitação da saúde de meu pai."

A voz do reverendo era forte e firme o suficiente para manter a atenção de Anthony. "Abriremos com uma oração, e então pedirei ao coro para imediatamente cantar um hino que contém o mesmo título do sermão que quero ministrar hoje. Há poder no Sangue. Por favor, inclinem suas cabeças."

Após o culto Reverendo Milton cumprimentava a cada um enquanto saíam. Quando Janet se aproximou dele, ele pegou sua mão. "Quem veio com você, hoje?"

Ela olhou para seu rosto e parece ter perdido a voz.

Anthony adiantou-se e pegou na mão do ministro. Bela mensagem, senhor. Eu sou irmão da Janet, Anthony Markson, e esta é nossa amiga Deborah Reeves."

"Que alegria tê-lo conosco," disse o reverendo.

Então olhou para Abby, "Você deve ganhar o prêmio por trazer mais convidados este mês."

~*~

Com uma canção em seu coração, Janet dirigiu para o cafeteria favorita de Abby para jantar.

"Bem, o que vocês acharam do culto? Abby perguntou após eles se sentarem.

"A mensagem "Poder do Sangue" foi o que eu precisava esta manhã." Anthony disse. "Eu comentei ao reverendo que eu tinha gostado."

Janet riu. "Eu sei, eu disse a vocês da última vez, mas a igreja é linda. E senti confortável sentada lá e absorvendo a atmosfera."

Anthony olhou para Deborah. "Você acha

que poderia se sentir em casa nesta igreja? Queremos encontrar um lugar onde todos se sintam confortáveis."

Ela encolheu os ombros. "Bem, vocês sabem que sinto falta de Michael." Então até que ele cumpra sua pena, eu deixarei que vocês tomem a decisão. Quem sabe quanto tempo levará até que ele esteja conosco?"

Abby colocou sua mão na cintura de Deborah.

Farei o meu melhor para que se sinta acolhida. Eu lhe apresentarei algumas mulheres de sua idade da próxima vez que vier."

Os olhos de Janet se arregalaram. "Não sabia que idade era tão importante. Talvez você deva me apresentar ao povo de meia-idade também."

~*~

Naquela tarde Janet sentou-se na cozinha, foleando uma revista de culinária, sua mente no sermão desta manhã, e para ser honesta, ela não podia tirar do pensamento os fascinantes olhos azuis do ministro. Por que ela ficou lá como uma criança tímida quando ele a perguntou após o culto?

O telefone tocou, e demorou um momento para ela se desvencilhar da imagem do reverendo bonito antes de pegar o celular e se identificar.

"Srta. Janet, aqui é o Robert Milton. Espero não estar ligando no meio de algo importante, mas eu queria perguntar-lhe se poderia levá-la para jantar esta noite antes do culto, que tal às cinco?"

"Hoje à noite? Claro, Reverendo." Aquela voz era dela, calma e realista enquanto admiração e prazer eram suas emoções primárias sacudindo dentro dela?

"Por favor, me chame de Robert," ele disse. Posso pegá-la?

"Oh, não, por que não nos encontramos na Igreja e de lá vamos, está bem assim?"

"Perfeito. Aguardo você então."

Quando ela terminou a ligação, sentou-se em sua cama e respirou fundo. "O que foi isto?"

Robert Milton chegou exatamente às cinco horas, e ela entrou em seu carro e partiram para um restaurante próximo.

"O que você acha de Clanston, nossa cidade?"

"Ela é muito boa. Eu não estou aqui há muito tempo para conhecer tudo ainda."

"Você trabalha em algum lugar?

"Sim, Eu sou assistente administrativa na penitenciária local."

"Sério?" Sua sobrancelha levantou-se. "Você gosta de trabalhar lá?

"É legal. Eu dava aula em escola ano passado, mas quando meu irmão veio aqui para ajudar uma pessoa, eu decidi verificar o lugar também." Janet evitou o resto da história. Ela não estava pronta para responder perguntas sobre o time agora.

"Bem, eu tenho assumido a função de pastor na igreja de meu pai. Ele está ficando velho e com a saúde debilitada. Ele não está em condições de conduzir as coisas como fazia antes – especialmente as finanças da Igreja. Eu fui contador, então fui capaz de vir e ajudá-lo."

O orgulho jorrava através de suas palavras, mas Janet não via isso como algo que prejudicasse suas colocações.

Afinal, ela estava dominando seus olhares admiradores e elogios generosos. Ela estava dominada com suas habilidades e estava se vendo bem diferente do que no passado.

Naquela noite quando Robert a levou até seu pai e a apresentou, Janet olhou o ministro ancião. Ele era um tipo de homem humilde, no entanto, ela sentiu desespero nele enquanto ele interagia com a congregação. Na verdade, ele parecia envelhecer precocemente.

O que, na verdade, estava acontecendo?

CAPÍTULO 34

Naquela tarde Deborah sentou-se em frente a Michael na área de visita da prisão. Ele parecia deprimido, e ela sabia pois de fato ela estava. "Querido, você está bem?"

"Acho que estou bem o quanto se pode, estando em um lugar como este."

Ela tinha certeza de ter ouvido uma ponta de ódio em sua resposta.

"Eu sinto falta de Josh," ele continuou. "Não tenho permissão para vê-la, exceto aos finais de semana, e nem posso tocá-la pelo vidro." Ele bateu a mão contra a janela com um baque forte, e o guarda de pé perto da porta olhou para ele.

"Querido, você ficará bem. Compreendo. Também é difícil para mim. Uma lágrima deslizou em seu rosto. "Você tem tempo de estudar sua Bíblia?"

"Claro. Mas, sinto falta de Josh. E muito tem acontecido. Ele olhou em seus olhos. "Sinto muito por ter sido tão atrapalhado. Eu simplesmente odeio onde estou. Por que Deus me deu um novo coração e depois me colocou aqui neste lugar fedido longe de você?"

Despertar

"Michael, Deus não o colocou aí," ela o lembrou. "Mas, Ele pode usá-lo enquanto está aqui."

Ele endureceu. "Não venha pregar para mim."

Michael, não fale comigo desse jeito. Eu não voltar para onde estávamos antes."

"Desculpe-me." A raiva queimou seu rosto enquanto ele se levantava. "Eu não posso falar nesse momento."

Ele chamou o guarda e se afastou dela sem olhar para trás.

Ela assentou-se chorando por um tempo, e sacudiu a cabeça. Ele não queria este tipo de vida. "Senhor, ajude-me."

~*~

Quando ela chegou em casa aquela tarde Deborah ligou para o hospital procurando um psicólogo próximo a Clanston. Deram-lhe o nome de Dra. Sandra Beazel bem como o número de seu telefone.

Ela decidiu ligar pela manhã e marcar uma consulta. Alguma coisa estava errada e talvez essa mulher pudesse ajudar.

Deborah lembrou-se de sua vida regressa antes que Anthony viesse visita-los e ajudasse a Michael a livrar-se de seus demônios. Ela não queria voltar a vida velha. Foi um tempo miserável e assustador, e ela não poderia aceitar mais abuso algum.

~*~

Abby convidou Tadd para uma conversa. Erin estava certa. Confrontá-lo lhe daria a chance de estabelecer seus limites.

Ele disse que poderia vir por volta das 7:00h, e ela concordou, ainda que isso significasse que ela perderia o culto da noite.

Abby vestiu-se casualmente com um jeans e um top. E uma vez que ela não queria parecer provocadora, ela não colocou seu perfume favorito.

Quando ela abriu a porta quando ele bateu, ele estava também vestido casualmente de jeans e uma camisa de manga. Bonito, como de costume, ele parecia desconfortável, mas ela sorriu e o acolheu uma vez que eram bons amigos. O que provavelmente eram.

"Entre," Tadd. Bom vê-lo. Vamos sentar na sala de estar." Ela apontou o caminho. Sem estrelas e luz da lua hoje.

"Certo, obrigado."

"Tadd, eu só queria falar com você sobre a noite passada."

"Ouça, Abby, eu sinto muito"

"Espere, deixe-me terminar. Eu quero dizer o quanto eu sinto por ter permitido que aquilo acontecesse. Eu não fui cuidadosa. E eu tenho que admitir que fiquei chateada em saber que mentiu para mim."

"Sim, menti." Seus olhos se desvencilharam dos dela enquanto ela falava. Eu peço desculpas por isto. Eu sabia que não estava em casa quando notei que seu carro não estava lá."

"Obrigada por admitir isto. E me dei conta disto tão logo percebi que tinha deixado a porta da garagem aberta. "Agora eu quero falar com você sobre limites."

Desta vez ele não a interrompeu.

"Eu sou Cristã, e você já sabe disto. Eu conheço algumas pessoas que se dizem Cristãos mas, vivem como querem. Mas, eu não sou destas. Eu vivo com limites porque eu sei o que Deus quer que eu faça."

Ela olhou diretamente para ele desejando que ele olhasse para ela. "Você compreende o que estou dizendo?"

"Claro, Abby." Ele levantou os olhos para ela com uma expressão de dor.

"Agora, nem em pensamento, eu não sou perfeita, porém eu tento viver o máximo que posso perto daquilo que Deus quer para minha vida. É por isso que eu me limito àquilo que eu quero e o que eu não quero, e isto inclui ter muita intimidade com alguém."

Tadd mudou em sua cadeira. Eu não quero ser assim também. Eu luto desesperadamente contra isto. Eu sempre lutei. Isto me incomoda constantemente, e parece que não consigo controlá-lo."

Seu olho pegou algo além dele. Ela ofegou. Uma traça gigante cobriu toda a parede na sala de estar. Os olhos da criatura eram brilhantes e a grande boca parecia capaz de mastigar quase qualquer coisa de qualquer tamanho. Dentes fechados, ele olhou para ela. Suas asas gigantes e castanhas apagadas se estendem do teto ao chão. Escrito nas asas estava a palavra LUXÚRIA.

Um demônio.

"Não temas, Eu lutarei a batalha por você, "Deus falou com ela em voz alta. "Fique firme."

Subindo do final do sofá, ela foi imediatamente vestida de armadura e espada.

Tadd, ainda sentado, olhou para ela. "Abby, você está bem? Quem está falando com você?"

"Deus está falando comigo, e estou bem. Mas fique sentado. Eu tenho que lutar por você."

"Por mim? Que Batalha? "Ele começou a ficar de pé.

"Não. Fique sentado. Preciso do espaço. Eu explicarei depois."

Com isto ela sentiu seu capacete tocar seu ombro. Ela estendeu sua espada enquanto se movia ao redor do sofá e atrás dele.

"No nome de Jesus Cristo, vá embora." Abby agitou sua espada várias vezes até ter cortado a boca gigante em muitos pedaços.

"Deixe-me orar por você, Tadd."

Ela silenciosamente colocou sua mão sobre seu ombro. "Deus, Pai, você esteve aqui esta noite, e você cuidou da batalha contra satanás uma vez mais. Possa Tadd ser liberto deste demônio de luxúria para sempre. Em seu Santo Nome, Amém."

Tadd olhou para ela visivelmente confuso e trêmulo.

O que está acontecendo, Abby? O que aconteceu?

Ela sentou-se ao lado dele. Eu sou membro de um time de elite de guerreiros do Senhor. Existem coisas que podemos ver e ouvir que vem direto de Deus. Ele abre nossos olhos para as táticas que satanás usa contra nós e aos outros à nossa volta."

"Uau."

"Somente somos capazes de lutar contra eles através do poder que Deus nos dá. Eu acabei de derrotar um demônio por você. Nós não podemos lutar e vencer essas batalhas por nós mesmos até nos rendermos a Deus. É por isso que você tem sofrido."

Tadd fixou seu olhar no chão e então voltou a olhar dentro dos olhos dela. "Eu sei que não mentiria para mim, mas tem que admitir, que é uma história e tanto."

Ele encolheu os ombros. "Sim, contudo, é a pura verdade. Um demônio apareceu aqui na forma de uma boca gigante o qual teria coberto e tomado controle de você. A palavra LUXÚRIA estava gravada em suas asas em letras garrafais."

"Ui"

"Sim." Este demônio, Asmodeus, tem provavelmente coberto e sufocado você durante toda sua vida. Pelo que você me contou sobre suas lutas, já faz algum tempo."

Tadd ficou cabisbaixo e olhou para suas mãos. "Desde minha juventude. Estou sem graça em dizer isto para você, mas eu mergulhei fundo na pornografia." Ele olhou de volta para ela com os olhos arregalados. "Você lutou contra isto por mim?"

"Sim, lutei, mas tudo que tive que fazer é ter fé. Foi uma batalha de Deus."

"Eu quero uma fé como a sua, Abby."

"Suas palavras soaram forte, e ela sabia que ele estava sendo sincero.

"Então você deve pedir por isto. Você tem que entregar-se inteiramente a Deus, e o meio de fazer isto é admitir seus erros e pedir perdão por tudo que Jesus fez por nós na cruz. Ele tomou nossos pecados e nos deu sua justiça."

"Mas, isto parece tão simples."

Abby riu. E é. Mas, uma vez que você o faz,

você deve continuar a segui-Lo. A parte excitante é que, quanto mais você faz, mais fé Ele lhe dá."

"Sério?"

"Absolutamente. O poder vem quando você rende sua vida e promete servi-Lo." Ela olhou para Tadd. "Você está pronto para dar o primeiro passo?"

"Estou. Ele admitiu. "Você me ajudará?

"Claro, eu ajudarei."

Ela segurou as suas mãos e Tadd começou a orar.

CAPÍTULO 35

Josh escolheu a parte baixa do beliche em sua nova cela. Ele abriu sua sacola magra com seus pertences e puxou sua Bíblia. Ele apenas a colocou sobre a cama quando o guarda apareceu com outro prisioneiro.

Com um estrondo, um empurrão e o ruído de metal que precisava de lubrificação, a porta da cela foi destrancada. O guarda empurrou o prisioneiro para dentro. "Aqui está sua nova casa.

"Ele olhou para Josh e continuou. "Desfrute do seu novo companheiro de quarto." Ele sorriu e assentiu enquanto a porta se trancava atrás do novo prisioneiro. "Fiquem à vontade.

"Magro e alto, com os mesmo 1,90 metros de Josh, o recém-chegado colocou um pé enquanto se movia em direção aos beliches. Os cabelos pretos estavam cobertos de cinza e seu rosto cansado estava gravado com uma expressão de profunda tristeza.

"Aqui, você pode ficar com o beliche de baixo." Josh ficou de pé e pegou sua Bíblia.

O homem mais velho não disse uma palavra ou mesmo olhou para Josh. Ele simplesmente seguiu em direção ao beliche de baixo, atirou sua pequena sacola e pertences debaixo da cama e se jogou no beliche.

Com um jeito estranho, ele ergueu os pés do chão, enrolou-se e se encurvou em uma posição parecida com um feto.

Josh encolheu os ombros e colocou sua Bíblia no topo da beliche. Mas assim que ele a soltou, um sentimento solitário o engoliu, enchendo-o de desespero até sentir suas emoções arrastando o chão.

Ele olhou ao redor por um lugar onde colocar suas próprias coisas, mas seu colega de cela o deixou tão desconfortável que ele decidiu deixa-las no alto da beliche e usá-las como travesseiro.

Ele pegou sua Bíblia e deslizou-se no chão. Ele sentia falta da prisão de Clanston e seu colega de cela Michael.

Quando o sinal da janta soou, os pés do guarda percorriam o corredor. Mas, o colega de cela de Josh ainda não tinha dito uma palavra ou movido um músculo desde que entrou na cela.

O homem encaracolado ainda estava vivo?

Mas assim que um dos guardas parou ao lado da porta de sua cela e chamou "Em linha," o homem conseguiu girar lentamente e sentar-se em seu beliche. Então, como se ele tivesse feito isso um milhão de vezes, o velho ficou de pé em frente a porta e entrou na fila que se formava no corredor.

Josh ficou de pé, rapidamente atrás dele.

A fila se moveu para o refeitório onde cada homem pegou um prato e entrou na fila da comida.

Pedaços de comidas irreconhecíveis caíram nas bandejas.

Josh, é claro, estava do lado de seu colega de cela. Nenhuma palavra era a regra neste lugar. A fila silenciosa de homens com roupas de prisão cinza caminhou até as mesas e parou em frente de onde cada um devia sentar-se.

Um outro sino soou, e cada homem se assentou. O barulho dos utensílios de comer nos pratos de metais encheram a sala, mas Josh podia ouvir sussurros aqui e ali.

Como os demais prisioneiros Josh manteve sua cabeça baixa, então ele inclinou na direção de seu colega de cela. "Qual seu nome?" Ele sussurrou.

"Cobra." Seu colega não disse mais nada e continuou a jogar a comida em sua boca.

~*~

Aquela noite o time reuniu-se para um encontro especial na sala de estar do Michael e Deborah.

Janet tinha ido mais cedo para ajudar e

mudar suas coisas para a casa principal, permitindo que os esperados visitantes possam usar seu quarto de hóspede enquanto estiverem aqui.

Além dela, Anthony foi o primeiro a chegar para a reunião.

"Boa noite, irmão. Janet deu-lhe um abraço.

"Você se levantou cedo esta manhã. Eu nem ouvi você sair para correr."

"É porque você estava roncando pesado," ele a provocou. "Cansada de seu encontro tarde da noite, imagino."

Ela fechou a cara para ele. "Eu não estava em um encontro promíscuo. Para sua informação, eu estava na igreja noite passada."

A porta se abriu e Abby entrou. Um homem quase de sua altura veio em seu rastro. "Tadd queria conhecer vocês todos. Ele é um novo crente que recém colocou sua fé em Jesus noite passada."

Bem-vindo, Tadd." Janet aplaudiu de alegria. "Quanto mais, melhor."

Anthony balançou suas sobrancelhas para Abby e então virou-se para Tadd. "Meu nome é Anthony e tenho ouvido falar de você."

"Puxa. Estou com problemas e acabei de chegar aqui. Tadd esfregou a mão nos cabelos loiros.

Naquele momento, houve uma ligeira batida

na porta, mas antes que Janet pudesse levantar-se para abri-lo, Ben explodiu porta adentro.

"Tia Janet." Ele a agarrou e quase a derrubou.

Ela envolveu nos braços seu sobrinho e o pegou no colo.

"Janet, ele é pesado demais para você," Becky disse ao entrar ela e um outro homem pela porta.

"Você cresceu," Janet ignorou a censura de sua cunhada, mas deixou Ben escorregar para o chão.

Então voltando-se para Becky, Janet deu-lhe um carinhoso abraço. "Eu tenho sentido muito a falta de vocês dois."

"Papai," Ben gritou enquanto enlaçava seu pai com seus braços. "Senti sua falta."

"Eu senti sua falta, também, filho." Anthony inclinou-se e abraçou Ben apertadamente. "Mas não precisa gritar."

Agora deixe-me dizer alô para sua mãe." Anthony endireitou-se e olhou para Becky enquanto caminhava para ela. "Oi querida. Tão feliz que vocês chegaram em segurança. "Ele se inclinou e deu um beijo nela.

Janet gostava de ver seu alto irmão loiro e sua esposa latina baixinha. Uau, a saudação prolongada de seu irmão em sua esposa fez com que Janet quisesse rir.

Despertar

Finalmente, ele se virou para o homem que entrou na casa com sua família. "Estou tão feliz em conhecê-lo. Chris? Isso mesmo?"

"Prazer em conhece-lo, também." Chris estenceu sua mão.

"Bem-vindo a Clanston. Estou muito grato pelo que tens feito à minha família. Obrigado por com Becky e Ben."

"Só estou fazendo o que Deus me pediu para fazer."

Deborah entrou na sala com uma bermuda, camisa de manga, e um chapéu de aba larga. "Que bom que todos chegaram em segurança aqui." Bem-vindo à nossa casa, meus amigos. Sintam-se à vontade."

Ela voltou seu olhar para os estranhos. "Vocês devem ser Ben e Becky. Eu estava me preparando para curtir os últimos raios de luz que ainda temos lá fora no jardim. Vocês dois são bem-vindos para se juntar a mim enquanto nosso time faz a reunião deles."

"Puxa vida, podemos, mamãe? Ben pediu. Por favor?

Becky bagunçou o cabelo de seu filho. "Pare de implorar, filho. Contanto que não fiquemos do jeito da Sra. Debora, tudo bem.

Eu adoraria que você se juntasse a mim. Podemos conversar e nos conhecermos melhor," Deborah disse. "Não se preocupe. Eu vou colocar este rapaz para trabalhar."

Ela deu-lhe uma cesta cheia de ferramentas de jardinagem.

"Isso." Ben escapou enquanto seguia Deborah para fora da sala.

Após outro prolongado beijo em Anthony, Becky seguiu atrás de seu filho em direção à cozinha e a porta de trás.

Desta vez Janet riu. "Sentiu muita a falta dela, hein?

Seu irmão a ignorou.

"Se importa se eu ficar para a reunião? Chris perguntou.

~*~

"Absolutamente." Anthony bateu no ombro de jovem. "Esperávamos que se juntasse a nós, e temos outro convidado também."

Enquanto ele apresentava Chris e Tadd, Anthony puxou uma cadeira extra e momentos depois estavam todos sentados ao redor da mesa.

Por um momento, o grupo sentou-se silenciosamente enquanto Anthony olhava para cada um deles com gratidão em seu coração. Essas eram pessoas de Deus as quais Ele tinha juntado. Eles chegaram tão longe e ainda assim um longo caminho a percorrer.

Chris e Tadd não haviam ainda lutado sua primeira batalha. Mas, se Deus decidiu chamalos, Ele os veria em ação.

Abby e Janet já tinham ambas lutado batalhas por si mesmas e ao lado dele também. Então, embora ele se preocupasse com o time, ele apreciava a honra de lidera-los.

"Vamos começar com oração." Lágrimas ameaçaram a cair do rosto de Anthony, mas ele engoliu e começou a orar com todo seu coração.

Ninguém sabia o que viria pela frente e que batalhas viriam, pessoal ou em grupo.

Tudo que Anthony sabia com certeza que haveria mais batalhas – alguma mais feroz que eles nem conheciam.

CAPÍTULO 36

Todos os Guerreiros no time sentaram-se à mesa, exceto Michael e Josh que estavam em diferentes prisões.

O time sabia muito pouco sobre Josh, exceto que ele tinha sido transferido para Slattersville. E Michael ainda estava na prisão de Clanston.

"Ok time."Anthony olhou para o grupo e apontou para a água e copos colocados à mesa. "Deborah nos proveu com líquido fresco para nossas gargantas secas. Sintam-se livres para se servirem."

Enquanto os demais passavam a jarra ao redor ele continuou. "Primeiro, precisamos dar as boas-vindas aos nossos visitantes, Chris e Tadd, para nossa reunião. Como a maioria de vocês já sabe, esses homens não se comprometeram com nada. Nem sabemos se eles foram chamados. Mas, ambos pediram para fazer parte deste encontro apenas para escutar quem somos e aprender sobre coisas que tem ocorrido durante nossa busca."

Murmúrios de cumprimentos vieram dos membros do time.

Então Anthony acenou para os visitantes. "Se

– a qualquer momento durante a reunião – você não sente que esse time e suas perseguições são o que Deus tem como Seu plano para você, eu o encorajo a simplesmente se levantar e sair."

Ele pausou e olhou para cada um deles, visitantes e time também. "Este trabalho é uma missão especial e não é para qualquer um. Todos precisamos leva-lo muito a sério."

Um por um, acenaram que compreenderam enquanto ele olhava para cada uma deles.

"Eu sinto que Deus está preparando este grupo para tempos de batalhas espirituais, possivelmente em uma escala que ainda não enfrentamos."

Os visitantes olharam de volta para Anthony com os olhos arregalados.

Ele sentiu o peso da responsabilidade que Deus tinha colocado sobre ele e queria transmitir isto ao time. "Eu sei que outros lutam ao nosso lado porque eu tenho visto o exército espiritual acampado ao nosso redor durante várias dessas batalhas. Vocês têm alguma pergunta?"

"Quem são os que compõe esse exército oculto?"

"Esta é uma boa pergunta, Chris. Eu creio que são anjos que Deus enviou para nos acompanhar." Novamente Anthony olhou para cada um. "O exército celestial são revestidos com armadura, e eu os vi ajoelhando na presença do Senhor e a Seu comando. Vocês devem compreender, isto é uma batalha de Deus. Nós não entramos na batalha sozinho."

"Vocês recebem armaduras também? Tadd perguntou.

Abby colocou a mão sobre a mão de Tadd. "Eu tinha armadura no dia que eu lutei por você. Mas, pelo que eu posso contar, aqueles que não fazem parte deste time não são capazes de vê-la."

"Isso mesmo." Anthony se inclinou para frente. "Somente aqueles que tem servido ao Senhor e então chamado ao serviço por Ele podem ver o que nos protege."

Está bem." Tadd concordou. Isto faz sentido. Então como você recebe esta armadura?"

"Boa pergunta." Abby se ajeitou em sua cadeira. "Para mim, eu apenas mantenho a fé. Às vezes Deus me diz que a batalha está prestes a acontecer e que eu não tema porque a batalha é Dele. Então a armadura simplesmente aparece – normalmente a armadura de corpo de repente me cerca, a espada em uma das mãos, o escudo na outra, e por fim o capacete se ajusta em minha cabeça."

"Sim." A voz de Tadd era cheia de temor. "Eu não pude ver a batalha mas, eu ouvi Deus dizer a Abby que a batalha era Dele. Deus deve ter visto algo especial em cada um de vocês.

Anthony encolheu os ombros. "Eu não sei nada disto." Somos pessoas comuns."

"Todos nós começamos como almas perdidas," Janet concordou. "Viemos a nos dar conta que estávamos perdidos quando o Espírito Santo nos convenceu do pecado."

"Exatamente. Alguns, como minha irmã Janet, eram cristãos há muito tempo antes do time se formar."

Janet continuou a narrativa. "Ele parece nos enviar a outras pessoas para ajuda-los em suas tribulações. Mas, somente depois que cada um aceitou a Jesus, que Ele nos chamou e nos permitiu ir nesta batalha um pelos outros."

"Mas, pelo menos vocês sabiam que Deus os protegia," disse Chris.

"Sim, mas durante algumas batalhas muitos de nós acabaram feridos, e durante outras, não tivemos um arranhão ao final."

"Então, ainda é um salto de fé? Tadd perguntou.

"Anthony concordou. "Muito. O único modo de derrotar nossos inimigos – os demônios que nos aflige – é ter fé, permanecer firme e clamar o nome de Jesus."

"Isto é incrível," disse Chris.

"Todas as batalhas foram, na verdade, Dele.

Eu lutei por Michael. Então três guerreiros, Abby, Michael e Janet batalharam por Josh. E, mais tarde Josh lutou por Abby."

"E ontem eu lutei por você." Abby estendeu a mão e comprimiu o antebraço de Tadd. "O time cuida um dos outros."

Anthony elevou suas sobrancelhas para Abby. Você não tinha nos contado os detalhes sobre esta batalha, ainda."

"Foi quando eu ouvi Deus falando com ela." Tadd olhou para Abby. "Pelo que eu pude ouvir ela enfrentou um inimigo nojento."

"Todos eles são nojentos," Anthony concordou. "Está bem, agora, vamos falar sobre onde estamos, no que diz respeito a planos de batalha. Nós temos Josh na prisão de Slattersville."

Tadd inclinou-se para frente. "Desculpe-me, mas você disse Slattersville?"

"Sim, eu acho que é onde nós todos estaremos afinal. Eu ouvi Abby dizer algo sobre você estar indo trabalhar lá, Tadd?

"Sim." Tadd concordou. Por isso eu perguntei. "Uau. Você acham que é uma mudança de Deus?

"Tudo tem a mão de Deus," Chris falou. "Tudo que tenho feito em meu ministério com crianças foi feito sob o ponto de vista de Deus."

O time murmurou amém e concordaram.

"Chris, parece que você está interessado na batalha espiritual." Anthony buscou o rosto do jovem.

"Se Deus chama, estou disponível." As palavras de Chris soaram com convicção. "Estou totalmente inspirado pelas histórias de vocês e quero ser parte de tudo que Deus está fazendo aqui."

"Ótimo. Permaneça em oração o máximo que puder, para ficar na Palavra de Deus, e ouça a voz do Espírito Santo. Este é o caminho pelo qual você é chamado, se for a vontade de Deus."

Chris acenou concordando.

"Isto serve para você também, Tadd. E para todos nós também," Anthony disse. "Como a maioria já sabe, eu planejo me mudar para cá permanentemente. Somente não sei se Becky vai querer isto, e eu realmente preciso de minha família por perto. Ben precisa de mim. Eu falarei com ela durante toda esta manhã." Orem a Deus que ela aceite, mas quem sabe? Somente Deus. E somente Deus poderia plantar esse desejo dentro de minha esposa.

"Chris, Tadd, estamos todos orando por vocês e o que Deus deseja para ambos," Anthony afirmou aos dois homens.

Eles olharam uns para os outros e então de volta para Anthony e acenaram com a cabeça em concordância.

"Vamos também gastar tempo e oração fervorosa por todos nossos familiares e como eles lidarão com essas mudanças. Então nos encontraremos aqui novamente, amanhã à noite.

~*~

Ao voltar para a cela, Cobra subiu de volta ao beliche e enrolou-se como antes.

Josh olhou para o colega e se perguntou se poderia persuadi-lo a conversar. "Uh, Cobra, como você conseguiu esse nome?"

Não houve resposta imediata. De fato, passaram dois ou três minutos de silêncio.

"Enrolei meu caminho para cima desta cidade."

"Entendo."

Cobra fixou o olhar nele. "Não. Você não entende. Poucos sabem tudo que se passa neste buraco do inferno de cidade, e eu sou um deles. Só porque eu estou aqui não quer dizer nada. Eu ainda sou o Rei Cobra, e você poderia ser um rato. Você sabe o que uma cobra faz com um rato, não sabe?

Josh recuou. Ele não disse mais nenhuma palavra com Cobra, mas com certeza falou muito com Deus.

CAPÍTULO 37

As duas mulheres curtiram o chá gelado na varanda onde estavam sentadas em cadeiras dobráveis com vista para o jardim.

Becky amou o toque especial que Deborah tinha com as flores e vegetais. Ela nunca tentou muita coisa no quintal de onde morava em Nova Iorque. Claro, se Anthony ficasse distante ela talvez devesse.

Ben se esparramou pelo jardim, comendo um tomate maduro quando Anthony apareceu do outro lado da casa. Ben correu na direção de seu pai com o suco caindo pelo queixo. Ele estendeu o vegetal vermelho.

"Papai, olha o que Sra. Deborah me deu."

"Anthony acenou para o Ben, acarinhou seus cabelos, e olhou para Becky. "Podemos conversar, querida?

Levantando-se de sua cadeira, Deborah estendeu suas mãos para Ben. "Vamos carregar o restante dos vegetais que colhemos esta manhã para dentro de casa. Podemos mostra-los para sua tia Janet. Eu aposto que ela vai querer um dos tomates também."

"Ok." Ben disparou na frente de Deborah

para dentro de casa.

"Obrigado, Deborah," Anthony agradeceu enquanto ela saía.

Seu marido estava ainda tão lindo quanto antes.

Becky estava feliz por ter vindo. Mas a iminente conversa a deixou preocupada de certa forma.

Anthony foi e sentou-se na cadeira desocupada por Deborah. "Querida, estava me perguntando se você chegou a pensar mais sobre mudar-se para cá e ficar comigo."

Becky hesitou, deu uma olhada no jardim e voltou-se para ele. "Anthony, ser uma nova Cristã é muita pressão para mim. É tudo uma experiência nova e estou tentando decidir o que Deus quer que eu faça."

Você acha mesmo que Ele não quer nossa família unida? Eu não planejo para nós vivermos neste chalé permanentemente. Teremos nossa própria casa, eu prometo.

"Para dizer a verdade, estou um pouco temerosa, e eu sinto que preciso ir devagar."

"Eu posso gostar disso. Mas-

"Sua vida consiste em batalhas com demônios. A minha apenas ler minha Bíblia e aprender a orar."

"Eu compreendo. E -"

Não, Anthony, Eu não acho que

compreende. Eu quero estar cercada de amigos Cristãos que eu conheça, e em quem eu possa confiar para ajudar-me."

"Becky, Eu sei que você vai amar a igreja que Janet e eu encontramos aqui. A igreja da Abby. É bem parecida com aquela que deixamos em Nova Iorque."

"Você não está me ouvindo. Eu quero ser capaz de participar da igreja na qual eu já estou familiarizada. Eu quero ficar no meu trabalho por agora e deixar Ben ir na escolinha que ele está acostumado, pelo menos, até eu saber se Deus quer que eu mude."

O sorriso de Anthony sumiu. "Ah Becky, eu queria você e Ben comigo. Eu sinto muito a falta dos dois. Você parece não compreender o quão eu desejo vocês dois."

Isto não se trata realmente sobre o que eu quero ou o que você quer. É sobre o que Deus quer de ambos." *"Ele não podia ver como ela estava sofrendo também?*

"Estou certo que eles precisam de Esteticista em Ohio. Seu talento especial com cuidado da pele será de grande valia aqui."

Oh como o homem sabe como provocar. Eu não posso me mudar até saber que é verdadeiramente a vontade Dele."

Anthony levantou-se e se afastou dela.

"Eu sei que não é o que você queria ouvir, e

eu sinto muito por isso."

"Esqueça, seu marido disse bruscamente. Ele seguiu em direção à casa.

Becky franziu a testa e levantou-se também. "Acho que é hora de ir." Uma lágrima escorreu pelo seu rosto enquanto ela se dirigiu em direção à casa para pegar Ben, dizer adeus e agradecer Deborah pela hospitalidade.

Por que seu marido nunca a escuta verdadeiramente? Chegar ao coração de suas necessidades?

Quando ela entrou na casa Janet estava jogando um jogo com Ben e é claro, deixando-o ganhar.

"Onde está Deborah? Becky perguntou.

"Ela tinha um compromisso, então eu tive que passar um tempo com meu sobrinho favorito."

"Tia Janet, eu sou seu único sobrinho." Ben retrucou com um sorriso.

"Seria ainda meu favorito, mesmo que tivesse uma dúzia." Janet disse a ele, dando-lhe um tapinha na mão.

Becky olhou para Anthony que se inclinou contra o balcão fingindo ver o jogo. Ela podia deduzir pelo seu olhar, que ele estava preocupado com tudo que eles disseram um para outro.

Chris assistia ao jogo deles, também, mas

olhou para Becky quando ela entrou.

"Então Chris. Está pronto para voltarmos?"

"Bem, Sra. Becky, muito obrigado por me trazer aqui, mas decidi ficar por alguns dias."

"Por nada, em relação a carona, claro," Becky disse. "Mas você vai realmente ficar em Ohio?"

"Sim, Sra. Deborah me disse que eu poderia continuar usando seu quarto extra até decidir o que quero fazer. Sendo assim, eu aceito ficar por mais um tempo. Eu posso me virar com as poucas roupas que trouxe comigo. E, é claro, eu posso conseguir mais em uma das lojas locais se precisar.

"Ok." Becky suspirou. "Ei, Ben, precisamos ir pois assim podemos chegar em casa antes da meia-noite."

"Ah, mamãe," ele choramingou. Eu não quero deixar o papai."

Ben, ouça sua mãe. Anthony disse. "Apresse e ajude a tia Janet a guardar o jogo."

Com o rosto emburrado, Ben começou a juntar as partes do jogo.

Becky capturou os olhos de Anthony, e ele esboçou um sorriso.

Encorajada, ele sorriu de volta. "Você me leva ao apartamento para pegar minha bagagem?

"Claro." Ele foi até a porta e a abriu para ela.

Eles saíram pela porta da frente e

caminharam até o chalé de convidados.

"Sinto muito falar com você brutamente em minha decepção. Eu te amo, e espero um dia ter você e o Ben por perto."

"Eu sei. Eu te amo, também e vamos orar mais a esse respeito.

Anthony agarrou a bagagem dela, e ela levou as de Ben que eram mais leves. Eles foram lado a lado até o carro e até mesmo o humor de seu marido parecia mais leve.

Quando chegaram ao carro, Becky ficou na ponta dos pés e o beijou.

"Tenha cuidado," Ele sussurrou.

"Teremos. Deus cuidará de nós."

Anthony a beijou novamente e a ajudou a entrar no carro.

Ben veio correndo da casa e agarrou as mãos de seu pai. "Tchau papai. "Tchau, tchau pica-pau."

"Tudo bem, João ninguém." Anthony brincou de volta, enquanto ajudava Ben a abrir a porta do carro e apertar o cinto de segurança.

Com um aceno para o marido Becky deu ré no carro e puxou-o para a rua, sabendo que estava fazendo a coisa certa.

Ela não se acostumou mais com a ideia do que estava acontecendo em Clanston, e então Deborah mencionou que o companheiro de cela do marido dela, outro membro da equipe, tinha sido transferido para uma prisão em Slattersville.

Noite passada, enquanto esperava pelo retorno de Anthony ao chalé de convidado, Becky usou o notebook de Janet no escritório do time para descobrir mais sobre Slattersville. O que ela aprendeu a aterrorizou.

A cidade era cheia de mistério. Anthony iria querer mudar para lá depois?

~*~

Anthony caminhou em direção a casa, devastado.

Janet o encontrou na porta de entrada e ele esperava que ela o confortasse ou tentasse elevá-lo.

"Eu queria lhe dizer, eu sinto Deus me chamando a ajudar o Pastor Joe. Eu sinto que ele está depressivo por cause da enfermidade e ter que largar sua liderança da igreja. Eu acho que o pobre homem precisa de algum resgate."

Isto não é o que ele esperava ouvir da boca de sua irmã. "Você mal conhece o homem, e ele tem o filho dele que está cuidando das coisas agora. Tem certeza que ouviu um chamado de Deus, ou é bom pretexto para ficar perto do filho dele?

Janet fechou a cara e retirou o olhar de Anthony.

"Todas as batalhas não precisam ser

combatidas com você ao centro, irmão querido."

Opa. Anthony abriu a boca para pronunciar um comentário sarcástico à sua irmã. *O que há de errado com você?* Ele queria dizer. Ah, como ele queria cuspir aquelas palavras. Mas algo o fez calar.

"Olha, Anthony," Janet continuou, "Eu tenho uma vida pessoal, também. Você tem Becky e Ben, mas eu estou sozinha. E para sua informação, eu não gosto disto."

A vergonha o atingiu bem na ferida. Como ele podia? Anthony colocou seus braços em seus ombros. "Ah, mana. Você não está sozinha, estamos aqui por você. Somos todos sua família."

"Você está falando do time. Bem, às vezes ter irmãos ou irmã não é o suficiente."

"Sabe de uma coisa, mana? Quando você coloca desse jeito, eu tenho esposa e filho. Mas, como você pode ver, estou sozinho."

Janet virou-se bruscamente e voltou para dentro da casa, deixando Anthony de pé lá sacudindo sua cabeça.

CAPÍTULO 38

Dra. Sandra Beazel estava em uma extremidade da área de espera e acenou para sua paciente. "Você pode vir, Sra. Reeves."

Deborah ficou tímida. Ela seguiu por um caminho passando por umas revistas de moda e cadeiras estofadas na sala de espera e se juntou ao psicólogo em um corredor que parecia ter quilômetros.

Ela seguiu a médica em um consultório luxuoso e sentou-se em um sofá que era colorido e confortável.

"Você tem um consultório adorável," Deborah disse com um sorriso.

"Sim, é mesmo. Foi decorado por um PHD em moda que esteve antes de mim." A gargalhada da Dra. Beazel foi agradável e deu a Deborah uma sensação confortável.

"E por favor, me chame de Sandra."

"Tudo bem, e meu nome é Deborah." Seus olhos varreram a sala e se voltaram para o rosto de Sandra. "Eu sinto um pouco sem graça ao vir aqui. Nunca estive em um psicólogo antes."

"Não pense em mim como doutora. Vamos

ser apenas duas amigas enquanto você partilha um pouco sobre você mesma e sua situação."

"Soa melhor assim. Vejamos. Tenho trabalhado no mesmo lugar por dez anos. Sou casada, sem filhos. Meu marido, Michael, foi preso e colocado na cadeia alguns meses atrás por Dirigir Embriagado."

Sandra olhava nos olhos de Deborah e acenava. "Pode ver como isso pode ser estressante."

"Sim, foi sua terceira ofensa, então ele está cumprindo seis meses de reclusão."

"E você sente falta dele."

"Bem, antes disso ele era muito agressivo comigo e tinha problemas de raiva. Mas, desde que se tornou um Cristão, ele deixou essas coisas e tem realmente sido bom e gentil comigo, então, sim, sinto sua falta."

"Eu sinto que há mais coisas?"

"Sim. Veja, ele tem estado mais agitado e frustrado desde que ele foi encarcerado." Deborah parou de falar e colocou suas mãos trêmulas sobre seu rosto. "Agora eu estou com medo." Eu não posso aceitar que ele volte a me abusar. Simplesmente não posso."

Sandra colocou sua mão sobre o braço de Deborah, "Eu compreendo. É uma coisa difícil estar separada de quem você cuida e também se sentir o peso de toda esta raiva."

Deborah olhou para os olhos doces e carinhosos de Sandra. "Obrigada. Eu precisava ouvir que alguém compreendia."

Deixe-me perguntar algo mais sobre o seu marido."

"Tudo bem."

"Ele tem algum interesse especial? Pode me dizer sobre o que ele era apaixonado antes de ir para prisão?

Deborah olhou distante por um momento então olhou para a doutora. Ele era apaixonado com o time."

"Time? A doutora perguntou. "Que tipo de time você está falando?

"Você pode- hum, eu queria dizer que você pode me achar uma louca."

Ambas riram disto.

Então Deborah explicou sobre a vinda de Anthony ao hospital e lutar com os demônios que tinha atribulado ambos, ela e Michael. Como isto levou à conversão de Michael e sua adesão ao time de Guerreiros.

"Eu não sei tudo que aconteceu depois disto, mas eu sei que o time é centro da existência de Michael."

"Soa interessante." Mas, fico imaginando onde você se encaixa nisto tudo. Você não está em nenhum lugar no centro de existência dele?

Deborah baixou a cabeça para suas mãos e

torceu seu anel de casamento em seu dedo. "Bem, eu penso que a sentença da prisão cuidou deste aspecto de nosso relacionamento. Claro, eu não acho que time foi a causa da separação. E para ser sincera, eu gostei de tê-los comigo durante este tempo. O time tem sido um conforto para mim como para o Michael também."

"Deborah, você ama Michael? A doutora questionou.

"Sim. Sim eu amo. Eu apenas quero que as coisas voltem a ser como eram após ele aceitar Jesus. Mas, eu não sei como chegar lá daqui." Ela olhou novamente para a doutora.

"Não se preocupe, eu a ajudarei a encontrar um caminho de volta. Mas, eu quero encontrar com este time que você me disse. Isto deve ajudar-me a compreender um pouco melhor onde você se encontra no momento."

"Há uma reunião amanhã à noite, se você quiser vir. Eu anotarei o endereço."

"Parece ótimo, "a doutora respondeu com um sorriso.

~*~

Naquela noite Anthony deitou em sua cama, olhando para cima no teto. Becky estava tão determinada a ficar em Nova Iorque. Ela não lhe deu chance de explicar nada mais.

Como ele queria partilhar com ela sobre

Despertar

seus sonhos da sua própria empresa de advocacia. Ele queria que ela se animasse com ele, sonhar com ele, mas ela definitivamente não estava com humor para ouvir sobre isto esta manhã.

Ele se chutava mentalmente porque ainda não tinha olhado para as possibilidades de dermatologistas que precisavam da especialidade de Becky.

Como ele poderia sobreviver sem sua esposa e filho aqui ao lado dele?

Eu me pergunto onde eu poderia ir nesta hora da noite para tomar uma bebida.

Velhos hábitos e encontros perturbavam sua mente e seu corpo.

Se pudesse ter apenas uma dose, eu provavelmente poderia relaxar e assim dormir.

O telefone soou. Era Janet.

"Anthony, chegarei tarde em casa," ela disse sem dar motivo.

"Ok. Está tudo bem?"

"Claro, eu sou uma garota crescida, você sabe."

"Eu sei, Janet, Eu apenas me preocupo. Precisamos conversar."

"Mais tarde. Amanhã talvez. Não fique acordado me esperando. Boa noite."

Anthony olhou para o telefone em silêncio e bateu em sua testa. *O que está acontecendo com ela? Rapaz, eu preciso beber algo.*

Mas, em vez de sair caçando um bar ele bateu em seu travesseiro.

Era hora de verificar Slattersville, não apenas para ele mesmo, como um bom líder, Anthony sabia que devia isto ao time.

~*~

"Pastor Joe, pode me dizer porque se sente tão deprimido?" Janet colocou sua mão em suas mãos velhas e murchas.

O cavalheiro ancião parecia incapaz de falar no momento.

Ela esperou.

"Eu não sei. Eu gostaria de saber. Eu tenho sido pastor desta igreja por trinta anos, e apenas me sinto infeliz. Eu insatisfeito e desapontado comigo mesmo."

"Você falou com Deus sobre isto?"

O coração dela se partiu diante da expressão de dor que cruzou o rosto do ancião.

"Eu não tenho sido capaz de falar muito com Deus ultimamente. E eu me envergonho disto," ele suspirou.

"Não precisa ficar envergonhado. Deus compreende."

"Será?" Eu, ao contrário, acho que Ele deve me condenar."

"Deixe-me orar por você." Janet tomou suas mãos. "Deus, como sou agradecida de ter me familiarizado ao Pastor Joe recentemente. Ambos somos gratos por saber que você ama e perdoa a cada um de nós. Por favor conforte este homem de Deus esta noite e clareie suas dúvidas."

Ele agarrou suas mãos quando ela terminou de orar. "Você voltará a falar comigo novamente? Orar comigo assim?"

"Com certeza, eu virei." Novamente ela se preparou para sair. "Eu voltarei amanhã. Agora pense em falar com Deus você mesmo. Ele está sempre perto de nós, você sabe, e se prepare para ouvir."

Ele sorriu e acenou.

"Você descanse agora."

Ela saiu do pequeno apartamento, e assim que Janet se afastava, ela ouviu alguém a seguindo. Ela parou e inclinou sua cabeça para ouvir melhor. Com certeza, as pegadas se aproximavam.

Janet girou colocando sua mão no coração. "Robert, você me mata de susto," ela exclamou assim que o reconheceu.

"Sinto muito, Janet. Eu ouvi alguém caminhando perto do apartamento do papai, e decidi ver quem estava visitando. Perdoe-me por surpreendê-la." Então deu um sorriso. "Quando eu saí eu não esperava encontrar uma senhorita tão linda."

Elogios não vão te levar a lugar algum."
Janet se encolheu. *Não acredito que eu disse isso a um pastor.* Suas bochechas queimaram, e ela sabia que estava corada. Ela esperava que Robert não pudesse ver bem com a luz moderada na área de estacionamento.

"Deixe-me acompanhá-la até seu carro."

Era bom estar caminhando ao lado de um homem. Para sentir a força dele. Fazia muito tempo que fora escoltada em qualquer lugar.

Quando ela alcançou a tranca da porta de seu carro, Reverendo Robert pegou sua mão e apertou. "Eu espero que venha logo visitar papai novamente. Avise-me quando vier, e eu cozinharei algo para nós."

Ela deslizou para dentro do carro e deu a partida. Enquanto saía do estacionamento, ela olhou pelo retrovisor. Ele ainda estava de pé observando ela partir.

Seu coração cantava durante a volta para casa.

~*~

Josh ouviu o som de pés calçados de sapato correndo por uma rua pavimentada.

Em um armazém antigo em Slattersville, um painel de vidro quebrou.

Um homem estava no meio de um grupo de jovens baderneiros e falou com uma voz raspada: "Anthony, você será quebrado como aquele copo, em mil pedaços, e ninguém saberá seu nome exceto eu."

Um barulho demoníaco emanou do demônio – Apolion – em algum lugar entre gargalhadas e gritarias.

Josh ficou parado no lugar enquanto uma faca brilhava na mão de alguém completamente vestido de preto.

O agressor circulou em torno de Josh e veio atrás dele em um instante. Ele sentiu a ponta da lâmina de faca tocar suas costas.

De repente, uma luz brilhante explodiu na cela. Uma voz trovejante falou do meio da noite. "Não temas.

Diga-lhe o que você sabe, guerreiro.

Diga o que a quem? Josh acordou encharcado de suor e seu coração acelerado.

Minutos depois, respiração de volta ao normal pelo ronco insistente de seu colega, Josh ponderou o que poderia ter sido aquele sonho.

Ele precisava saber a resposta logo. Ele tinha falado com Anthony, e ele tinha que pressionar Cobra para obter informações – pelo menos mais uma vez.

CAPÍTULO 39

Na manhã seguinte Anthony cronometrou sua viagem em quarente e cinco minutos até a placa limite da cidade de Slattersville.

Com a avenida principal tão vazia, ele não ficou surpreso que a maioria do comércio parecia estar fechado. Tábuas cobriam as janelas, e ele não via pessoas em lugar algum.

Ele circulou o quarteirão no final da rua e encontrou casas que também pareciam há muito abandonadas. Muitas janelas quebradas, e as gramas na altura do joelho na maioria dos jardins.

Carros antigos, alguns com pneus furados, estavam estacionado aqui e ali, os pneus cercados de capim alto e ervas daninhas.

É difícil de imaginar que alguém já viveu nesta cidade fantasma.

Contudo, um posto de gasolina parecia aberto no centro de tudo, e um pequeno buraco na parede tinha uma placa que simplesmente dizia COMIDA pendurada na parede exterior, enquanto outra placa abaixo ostentava ABERTO 24 HORAS.

Se fosse para piorar, ele poderia parar ali

para informações.

Após dirigir um par de quarteirões, ele viu algum tipo de posto médico na próxima esquina. Poucos carros estacionados próximos que pareciam em boas condições.

Talvez a cidade não fosse totalmente abandonada afinal.

O que parecia uma placa de advogado que estava pendurada na frente de outro edifício, caíra e agora estava descansando em um ângulo sobre o concreto da entrada da frente.

O escritório vazio olhou com o tamanho certo para a sede do time. E realmente, eles precisavam parar de aproveitar a hospitalidade de Deborah

Tomando uma decisão de verificar, Anthony estacionou em frente ao escritório de advocacia abandonado, saiu, caminhou cuidadosamente pela grama alta e subia os degraus. As tábuas deram um pouco em seus passos firmes, e ele pisou o resto do caminho mais cautelosamente, parou bruscamente quando percebeu que a porta tinha um cadeado nele.

Anthony tentou espiar pelo vidro sujo da janela, mas não pôde ver nada.

Desapontado, ele retornou para seu carro imaginando onde encontrar mais informações sobre o escritório vazio, mas ao se aproximar da porta de seu carro, o velho prédio médico chamou sua atenção. Por que não? Ele se encaminhou para aquela direção.

Assim que alcançou o porta da frente do velho prédio, ele ouviu um barulho de algo raspando. Alguém puxou a porta do outro lado, e quando ela abriu, uma garota séria saiu. Ela parecia ter dez anos de idade, e tão sombria como tudo ao redor.

"Oi," Anthony disse com o que ele esperava fosse um sorriso simpático. Ela silenciosamente se virou para alguém além de sua linha de visão.

Ele ouviu um som como o engatilhar de uma arma e se abaixou contra a parede externa.

"Quem está aí?" Gritou uma voz feminina.

"Sou Anthony Markson. Perguntando sobre o prédio ao lado."

"Não sei de nada sobre ele," a voz passou pela rachadura de uma porta. "Melhor você não ficar cutucando por aí a esta hora do dia. Você pode ter uma bala na cabeça."

"Desculpe." Anthony retornou e caminhou o mais depressa pelos degraus em direção ao seu carro.

Talvez Becky tivesse certa. Este era um lugar muito perigoso, e ainda era dia claro.

Certamente ele queria dar uma olhada na prisão, uma vez que estava aqui, mas agora ele apenas queria voltar para Clanston. Pelo menos ele não se arriscaria olhar o cano de um rifle. Anthony pulou dentro de seu carro e foi-se embora.

~*~

Do outro lado da rua do escritório deserto, alguém assistiu a tudo que tinha acontecido, observou a fumaça preta e cinza que cercava os edifícios e cheirava o fedor no ar.

O observador balançou a cabeça e perguntou-se onde ele se encaixava - se ele se encaixava de fato - no meio deste turbilhão de pesadelo.

Ele havia deixado sua espada há muito tempo, e parecia que não havia ninguém forte o suficiente para lutar agora.

Com um suspiro de desespero, ele caminhou pela rua, virou-se na esquina e desapareceu

~*~

Naquela noite quando Josh retornou da ceia, ele encontrou Cobra já na cela, deitado em seu tradicional jeito feito feto, em seu beliche.

"Hã, Cobra. Eu gostaria de fazer umas perguntas."

Ele não teve resposta, mas a cabeça de Cobra moveu-se.

"De onde você vem?

Cobra desceu do beliche inferior e agarrou Josh pelo pescoço, "Quantas vezes tenho que dizer para calar essa boca?"

Neste momento um guarda veio no corredor com outro prisioneiro ao seu lado. "Fique aqui. Não mexa."

Então adentrou na cela. "Cobra, coloque-o no chão agora."

Cobra olhou firme para o guarda, mas soltou Josh.

Josh caiu em suas costas no chão frio de concreto. Sua garganta queimava como fogo, e se esforçava para respirar. Mais fraco do que um recém-nascido, ele não tinha força para se levantar de onde havia caído.

O outro prisioneiro, de pé do lado de fora da cela riu. "Não se preocupe, Cobra. Quando eles mudarem você para a outra cela, talvez Sr. Estúpido vai gostar mais do seu novo colega de cela."

Josh estava fraco, mas não tão fraco que não pudesse questionar sobre as palavras que o outro prisioneiro tinha dito a eles. *O que ele quis dizer? Por que eles mudariam Cobra com tanta frequência?*

"Sim," Cobra respondeu para o outro prisioneiro, "Você está certo, Sammie, vamos ver se ele vai perguntar ao Big Jax todas estas perguntas estúpidas."

Ao som do nome de Big Jax a tremedeira começou. Josh olhou para o guarda, terror percorria em seu corpo, mas ele foi incapaz de falar uma palavra.

O guarda olhou para ele, então encolheu o ombro e seguiu caminho com o outro prisioneiro.

Suor frio brotou da testa de Josh. *Oh Deus, como pôde deixar que mudassem meu inimigo para cá?*

Não tinha sido por isso que eles tinham mudado ele da prisão de Clanston?

Josh virou a cabeça e olhou diretamente para o rosto mal-encarado de Cobra. Pela primeira vez, Josh percebeu que os dentes dos incisivos da cobra se assemelhavam a presas.

Cobra jogou a cabeça para trás e sibilou uma risada raspada e zombadora enquanto se deitava de volta ao beliche.

CAPÍTULO 40

Doutora Beazel tinha sido psicóloga por dez anos agora, e uma Cristã por quase vinte anos. Ela tinha muitos pacientes que sofriam em suas mentes e corpos, mas eles a ensinaram muito. Em seus estudos, demônios pareciam ser o resultado de um desequilíbrio psicológico. Contudo, a prática de Sandra tinha mostrado que ela estava errada. Ela tinha concluído que a maioria das pessoas que pareciam ser afligidas, sofreram em uma vida sem a direção de Deus.

E agora ela descobriu um grupo de pessoas que pareciam estar enfrentando os demônios de frente. Curiosidade e emoção construídas à medida que o tempo se aproximava da reunião.

Sandra tinha seguido cuidadosamente o endereço para a casa de Deborah em Clanston. Uma vez que ela entrou na rua, sua anfitriã acenou da janela e veio correndo cumprimentá-la.

Uma vez dentro, Deborah apresentou a doutora para os membros do time que havia se reunido.

"Olá, todos, esta é Dra. Beazel." Deborah aumentou sua voz para ganhar a atenção, e então ela disse o nome de cada um ao redor da mesa, para facilitar para Sandra.

"É um prazer conhecer a todos. Como eu disse a Deborah ontem, por favor, me chamem de Sandra. Estou contente que tenham permitido encontrar vocês hoje."

"Bem-vinda, Sandra. Felizes em tê-la conosco." Anthony estendeu as mãos. "Por favor assente-se."

"Ele puxou duas cadeiras." "E Deborah, junte-se a nós também, se você quiser."

"Deborah concordou e tomou assento na cadeira ao lado de Sandra. "Obrigada."

"Ok, pessoal, vamos começar." Anthony esfregou sua mão em sua testa. "Eu preciso dizer a vocês sobre minha experiência hoje em Slattersville."

"Você foi sem nós?" Abby fez um beiço, fingindo chatear-se, depois deu um sorriso. "Bem, vamos ouvir então."

Ele fez uma cara de bobo para ela. "Se vocês estivessem lá, talvez vocês pudessem ter visto o que eu vi. Então eu poderia ter ficado no carro. "Sua expressão ficou séria. "Não era exatamente o que eu esperava. Na verdade, foi bastante perigoso."

"Nós temos enfrentado o perigo." Abby jogou a cabeça e seu rabo de cavalo balançou para frente e para trás. "Como isso foi diferente?"

"Por um lado, eu tive uma arma engatilhada e apontada para mim."

"De novo não, Anthony." A voz de Janet vacilou com medo. "E a sua armadura. O Senhor não lutou por você?"

"Tudo bem, estou bem." Ele se aproximou e tocou nos ombros de Janet. "Mas esta não será uma tarefa fácil. Eu não vi muito dos hábitos das pessoas lá, e muitas casas e empresas estão em ruínas."

"Que decepção."

Ele assentiu. "Eu encontrei um prédio que parecia ter sido um centro médico à primeira vista, mas quando me aproximei, a pessoa lá dentro não estava a fim de me dar informações." Anthony deixou seu olhar iluminar cada um ao redor da mesa.

"Eu apenas queria perguntar sobre um prédio ao lado. Parecia ter sido um escritório de advocacia- ou pelo menos, eu vi uma placa de advocacia lá. De qualquer maneira eu fui à porta da antiga clínica e bati, uma garotinha abriu."

"Ela estava em perigo? Você acha que você foi enviado para ajudá-la?"

"Eu não posso responder a isto. Mas, em algum lugar dentro da escuridão, alguém com uma arma não deu uma calorosa boas-vindas."

"Você não devia ter ido sozinho, Anthony." Janet falou mais afiada do que o normal.

"Você provavelmente esteja certa. Na minha avaliação eu não sei mais do que eu sabia antes de ir. Eu nem sei quem contatar sobre o prédio de advocacia desocupado, então eu saí."

"Talvez eu possa ajudar com este assunto, se me permite," Sandra falou então.

Todos do grupos se viraram para ela, sem entender, e deram a devida atenção.

"Por favor, diga. Necessitamos de toda ajuda que conseguirmos," Anthony a encorajou a prosseguir.

"Quando você disse o nome de Slattersvile, eu imediatamente soube por que Deus me trouxe aqui hoje. Veja, eu costumava dar consultas neste mesmo prédico médico."

"Uau. Falar em coincidências."

"Você está certo. Havia um escritório de advocacia ao lado do posto médico. De fato eu conheço o homem que é proprietário do prédio, e posso provavelmente conseguir a chave se você cuiser."

Anthony olhou para ela com espanto. "Deus está realmente operando em nosso favor esta noite. Obrigado, Sandra."

"Anthony, o que você está pensando a respeito deste prédio? Chris perguntou.

"Bem, esta é uma das coisas que eu queria

falar com todos vocês esta noite." Anthony mais uma vez lançou o olhar a cada um. "Eu achei que o prédio pudesse ser um lugar de nosso encontro, um dia.

O resto do time olhou para ele com espanto, perguntas e ansiedade brilharam em seus olhos.

"Precisamos deixar de abusar da hospitalidade de Deborah, ele continuou.

"Mas, eu gosto de tê-los aqui," Deborah protestou.

"Isto me ajuda a não ficar sozinha enquanto Michael não está aqui."

"Isto não está definido, claro. É somente um sonho. Apenas como meu outro sonho."

"Diga-nos sobre este outro sonho, Anthony."

"Eu acho que todos sabem que eu fui um sócio sênior no escritório de advocacia Dickerson, Markson, e Clark em Nova Iorque."

Os demais concordaram.

"Quando Deus me enviou a Ohio, Eu pedi demissão e trouxe um dinheiro comigo. Eu realmente gostaria de abrir meu próprio escritório de advocacia aqui em Clanston."

"Esta agora foi uma boa notícia, meus amigos." O sorriso de Abby foi contagiante.

Chris levantou-se e apertou sua mão, seguido de Tadd.

"Obrigado a todos vocês, mas que vocês

estejam certos de que Slattersville é um lugar perigoso. Todos precisamos pensar a respeito e orar, porque quero que cada tenha ideia do que enfrentará quando irmos até lá."

"Esta é uma tarefa difícil," Tadd disse.

"Esta é a palavra que Michael usou." Anthony gargalhou ao se lembrar. "Eu sei que Deus tem um plano para Slattersville, porque Josh já está lá. Tadd, você vai trabalhar lá em breve, e agora Sandra vem dar-nos mais informações que necessitamos para começarmos."

"Deus falou diretamente a você sobre isto, Anthony?" Janet perguntou com uma voz suave incomum.

Anthony olhou para ele. "Bem, não, não diretamente, mas olhe as circunstâncias. Certamente esta visão é Dele. Em Deus, não há coincidências, mas *Deus-cidências.*" Ele se virou para ter a aprovação dos outros.

Cada um acenou positivamente, exceto Janet, que manteve-se quieta e pensativa.

"De qualquer maneira, todos vocês orem a respeito disto. Eu realmente quero que todos nós possamos ir lá o mais breve possível, e precisamos visitar Josh enquanto estivermos lá."

Após mais discussões, o time decidiu ir a Slattersville juntos para um propósito específico de explorar aquele prédio abandonado que Anthony esperava um dia ser o quartel general deles e encontrar a prisão onde Josh está agora."

Sandra concordou em contatar o proprietário e pegar a chave. Então ela prometeu chamar e eles se encontrariam na casa de Deborah e partiriam juntos para Slattersville.

Com as bênçãos de Deus, isto aconteceria dentro de poucos dias.

CAPÍTULO 41

A palavra nos recantos da prisão dizia que os médicos esperavam que Big Jax morresse a qualquer momento. Uma semana passou, depois duas, e ainda Big Jax permaneceu inconsciente.

Enquanto isso, Michael continuava orando e lendo sua Bíblia. "Eu escolhi Big Jax," disse o Senhor.

Essas palavras fizeram Michael endireitar suas costas. "Mesmo? O monstro? Você o escolheu?" "Meus caminhos não são seus caminhos."

"Com certeza não são."

"Estou preparando ele mesmo seu estado de inconsciência."

"Ok. Ok. Tudo bem."

"Não demorará até retornar a esta cela," o Espírito disse. "E você tem muito a ensiná-lo."

"Sim, Senhor," Michael disse. Trepidações, fé, e coragem se misturaram juntos dentro dele.

~*~

Quando Big Jax finalmente acordou, A memória de ser esfaqueado em sua cela antiga, voltou. Por causa da revolta contra ele, ele foi transferido para uma nova cela, mas o rosto de seu novo companheiro o eludiu.

A lembrança de um sonho estranho pairava também dentro dele. Armadura vestida, guerreiros balançando espadas fizeram guerra contra um enorme dragão que respira fogo e foram vencedores na batalha.

E por uma estranha razão Big Jax podia sentir o gosto de metal em sua boca.

~*~

Dois dias depois quando Michael retornou da refeição, Big Jax estava na cela, deitado em seu beliche.

Com o coração batendo, Michael hesitou dentro da cela. A voz atrás dele falou, e ele virou.

Oi, Michael, está tudo bem? Janet de pé lá. Com certeza ela foi uma visão mais que bem-vinda.

"O Espírito nos disse que viéssemos," Abby completou simplesmente as palavras certas para acalmar seu espírito.

"Claro. Big Jax apenas voltou, e ele parece muito fraco ainda."

Michael virou para seu amigo de cela. "Nós estamos preocupados com você. Você está se sentindo bem, agora?"

Big Jax olhou para Janet e Abby então de volta para Michael. Eu não me lembro muito.

Eu conheço vocês?

"Eu tenho cuidado de você na enfermaria," Abby disse. "Eu sou Abby, a propósito e a outra senhorita é Janet."

"Os médicos andaram tagarelando algo," disse Janet. "Mas, se deixaram você voltar para cela é porque deve estar se sentindo melhor.

"Por que não oramos antes de vocês irem? Michael sugeriu.

Big Jax murmurou e rolou, efetivamente dando as costas para eles.

"Obrigado, Senhor, pelo seu servo Michael, e pelo seu colega de cela. Esteja com Big Jax agora e cure suas feridas de seu corpo e mente. Reconcilie-o contigo, Senhor. Em nome de Jesus. Amém."

Após a saída de Abby e Janet, Big Jax virou-se de volta e encarou Michael. "Uma dessas mulheres orou por mim?"

"Isto mesmo."

"Foi a primeira vez," Big Jax apertou os olhos, evidentemente confusos. "Por que vocês fariam isto? Vocês são Cristãos?

"Sim, somos." Michael disse.

~*~

Um pé enorme pisoteou o pescoço de Big Jax, impedindo seu corpo de respirar.

O sangue pegajoso o cercava. Ele gritou por ajuda, mas ele estava sozinho. Ninguém ouviria, e muito menos o salvaria.

"Esteja com Big Jax agora e cure suas feridas de seu corpo e mente. Reconcilie-o contigo, Senhor. Em nome de Jesus. Amém."

A oração de reconciliação das duas jovens atraiu sua alma.

"Você quer viver ou morrer? Uma outra voz perguntou.

"Eu quero viver," disse Big Jax. "Claro, eu quero viver."

Uma força escura puxou as pernas e puxou-o mais para a escuridão. "Não. Você é meu. Eu já tenho a sua alma."

Com o coração batendo, Big Jax acordou assustado e sentou-se em sua cama feliz por estar fora do sonho e vivo. Ele bateu a cabeça no beliche superior.

Esfregando a cabeça, ele socou a madeira do beliche superior com o punho. "E aí cara! Você está acordado?"

"Agora estou." Michael disse. "O que você quer falar comigo às 3:00 da manhã?

"É tão cedo assim?

"Você está bem Big Jax?

"Eu não sei, cara, acabei de ter um pesadelo, e eu não compreendo nada disto. Estou preocupado. Eu nunca pensei sobre minha vida, mas eu não quero morrer."

"O Senhor revelou seu sonho para mim,"

Michael afirmou a ele. "Ele me deu palavras para dizer a você. Isto é, se você quiser ouvi-las."

"Quem? Qual Senhor você está falando? O Senhor da droga? Você é traficante ou algo assim?"

"Você sabe muito bem," Michael disse. "Mas, eu sei tudo sobre seu sonho."

Não, não brinque, cara. Este tipo de coisa me aborrece. Eu nem mesmo disse sobre meu sonho ainda."

"Bem, vejamos. Você foi esmagado por um pé de monstro, deitado em uma cama de seu próprio sangue."

"S – Sim," Big Jax disse.

"E o Senhor lhe ofereceu a vida."

"Aquele foi o Senhor?"

"Sim, Jesus Cristo quer te dar vida."

"Mas, e Botis?

"O antigo dragão não quer deixar você, ele quer?

"Então, e agora, Michael? Não é esse seu nome?

"O Senhor Jesus Cristo, que morreu na cruz por você, está lhe chamando das trevas para a luz. E, conforme lhe disse, e você deve lembrar em seus sonhos, as trevas, Botis, está lutando pela sua alma. Na verdade, não se lembra como você teve todas essas feridas e como quase foi morto?

"Talvez. Mais ou menos. Então, está dizendo que eu só preciso aceitar seu Deus?"

"Bem, sim ou não. Quero dizer, sim, você apenas precisa aceita-Lo com todo seu coração. Mas, não. Ele não é apenas meu Deus, Ele também é o seu, e Ele, meu amigo, está lhe chamando.

"Big Jax, disse o Senhor dos Exércitos em uma voz audível. "Eu sou o Senhor, Deus altíssimo. Eu venho lhe salvar, e trazer-lhe da escuridão para luz. A pergunta é, você quer ter a vida eterna?

"Sim, Senhor," disse Big Jax.

Ele se virou para Michael. Eu quero ser salvo. O que tenho que fazer, Michael?

Apenas repita depois de mim: Deus, eu sei que tenho pecado contra Você e mereço castigo."

"Oh Deus, perdoe-me," Big Jax orou. "Eu tenho pecado contra Você e mereço morrer."

"Mas Jesus Cristo tomou o castigo que mereço."

Michael continuou a conduzir Big Jax na oração. "Então pela fé Nele eu pude ser perdoado. Eu coloco minha confiança de salvação em Você. Obrigado pela sua maravilhosa graça e perdão, o dom da eterna vida. Amém."

Big Jax repetiu a oração, terminando com,

"Senhor, por favor me perdoe."

"Meu filho, o Espírito respondeu. "Você não será mais chamado de dragão. E lhe dou um novo nome, e você será chamado agora de O Decifrador."

Com um novo irmão ao seu lado, Michael gasto as próximas horas discutindo a Bíblia e tudo que ele sabia sobre Cristo.

O resto da noite houve festa com muito regozijo no Céu por esta nova alma para o reino.

E na cela houve paz e sono pacífico até a chamada para o café da manhã.

CAPÍTULO 42

O tempo tinha chegado de Janet cumprir a promessa de visitar Pastor Joe novamente. E, é claro, o convite de Robert para jantar na próxima vez que ela visitasse seu pai não era má ideia.

Ela não havia ligado para Robert nas últimas vezes que visitou o pai dele, mas por algum motivo, desta vez, ela poderia sentir cheiros deliciosos de janta cozinhando.

Antes que ela pudesse mudar de ideia, Janet discou o número do reverendo.

"Alô?" Uma voz feminina respondeu o telefone. *Talvez uma das senhoras da igreja ajudando?*

"Poderia falar com Robert, por favor?"

"Ele está no chuveiro no momento. Posso anotar o recado?" Perguntou a mulher.

Um sentimento assustador pesou sobre os ombros de Janet. *O que uma mulher estava fazendo em sua casa enquanto ele tomava banho?*

"Apenas diga a ele que Janet ligou para dizer que estou indo visitar o Pastor Joe."

"Ah com certeza. Vou avisá-lo.

338

"Obrigada." Janet desligou o telefone um pouco mais forte do que o habitual. Então ela encolheu os ombros. Espero que haja uma boa explicação.

Tentando esquecer a mulher, Janet agarrou sua bolsa e chaves e partiu para a casa do Pastor Joe.

Na metade do caminho para a casa do pastor, seu telefone soou. Ela olhou para o identificador de chamada então atendeu, "Alô?"

"Oi Janet. Aqui é Robert. Você ligou?

A voz dele estava trêmula?

"Sim, queria que soubesse que estou a caminho para ver seu pai."

"Por que certificar-se. Venha logo. Ele ficará emocionado."

Ok. Eu os verei em poucos minutos, a menos – você sabe se ele já tem outros planos?"

Oh, não. Está tudo certo. Robert não mencionou seus planos para hoje, quem era aquela senhora do outro lado do telefone.

Vinte minutos depois Janet entrou no estacionamento e foi com a mão na maçaneta. Mas, antes que ela pudesse abrir, um sedan preto conduzido por uma jovem mulher de cabelos negros passou pelo carro de Janet e saiu do estacionamento.

Congelado no lugar, ela não se moveu até outro veículo estivesse completamente fora de visão, e então ela desceu do carro e caminhou rapidamente até o apartamento do Pastor Joe.

Quando ele atendeu a porta, Janet ficou espantada ao ver cavalheiro ancião com a aparência ainda mais velha que o dia anterior. Além dele uma nuvem escura, rodopiou, girou e rodou sobre a sala. Alguém tinha tido um ataque e jogado lâmpadas, pratos e sabe-se lá o que mais.

"Pastor Joe, você está bem?

"Entre, querida." O pastor idoso sussurrou pois ele mal podia falar.

Quando ela entrou, ele cambaleou, deu-lhe um olhar aterrorizado e desabou no chão.

"Pastor Joe," ela gritou e correu em direção a ele.

O pastor tinha pulso, e ainda respirava, mas de forma irregular.

Deixou-o então e foi até a porta procurar Robert, pensando que talvez estivesse a caminho. Mas o homem estava longe de ser visto.

Enquanto ela pegava seu telefone para discar 190, ele foi arrebatado de sua mão por uma força tão poderosa que ela podia sentir o vento soprar contra seu corpo.

Na escuridão, um grande par de olhos piscou para ela. Ela mal conseguia distinguir os braços longos e a mão que segurou seu celular antes que o telefone voasse contra a parede e quebrasse em pedaços.

"Você entrou em um território de Legião." O poltergeist no centro da nuvem gritou com gargalhada.

"Não tenha medo," Deus falou-lhe em voz alta. "Esta batalha será feroz, mas eu lutarei com você como as outras."

Ela ouviu o bramido de metais e viu os guerreiros celestiais um de cada lado dela. Mais uma vez ela foi coberta completamente de sua armadura, segurando sua espada.

Antes que estivesse totalmente preparada, a nuvem e o vento vieram em sua direção gritando. "Eu comandarei. Você verá que eu sou o poderoso aqui."

Não houve tempo de clamar ao Senhor. Janet sentiu-se sendo empurrada para dentro do redemoinho, girando e girando e então caindo ao chão.

Escuridão a cegou, e ela desmaiou.

~*~

Quando Janet acordou, sua visão estava distorcida como se alguém colocasse colírio em seus olhos. Ela deitada esticada de costas.

Ela estava ainda na casa do Pastor Joe? Ele estava bem? Ela tentou colocar-se em uma posição assentada. Alguém a tinha colocado na cama.

Ela tinha se vestido cuidadosamente no caso Robert aparecesse na casa do pai dele. O emaranhado com o redemoinho rasgou seu vestido novo? Ela tocou com cautela seu vestido e percebeu pela sensação do tecido, que alguém a despiu. Seu coração disparou.

Quem?

"Robert? Pastor Joe?" Janet chamou assustada agora.

Pegadas macias adentraram no quarto.

Pastor Joe tinha linóleo ou azulejos em seus quartos? Janet tinha certeza de que a sala de estar fora acarpetada.

"Quem está aí?" Janet não se lembrava quando sua voz tinha sido tão estridente.

"Meu nome é Erin Ludwig," a voz agradável da mulher respondeu.

A morena nervosa do estacionamento? Ou a mulher que atendeu o telefone de Robert?

"Onde estou?"

"Você está no Hospital Memorial de Clanston. Eu sou sua enfermeira hoje."

"Oh, você é aquela amiga de Abby Power?"

"Sim, você a conhece?"

"Eu comecei a participar da Igreja dela. Na verdade, eu estava visitando o velho Pastor Joe quando –" Janet parou de falar e olhou para a enfermeira. "Que horas são?"

"Você perdeu o café da manhã. Está com

fome⸴ Eu posso conseguir algo."

"Que dia é hoje?"

"É sexta-feira. Você e o Pastor Joe foram trazidos para a sala de emergência noite passada."

"Eu não consigo enxergar."

"Sim, o doutor disse que seus olhos foram queimados pelo vento.

As vezes isto acontece com evento de descompressão após ser pego por um tornado."

"Tornado?"

"Sim, e deve ter sido um pequeno e localizado, pois não tivemos outros pacientes trazidos da tempestade ainda.

Lamentamos dizer que sua roupa viu dias melhores. O que você lembra?"

"Muito pouco. Eu sei que meu celular foi destruído. Eu tenho um telefone na sala? Você tem o número de Abby? Você poderia chamá-la para mim?"

CAPÍTULO 43

Era um Sábado de manhã. Anthony estava em sua corrida matinal quando Sandra chamou em seu celular.

"Bom dia, Anthony. Eu sei que é uma notícia curta, mas eu consegui falar com o proprietário do prédio em Slattersville que você gostaria de vê-lo."

"Ótimo. O que ele disse? Ele vai permitir ver o lugar?

"Boas notícias. Eu tenho a chave. Então o que me diz? Quer tentar dar um pulo lá hoje?

"Isto não é problema. Quando você está disponível?"

"Eu posso ir um pouco mais tarde nesta manhã. Se você contatar os demais que queiram ir, eu poderia encontra-los na casa de Deborah."

"Estarei lá, com certeza, disse Anthony. "Tão logo eu volte de minha corrida, eu chamarei os demais."Anthony chegou na casa e verificou no quarto de Janet, ficou desapontado ao ver a porta ainda fechada.

Então ela estava dormindo. Ele não ouviu seu pequeno Honda Civic chegar noite passada mas, uma vez que ela estava em casa agora e ele estava tão cansado. Ele foi dormir sem esperar que ela se levantasse.

Ele bateu na porta de sua irmã e esperou pela resposta dela. Ele bateu uma segunda vez.

Ainda sem resposta.

Seus ombros caíram. Ela já deve ter saído para fazer outra coisa. *Eu desejava ter falado com ela noite passada e saber quais eram seus planos para hoje.*

Ele não bateu novamente, mas comentou sobre a viagem com Chris além de contar que não conseguia encontrar Janet.

"Eu esperava vê-la no café da manhã, não tive nem sinal dela esta manhã, também," Chris disse.

Anthony encolheu os ombros e prosseguiu a chamar os demais membros. Ele tornou-se mais acelerado sobre a viagem enquanto falava a cada um. Todos que ele chamou concordaram e aceitaram encontra-lo na casa às dez.

Após desligar da última chamada, Anthony foi ao apartamento tomar uma ducha e se vestir.

Enquanto ele e Chris esperavam pelos outros, Anthony respondeu às muitas perguntas que Chris ainda tinha. Assim que os minutos passavam, ele tornou-se mais e mais ansioso sobre o que o dia de hoje reservava para eles.

Um pouco antes das dez, todos os outros tinham chegado, exceto por uma pergunta ou duas sobre onde estava Janet, todos entenderam que eles não podiam ter mais contato com ela do que ele poderia.

Uma pontada de preocupação lhe comeu, mas ele a sacudiu. Ele tinha feito tudo o que podia. Quando chegaram a Slattersville, ele ligaria para ela.

O grupo empilhou na nova minivan de Anthony e chegaram nos limites da cidade exatamente em quarenta e cinco minutos.

Anthony estacionou no outro lado da rua porque ele quis falar com o time antes de caminhar até o prédio. Ele gesticulou para que os outros se juntassem a ele em um círculo.

"Eis o plano. Iremos diretamente à entrada de frente, abrimos o cadeado e entramos. Por favor, sejam cuidadosos e me sigam bem de perto. Não vagueie sozinho."

Após ter a confirmação de cada um deles, ele deu um sinal positivo. "Ok, vamos."

"Vocês não tem porque não pedem," Deus falou muito claramente ao coração de Anthony.

As mensagens de Deus sempre foram positivas no passado. Mas, esta mensagem parecia ter um tom negativo. Deus estava tentando falar algo a ele?

Com a ansiedade do time atrás dele, o calor

do momento superou ele. Correndo através da estrada com os outros seguindo atrás dele, Anthony encaminhou-se para o prédio.

Sandra segurava a chave para ele quando eles alcançaram a entrada.

Assim que Anthony virou a chave do cadeado, ele ouviu uma gargalhada distante. Ele renunciou este sentimento de inquietação. Deus nunca o abandonara no passado. Por que este dia seria diferente?

Com um olhar rápida no time, ele estava orgulhoso de fazer parte deste grupo que tinham sido chamados por Deus. Quando terminassem aqui, a cidade não saberia o que a tinha atingido.

Anthony colocou o cadeado aberto no circuito, deixando o trinco aberto.

Ele entregou a chave a Sandra, abriu a porta e atravessou o limiar.

Ele parou bruscamente em seus passos. *Que estranho*. As janelas não tinham cortinas ou persianas nelas, e ainda assim a sala era muito escura.

"Não consigo ver nada," comentou Chris em seu distinto discurso Nova iorquino.

Anthony sabia que o sol brilhava lá fora. Quão estranho que nenhuma luz tenha sido filtrada no edifício escuro. Ele alcançou o interruptor da luz e virou-o sem sucesso. Tolo.

Claro. A eletricidade estava cortada.

A porta da frente bateu fechando-se. Um click soou na sala como se o cadeado tivesse sido trancado.

Abby deu um grito.

Anthony tentou virar em sua direção, mas não conseguiu. Não podia ver nada.

"Ahh," Tadd gritou. "Alguma coisa está voando ao nosso redor." Esta sala deve estar cheia de pássaros ou morcegos.

"Eu espero que não seja morcegos." A voz de medo de Sandra era real e ou ouvir isto ela se ficou mais próxima.

"Espere." Havia pânico em sua voz agora? Eu tenho uma mini lanterna em meu bolso." Sandra nem chegou a liga-la então algo bateu em sua mão e jogou a lanterna no chão.

Olhos. O pequeno feixe mostrou dezenas de pares de olhos piscando para eles. Então, estranhamente, a luz se apagou.

"Eu escorreguei," o grito de Sandra invadiu o ar. "Estou caindo em um buraco. Ai, meu tornozelo. "Anthony sentiu o ar se mexer ao redor dele. Onde estava Sandra?

"Tadd?" A voz de Abby foi cautelosa.

Algo caiu no chão.

"Abby, você está bem?" Tadd questionou. "Onde você foi?

"Não houve resposta.

Anthony se esforçou para ver na escuridão. "Abby, você tem sua armadura e sua espada?" Ele gritou.

"Não," foi sua resposta muito fraca.

"Abba Pai, necessitamos de você," Anthony gritou.

De repente, uma agitada onda de asas cercou Anthony. Surpreendentemente, sua espada apareceu na mão, e ele balançou o braço violentamente. Outro grito cortou o ar. O que afinal estava acontecendo?

Se ao menos ele pudesse se aproximar da parede. Pelo menos ele conseguiu seguir em frente, mas não havia nada. Espaço vazio até onde ele pudesse alcançar.

As criaturas demoníacas começaram a gritar e o mau cheiro de carne em decomposição e de podridão permeou a sala.

Anthony ficou ereto, sua cabeça inclinada, tentando pegar a direção de onde ele ouviu o som de pés arrastando. Os gritos das criaturas voadoras ficaram cada vez mais altos até que ele desejou tapar os ouvidos da dor.

Eles falharam. O discernimento o atingiu com um golpe. Eles chegaram nesta missão despreparados para enfrentar demônios como Apolion.

"Senhor Deus, por favor, ajude-nos. Não nos abandone," gritou Anthony, lágrimas escorreram de seus olhos, a tristeza em seu coração apertou quase mais do que ele poderia suportar.

Ele fez uma pausa para reunir força. Os gritos foram diminuídos? "Deus nos perdoa e nos salve. Não podemos fazer isso sem você. Senhor, precisamos de você.

Um pequeno raio de luz apareceu no fundo de uma fenda debaixo da porta, tornando a lanterna visível a seus pés. Anthony pegou e acendeu a luz ao redor do chão, procurando por Abby.

Ela deitada em uma poça de sangue, o braço cortado e as marcas de garras no rosto. Anthony olhou para este precioso membro da equipe. *Poderiam ser vampiros morcegos a atacá-los?*

Tadd, ajoelhado perto de Abby, tentava estancar o sangramento em seu braço. "Ela está respirando com dificuldade. E minhas mãos estão tremendo fortemente, eu mal consigo pressionar o local."

Sentindo-se tão indefeso como jamais experimentou, Anthony olhou pela sala procurando pelos os outros membros do time.

Sandra começou a sair do buraco em que ela havia caído.

Chris deitou ao lado dela, machucado e maltratado, mas seu peito movia-se a cada respiração. Graças a Deus, ele estava vivo.

Anthony ficou de pé olhando para esta sala onde algo maligno e horrível havia ocorrido. Os seus olhos doíam na tentativa de ver através da escuridão. Esta batalha não foi boa. Por que Deus deixou o mal prevalecer contra eles? Com certeza, o time precisava aprender com essa tragédia.

Sandra aproximou-se dele. A boca dela abriu como se fosse dizer algo reconfortante. Mas, não veio nenhuma palavra.

"Ok, time," Anthony disse. "Nós realmente necessitamos estabelecer algumas regras. Até este ponto, nós temos flutuados de algum modo porque Deus inicialmente nos falou individualmente em tantas coisas."

Novamente, os outros acenaram em compreensão.

"É hora de voltarmos e nos reagrupar. Precisamos arrependermos diante de Deus e pedi-Lo que nos mostre o que temos feito de errado e nos traga de volta ao Seu jeito."

Anthony caminhou até a porta e virou a maçaneta, mas quando a porta se recusou a abrir, ele lembrou-se. O clique. Eles estavam trancados naquele lugar demoníaco.

"Por favor Deus, ajude-nos a sair deste lugar!"

~*~

E todo este tempo, alguém de pé além dos carros estacionados observava como o time empurrou a porta aberta e entrou.

Ele os viu de pé, ajoelhados, rastejando e viu dois que estavam incapacitados de se mexer. Ele sabia o que eles tinham passado e por que. Uma vez que ele lembrou de seu próprio passado, era difícil assistir eles sendo atacados por vampiros morcegos demoníacos.

A vida não tem sido fácil para Daniel Samuels. Ele tem vivido sob circunstâncias devastada, ele se desesperou e cometeu muitos erros. Mas, agora ele pôde ver o erro de seus caminhos, o dano que fez e as feridas que causou.

Seu coração sentiu como se explodisse em seu peito. Seu corpo tremeu enquanto algo queimou dentro dele. Lágrimas jorraram de seu rosto rude.

Era isto? Estava morrendo? Ele sentiu-se assim há muitos anos atrás. Antes de se retirar dos planos de Deus. *Ele estava muito velho*, ele disse em seu coração. *Esta missão é para gente jovem.*

Orgulho conduziu-o até este lugar, e Daniel olhou para o céu.

"Senhor, eu sei que não há outro como Você. Perdoe minhas tolices por pensar que eu poderia me aposentar de seu exército. Por favor, abrace-me novamente."

"Você está restaurado meu filho, sua nova missão começa agora," Deus falou com uma voz audível como antes.

Mais uma vez paz habitou o coração de Daniel, e sua mente tornou-se racional de novo. Ele foi totalmente restaurado.

Deus disse que sua missão envolveria esse time que parecia cheio de um propósito muito grande. Ajudá-los a não fazer essas mesmas escolhas desastrosas era o plano de Deus para ele.

Mas ele poderia dizer que sim? Ele tremia ao pensar nas consequências.

Será que eles o ouviram se ele fizer?

Ele faria?

E se ele se arruinasse de novo? Mas talvez eles fossem muito mais sábios do que ele tinha sido.

Ele era a pessoa certa para fazer isso?

Finalmente, ele desistiu da luta, sua rendição foi total e completa. Alguém muito maior do que ele havia feito aquele chamado.

Se Deus o quisesse, ele responderia.

"Daniel, você fez a decisão certa, e Eu mudei o seu nome. Você se chamará agora *O Emissário*. E lhe dei o dom da profecia, e você entregará uma mensagem ao meu time. Suas experiências passadas os guiarão em suas perguntas." A voz de Deus foi forte, Sua onipotência inquestionável.

"Hora de lutar," disse o Senhor dos Exércitos.

O Emissário mais uma vez tinha sua espada e armadura pronta para batalha, com seu novo nome escrito na parte superior direita de seu braço *O Emissário*.

O exército espiritual tornou-se visível. "Esta era uma batalha dura." O tempo é essencial," disse o Senhor dos Exércitos a seus soldados. "Vocês vão intervir e lutar ao lado do *Emissário* antes que seja tarde demais. Termine isso rapidamente."

O Emissário deu longos passos pela rua em direção ao inimigo de Deus, Apolion.

Com uma varredura, *o Emissário* - que há muito tempo não batalhava - acabou com o jogo do Inimigo. E, pela primeira vez, o exército espiritual batalhou com ele.

O time nunca soube o que aconteceu, nem como a porta se destravou, mas o *Emissário* fez, e agora, alguém precisava contar para eles.

Querido Leitor(a),

Eu espero que tenha curtido meu primeiro livro da série: *O Herói dentro de Ti: Despertar.* Tenho que lhe dizer que realmente amo história de herói. Muitos leitores me escreveram perguntando, "O que vem agora para nosso Herói? Bem, fique alerta porque a saga de publicar Ficção Cristã não terminou. Nosso Herói voltará no livro dois. Terá ele mais poder? Eu espero que sim

Quando escrevi O Herói dentro de Ti: Despertar, recebi muitas cartas de fãs agradecendo me pelo livro. Alguns deram opiniões de aventuras, enquanto outros simplesmente apoiaram Anthony.

Como autor, eu amo um retorno. Honestamente, você é a razão pela qual eu explorei o futuro do Herói. Então diga-me o que gostou, mesmo o que odiou. Você pode me escrever enviando email para comments@christianhero.org e visitar-me na página www.christianhero.org.

Por fim, eu preciso pedir-lhe um favor. Se você estiver disposto, eu gostaria de um comentário do livro O *Herói dentro de Ti: Despertar.* Amei – Odiei – Eu simplesmente vou amar seu retorno.

É difícil encontrar comentários nos dias de hoje, e você, leitor(a), tem o poder de elevar ou derrubar um livro. Se tiver tempo, *aqui está o link para minha página autoral com todos meus livros na Amazon: http://amzn.to/19p3dNx*.

Muitíssimo obrigado por ler *o Herói dentro de Ti: Despertar* e por gastar seu tempo comigo.

Em gratidão,

Yeral E. Ogando

Vire a página para ler o primeiro capítulo de *O Herói dentro de Ti: Poder*

O Herói dentro de Ti

Volume Dois

Poder

Yeral E. Ogando

Pois, se alguém se considera importante, não sendo nada, engana a si mesmo Gálatas 6:3 (KJV)

Capítulo 1

Anthony Markson estava envergonhado por ter levado este time em tal armadilha. Enquanto alguns deles foram seriamente machucados, ele teve que admitir, sua pior ferida foi seu orgulho. *"Orgulho vem antes da destruição,"* como ele bem sabia. Mas, quão dolorosa foi essa lição.

Os outros não podiam se lembrar de nada senão do horror e escuridão que eles passaram trancados nesta sala.

Assim que eles se sentaram na sala de emergência, os tímpanos de Anthony pareciam que explodiriam de dor. O estranho som produzido em seus ouvidos quase afugentava outras coisas que ele precisava escutar. Como as perguntas que o médico e a enfermeira lhe perguntaram.

Ele precisava limpar a cabeça e ajudar o time antes do medo superasse e dominasse a todos.

~*~

A sala de emergência cheia. Enfermeira Erin

1

Ludwig mal podia dar conta enquanto ia de uma cama para outra.

E para piorar as coisas, aquela charmoso Tadd James traz sua melhor amiga Abby Power, junto com três outras pessoas feridas. Ele disse alguma coisa sobre sala escura e vampiros morcegos. *Uma história provável.* Erin investigaria o real motivo que deixou Abby seriamente ferida com um braço quebrado e feridas por todo seu lindo rosto.

Não muito tempo atrás, Erin tinha avisado Abby para colocar limites quando Tadd viesse muito forte com suas vontades.

"Essas marcas de dentes são enormes," Erin disse enquanto limpava as feridas de Abby com esterilizante líquido. Poderia elas realmente serem de morcegos?"

Se Tadd fosse o culpado das feridas de Abby, ele com certeza iria ouvir muito dela.

Erin suspeitou que Anthony tivesse algumas respostas, e quando ela terminasse aqui, ela o perguntaria sobre mais informações, junto com os demais que vieram com eles.

"Este paciente precisa dar entrada," o médico disse. "Dê-lhe uma injeção de SARH, rápido."

"Alguém pensou em trazer uma das criaturas junto com as vítimas? De qualquer forme, melhor começar o procedimento para verificar raiva."

"Descobrir onde é exatamente este prédio e notificar as autoridades para verificar sobre morcegos. Dependendo do que eles encontrarem talvez tenhamos que tratar os demais pacientes contra raiva, por precaução."

~*~

No próxima sala de recuperação a Dra. Sandra Beazel revelou um tornozelo inchado e hematomas em todo o corpo.

"Você pode nos dizer o que aconteceu?" Erin perguntou.

"Cinco de nós fomos a Slattersville para verificar o espaço de escritórios para alugar. Nós não esperávamos que estivesse tão escuro no prédio, mas estava com a eletricidade cortada ... "Ela suspirou. "De qualquer forma, eu caí em um buraco no chão e, como você pode ver, machuquei o meu tornozelo."

"Eu enviar você para o raio-x e ver o que precisamos fazer com seu tornozelo," o médico de plantão disse.

Erin tocou no braço de Sandra. "E Abby? Ela caiu dentro do buraco também?

~*~

Erin ande o médico foram para outro quarto verificar um homem chamado Chris Parker.

Ele estava ferido e maltratado e dificilmente podia se mover. Eles suspeitaram de uma lesão na cabeça uma vez que nada que ele dizia fazia sentido.

O médico recomendou medicamentos contra a dor para Chris enquanto eles verificavam os outros pacientes

~*~

Tadd James tinha mais cortes do que Erin percebera quando ele chegou na sala de emergência.

"Deixe-me limpar essas feridas."

"Como está Abby? Ela vai ficar bem?"

"Você sabe que não posso discutir a situação de outros pacientes com você. Erin tentou segurar sua irritação com o homem. Afinal, todos que vieram para este hospital mereciam o melhor cuidado e atenção.

~*~

Depois que Sandra voltou do raio-x Erin limpou seus machucados.

"Você uma mulher de sorte," disse o médico de plantão. "Seu tornozelo foi fraturado mas, todos os ossos estão no lugar."

"Então serei engessada? Posso escolher uma cor bonita como as crianças de hoje em dia fazem?

"Eu vejo que tem senso de humor. Mas com o inchaço que você tem, vamos usar uma cinta primeiro. Nós verificaremos você semanalmente. Podemos aplicar um gesso quando o inchaço cair. "

4

"Então, quanto tempo—"

Evitar peso nesse tornozelo por no mínimo seis semanas."

"Muletas?"

"Bem, se o seu seguro cobrir, temos a muleta livre das mãos com uma almofada para segurar a perna dobrada no joelho e as tiras para a sua coxa. Ou a cadeira elétrica de joelho, mas este é um pouco mais caro e não deixa as mãos livres."

~*~

Enquanto eles verificavam Chris novamente ele se sentia melhor, mas ainda assim parecia incapaz de explicar o que tinha acontecido.

O médico de plantão chamou Erin a parte e explicou a situação para ela. "Uma vez que não conhecemos o homem, talvez ele seja simplesmente um daqueles que são facilmente enganados."

"Você quer dizer que talvez sempre foi um *desequilibrado mental?*

"Bem, sim. Colocando claramente. Por outro lado pode ser que esteja em choque. Mas, os sintomas não mostram claramente isto."

"Então, vai interná-lo?"

O doutor aproximou-se da cama de Chris. "Nossos quartos estão bem cheios. Se você tiver alguém em casa para cuidar de você hoje a noite eu posso prescrever uma medicação e enviá-lo para casa."

"Eu divido um pequeno apartamento com Anthony Markson. Ele será liberado também?

"Eu lhe informarei."

~*~

"Como estão eles? Anthony perguntou assim que o médico de plantão se aproximou dele. "Como nosso grupo está aguentando?

"Nós temos o resto de seu time medicados por enquanto. Apenas para nos assegurarmos, é melhor examiná-lo também."

Anthony levantou seus braços.

"Como pode ver eu não tive um arranhão."

"Você seria capaz de cuidar de seu colega de quarto Chris Parker?

"Com certeza."

"Está bem, aqui está o que tem que fazer." O médico de plantão passou os sintomas para Anthony cuidar. "Acorde-o a cada uma hora."

"Quando os papéis foram finalizados e Tadd e Chris foram liberados, Anthony assegurou Erin que eles voltariam para verificar Abby pela manhã.

Dr. Yeral E. Ogando vem de uma origem muito humilde e continua sendo um humilde servo do Deus Altíssimo; compreenda que não somos nada além de vasos e o Senhor nos chamou para fazer Seu trabalho, não é nosso trabalho. *Lucas 17:10* *"Assim igualmente vós, depois de haverdes realizado tudo quanto vos foi ordenado, dizei: 'Somos servos inúteis, pois tão somente cumprimos o nosso dever!'"*

Sr. Ogando nasceu na República Dominicana, Caribe. É um pai amável de duas lindas garotas Yeiris e Tiffany.

Jesus trouxe-o aos Seus pés com a idade entre 16-17 anos. Desde então, ele tem servido como Copastor, Pastor, professor de escola Bíblica, conselheiro juvenil, e plantador de igrejas. Ele está atualmente servindo como Secretário para as Igrejas Reformadas da República Dominicana bem como ligação entre o Haiti e os EUA. Fluente em várias línguas Sr. Ogando é o Criador e proprietário de um Ministério de tradução atuando desde 2007; com tradutores Cristãos Nativos em mais de 25 países. (www.christian-translation.com), O coisa mais interessante sobre seu Ministério de Tradução é que milhares de pessoas estão recebendo a Palavra de Deus em suas próprias línguas diariamente e centenas de ministros são capazes de alcançar o mundo através do trabalho da Christian-Translation.com junto com sua rede de traduções de 17 páginas da internet em diferentes línguas relacionadas à Tradução Cristã.

Comentários:

Comentários podem ser difíceis nos dias atuais, e você, leitor(a), tem o poder de elevar ou derrubar um livro. Se tiver tempo, partilhe seu comentário ou crítica comigo.

Muitíssimo obrigado por ler o ***Herói dentro de Ti: Despertar – Volume um*** e por gastar seu tempo comigo. Você pode verificar outros livros meus e futuros livros na página da Amazon: https://www.amazon.com/author/yeralogando